影の肖像

北川歩実

祥伝社文庫

目次

登場人物

作間《さくま》英俊《ひでとし》………理工書編集者
岩上《いわがみ》詩織《しおり》………作間の姪。向心《こうしん》大学二年生
岩上 裕《ゆたか》…………詩織の兄。ミステリー作家
川名《かわな》千早《ちはや》………東都《とうと》大学理学部助教授
川名 努《つとむ》…………千早の子ども。四歳
御子柴《みこしば》貴美恵《きみえ》…裕の婚約者。詩織と高校の同級生
御子柴雄広《たけひろ》……貴美恵の父
嘉島《かしま》 良介《りょうすけ》………恵沢《けいたく》大学理学部教授
高本《たかもと》一久《かずひさ》………千早の婚約者だった男
高本 彰《あきら》…………一久の兄
弘海《ひろみ》……………千早と一久の間に生まれた子ども
中山《なかやま》良子《よしこ》………弘海の養母
川副《かわぞえ》 純太《じゅんた》………元恵沢大学大学院生
武智《たけち》……………元サイエンスライター
牧瀬《まきせ》……………元恵沢大学理学部教授
袴田《はかまだ》伸治《しんじ》………東都大学三年生
諸角《もろずみ》 透《とおる》…………予備校夏期講習受講生

第一章　クローン人間が生まれた日

1

一九九九年　夏

作間英俊《さくまひでとし》は、小久保《こくぼ》教授の居室を出ると、一階上の八階にある物理学科の図書室に行った。司書の女性に名前をいうと、「はい、こちらですね」と、クリップで留められた三十枚程の用紙を渡された。小久保教授を通じて依頼しておいた論文のコピーだ。小久保は物理学教授で、統計物理《とうけいぶつり》を専門にしている。今年、一九九九年、年末出版予定になっている本に、小久保の原稿をもらうことになっている。作間は担当の編集者として、小久保の研究を、ある程度は把握しておく必要がある。受け取ったのは、そのための参考資料だった。

ページがそろっているかだけを確認すると、司書に礼をいって図書室を出た。廊下を歩いて、エレベータの方に行く。窓の外に、隣りの十階建ての建物が見えている。

タイルの外壁は紺色。側面には縦にドアが並び、銀色の非常階段が繋《つな》いでいる。作間がその六階のドアの辺《あた》りを見やったとき、背中側で、チンという音がした。振り向くと、エレベータのドアが開いて、若い女性が降りて来た。入れ替わりに乗って一階に行った。

エレベータを降りると、通路の奥にあるトイレで小用をすませた。鞄《かばん》を足元に置いて手を洗いながら、鏡を覗《のぞ》いた。鬢《びん》に白髪が光っていた。毛質が違うのか、黒髪の間から一本、あらぬ方向にはみ出すように伸びている。指に絡めて、引き抜いた。

三十代の半ばにさしかかった頃から、白髪が生《は》えて来るようになった。見つける度《たび》に抜いているが、三十代も後半になり、ここのところその回数が増えている。一々抜いて対処することは、そろそろ限界なのかもしれない。そんなことを考えながら、作間は眼鏡のくもりをティッシュで拭《ぬぐ》った。

眼鏡をかけ直してトイレを出ると、渡り廊下を通って、さっき眺《なが》めた建物に入った。

中は、ざわついていた。廊下のそこここに人が群れ、大声で喋《しゃべ》っているものもいる。なんの騒ぎだろうと思いながら、エレベータホールまで行ったところで、事情がわかった。

看板が立ち、案内が出ている。夏休みを利用して、東都《とうと》大学理学部生物学科主催の、高校生対象の講演会が行なわれていたのだ。午前と午後に一時間半ずつ学科説明会を兼ねた講演があり、午後三時からは研究室見学会が開かれる。

廊下に群れているのは、研究室見学に来た高校生なのだろう。

作間は腕の時計を覗いた。午後二時五十分。三時から見学会となると、この時間、研究室は準備に追われて大変な時間かもしれない。そう思いつつも、元々挨拶《あいさつ》だけのつもりじゃないか、と心の中で呟《つぶや》いて、エレベータに乗った。

六階の廊下には、ふだんでも実験器具や備品などが置かれていて、決してすっきりした空間ではないのだけれど、今日は見学者向けのディスプレイがなされているために、特別ごちゃごちゃした印象だった。机や椅子が廊下に置かれ、フラスコやシャーレなど、ガラスやプラスティックの容器が並んでいる。ポスターもあちこちに貼り付けてあった。開放されたままのドアも多く、室内の話し声が廊下まで響いている。

作間は狭くなった廊下を奥に歩き、川名千早《かわなちはや》の居室に行った。その部屋の前には陳列物はなく、ドアに一枚、川名千早助教授が講演者の一人に名を連《つら》ねる講演会のポスターが貼《は》ってあった。その下の貼り紙に、『川名研究室の研究内容に興味をお持ちの方は、七階の実験室の方にお越しください』と書いてある。

作間はその貼り紙の横の部分をノックした。

「はい、どうぞ」という応答があったので、ドアを開けた。

中はパーティションで二つのスペースに区切られている。その手前のスペースにある机のところから、川名千早の秘書がドアの方を見ていた。

「川名先生は、いらっしゃいますか？」

「今、出ているんですが、お約束でしたか？」

「ああ、いや、いらっしゃれば、と思って——」

部屋には秘書のほかに、二人の人間がいた。右側の壁に寄せた本棚の近くに立っているのは、Tシャツにジーンズという格好の太り気味の男だった。書類の束《たば》を脇に抱えて、本の背表紙を眺めている。斜め後ろの顔しか見えていないが、体型からして、作間と面識のない相手だ。

もう一人は、薄い生地のクリーム色のジャケットを着た男で、彫りの深い顔立ちはいくらか日本人離れした印象がある。彼とは、作間は前に一度会っている。袴田伸治《はかまだしんじ》という学生だ。

「こないだはどうも」

袴田はそういって、作間に向かって会釈《えしゃく》をした。

ちょうど一週間前、先週の金曜日にこの部屋を訪れたとき、袴田は千早に進路の相談をしていた。

左奥の壁にかかったスケジュールボードを見ていた秘書が、作間の方を振り返っていった。

「四時までの会議なんですけど、そのあとすぐまた、出かける予定です」

研究室見学会に備《そな》えて、七階の実験室に行っているのかと思っていたが、そうではなかったようだ。見学会は、助手か誰かが対応するのだろう。

「そう。じゃあまた来ますよ」

「何か伝言があれば——」

「いや」と、作間は手で制した。「ほかの用で来たついでに、ちょっと挨拶に寄っただけですから」

そういって会釈して、ドアを閉めた。

エレベータに戻り、一階に降りると、出口に向かった。玄関ホールの休憩用のスペースは、高校生とおぼしき集団がたむろして騒然としていた。その脇を通り過ぎ、出口のスイング式に開くドアを押し開けようとした。そのとき、作間は誰かが駆け寄って来るのを、視界の片隅《かたすみ》に認めた。

姪《めい》の詩織《しおり》だった。淡いグレーのスーツ姿に、薄い化粧。髪の毛は黒。この前会ったときは、小さな造りの目鼻を大きく見せるような派手な化粧に茶色の髪だった。

詩織が近づいて来た。

「誰かと思ったよ」

「え？」

「ずいぶんイメージを変えたんだな」

詩織は照れたような笑《え》みを浮かべていった。

「打ち合わせ?」

作間はうなずいてすぐに、小久保という教授のところに来たのだといった。

「ふうん」と、詩織はあまり興味がなさそうにいう。

「そっちは、何やってるんだ」

詩織は大学生だが、ここ東都大学の学生ではない。

「あれにね」

詩織が顎《あご》をしゃくった先の壁に、講演と、学科説明会、研究室見学会を知らせるポスターが貼ってあった。

「あの子たちを連れて来たの」

そういって詩織は、今度は自分の背後に顎を向けた。

男女数人が、作間と詩織のいる方に視線を向けている。彼らは高校三年生で、自分の生徒なのだと詩織がいった。

この夏休みの間、詩織は予備校でアルバイトをしている。アシスタント講師という肩書きで、講義の補習を個別に行なう。

「あの子たちみんな、地方から上京して来てるの。それで、道案内を頼まれたってわけ」

作間はうなずいて、高校生たちを眺めた。中の一人、黒縁の眼鏡をかけた少年の顔に、作間はなんとなく見覚えがあるような気がして、一瞬目を留めた。が、目が合ったとき、向こうはまったく反応を返さなかったから、たぶん気のせいだろう。

「じゃあ」と、作間は詩織と別れ、表に出た。

外は眩《まぶ》しい陽射《ひざ》しが照りつけ、うだるような暑さだった。キャンパスの中をできるだけ日陰を通って歩いたが、校門を出るときには汗が滴《したた》っていた。ネクタイを緩《ゆる》め、ハンカチで額の汗を拭いながら、古書店が多く建ち並ぶ通りを抜けて、地下鉄の駅に行った。

電車は空《す》いていたので、座ることができた。膝の上に鞄を載《の》せて、さっきもらった論文を取り出して、パラパラと眺めた。

電車を降りて、地下鉄のコンコースから表に出ると、再び陽射しを浴びながら、オフィスまで歩く。会社のビルは、正面から見ると階段型になった建物で、作間が編集長を務《つと》める第一編集部は三階にある。

中はクーラーがよく効《き》いていた。編集部員の二人、新山《あらやま》と小室《こむろ》が在室していて、新山はワープロを打ち、小室は電話をかけていた。

作間は窓を背にした自分の席に座った。机の上に、再来月《さらいげつ》刊行予定の線形代数《せんけいだいすう》の本のゲラ刷《ず》りができて来ていた。鞄を置くと、上着を椅子の背にかけて、ゲラを読み始める。

五分程して、電話が鳴った。受話器を取って社名をいう。

「東都大学の川名と申しますが――」

「ああ、作間です」

「さっき来たそうね」

畏《かしこ》まった口調から、砕《くだ》けた調子に変わった。作間と千早は、仕事上の付き合いもあるが、幼馴染《おさなな じ》みでもある。

「何か用事だった？」

「いや。小久保先生のところに行った帰りにね、ちょっと挨拶だけでもと思って」

短い沈黙のあとで、千早がいった。「詩織ちゃん――一緒だった？」

「え？」

「うちの学生が、詩織ちゃんを見たっていうんだけど」

「ああ。詩織もそこに行ってたけど、僕と一緒だったわけじゃないよ」

研究室の見学会にアルバイト先の予備校の生徒を連れて行っているのだと説明した。

「そうなの。てっきり、あなたが連れて来たのかと――」

千早がそう誤解したのは、無理もない。詩織を連れて行くと、先週話したばかりだったからだ。

詩織が通う向心《こうしん》大学の農学部応用生物科学科で、去年の秋、千早が情報生物学の特別集中講義を行なった。その講義に出席したのをきっかけに、詩織は進路の相談などといって、千早の研究室を頻繁《ひんぱん》に訪れるようになっていた。しかし、今年の三月を最後に、ぱったりと来なくなり、メールを出しても返信もない――何かあったのかしら、と千早は詩織のことを気にしていた。

大学院に行くといっていたのが、すっかりなまけて遊んでばかりだから、進路の相談などした手前、ばつが悪くなって会いづらくなってるんじゃないかな。

作間がそういうと、千早は、そんなこと別に気にしないのにと苦笑した。

それで作間は、今度連れて来るよといったのだった。

「もう帰っちゃったかしら」

時計を見ると、四時五分前だった。

「いや。まだいるんじゃないかな」

「ちょっと探してみるわ」

「探さなくても、そのうち君の研究室にも見学に行くんじゃないか？」

「もうすぐ、また出かけなくちゃいけないの。探してみる」

そういって千早は電話を切った。

作間はゲラに視線を戻したが、内容が頭に入って来ない。別のことを考えていた。

千早と顔を合わせたら、詩織はどういう態度を取るのだろうか――

2

早急に渡さなければならないゲラなのに、月曜から海外出張だと著者に急にいわれて、作間はしかたなく日曜日に茨城《いばらき》まで行き、著者の自宅を訪ねた。

夜の八時過ぎ、寝不足と疲労とでぐったりとなりながら、やっと自宅のマンションに帰り着き、玄関の鍵を探してポケットを探りながらドアに近づいた。

台所の窓に、明かりが見える。どうやらまた、母親が来ているようだ。

前に一度、鍵をなくして困ったことがあり、以来作間は実家に合鍵を預けている。それからときどき、母親が留守中に上がり込むようになった。帰宅すると、部屋がピカピカに磨かれていたり、たまっていた洗濯物が干してあったり、料理が並んでいたり——それはそれでありがたく思うこともあるのだが——やって来るのはたいてい、家で揉《も》め事があったときなのが問題だ。

作間の両親は、姉夫婦と同居している。十年前、作間の姉の夫が勤めていた会社が潰《つぶ》れて、姉も共働きに出ることになり、子どものことと家賃の節約を考えて、姉夫婦は作間の実家に身を寄せた。当時作間も実家にいたのだが、姉夫婦が、もはやいっときの仮住まいとして実家にいるのではなく、両親の老後まで面倒を見る意向を口にし出したので、作間はマンションを借りて一人暮らしを始めた。

婿《むこ》は真面目《まじめ》でおとなしい性格の人だし、孫の詩織と憲太《けんた》もなついている。両親にとっても理想的な同居だと、作間は思っている。母が喧嘩《けんか》する相手は、たいていは姉に決まっていた。血の繋がった親子同士喧嘩している分には、さして心配しなくていいだろう。実際、揉め事はいつも、些細《ささい》なことだった。愚痴《ぐち》なり不満なりを爆発させたら、それで気がすむ程度のことだ。

今日もまた、姉に対する愚痴を黙って聞いてやればいいだけのことだけれど――

作間はやれやれと思いながら錠《じょう》を開いた。

愚痴のあとに決まって続く話もまた、煩《わずら》わしいのだ。

それであなたは、まだいい人見つからないの?

親との同居では嫁に来てくれる人がいないのではないかと思ってあなたを独立させたのに、これではなんのためだかわからない。そういって、見合いを勧《すす》めるのだ。

作間は溜息《ためいき》を吐《つ》きながらドアを引いた。と、手応《てごた》えがあって、途中で止まる。チェーンがかかっていた。

ドアをノックして、「母さん」と中に声をかける。

中から響いて来た足音は、母にしてはずいぶん軽《かろ》やかだ。

「あ、お帰りなさい」

部屋にいたのは、詩織だった。

チェーンを外し、内側からドアを開けた詩織に、どうしたのかと、作間はいった。

「借りたい本があったの。何度か携帯に電話したんだけど繫がらなくて——そしたらおばあちゃんが、合鍵があるから、って。悪いと思ったんだけど、明日が期限のレポートのために、どうしても必要なの」

詩織の話を聞きながら、作間は洋間に入った。テーブルに、量子化学《りょうしかがく》の参考書とレポート用紙が載っている。

「憲太が友達連れて来てて、うるさいから」

詩織の弟の憲太は高校一年生だ。

「それで、ついでにちょっとここでレポート片づけちゃおうかな、なんて。ごめんなさい、勝手して」

詩織はレポート用紙を椅子にあった鞄に片づけようとする。

「もう終わったのか?」

「あと少し」

「続けてもいいよ」

「ほんと?」

「ああ」

「じゃあ、遠慮なく」

詩織はレポート用紙をテーブルに戻した。

「しかし夏休みに、なんのレポートなんだ?」

椅子に腰掛けた詩織は、舌を覗かせてから、いった。本来は夏休み前が締め切りのレポートだったのだが、教官の温情で期限を延ばしてもらっているのだと。

作間は畳の部屋に行き、部屋着のスエットに着替えた。

洋間に戻ると、レポート用紙に向かっている詩織と向かい合う席に腰を下ろし、テーブルに載っていた封筒を手にした。予備校の名前が入っている封筒だ。

「アルバイトの方、どうなんだ」

詩織が顔を上げて、答えた。「予習で大変。それでレポートやってる暇もなくなっちゃったのよね」

予備校の夏期講習で講師のアルバイトをするという話を詩織から聞いたとき、作間は大丈夫なのだろうかと心配した。

その予備校は、講義の内容が充実していると評判で、夏休みの集中講義には、地方の高校生も大挙押し寄せる。そこで講師も増員するというのだが、大学二年生の詩織に高校生相手の講義ができるとは思えなかった。

しかしそれは、作間の杞憂《きゆう》だった。といっても、詩織が作間が思う以上に有能だったということではない。講師といっても、詩織は教壇に立つわけではなかったのだ。講義の際はアシスタントとしてついて、学生たちの自習時間に、希望者を個別に補習指導するのだという。

「中、見ていいか」

詩織がうなずいたので、作間は封筒の中身を出した。

数学の教材と講習のパンフレット。ほかに、写真の束が入っている。生徒たちの顔写真のようだ。

「名前と顔を全部覚えとけっていわれてるの。親身の指導、個別の指導っていうのも講習のウリだから」

作間はうなずいて、写真をテーブルに置くと、数学の教材を眺めた。間に予定表が挟まっていた。横に曜日、縦に時間。赤く塗りつぶした部分がある。

「これ、まさか赤い部分が全部詩織の勤務時間ってことはないよな」

「そうだけど」

「ずいぶん働くんだな」

三週間の日程で、盆休みを挟んで、前期後期にわかれ、午前の部、午後の部、夜の自習という区別がある。詩織は、ほぼ毎日、それも日によっては、朝から晩まで予定が入っている。

「なんかお金が必要なのか?」

「あ、もしそうだったら、叔父さん、お小遣《こづか》いくれる?」

冗談っぽい口調だが、金が、それも親にいえない金が必要なんだろうかと、心配になる。

「何に使うんだ」

「赤ちゃんできたの」

「え」

「嘘」

詩織が笑う。

作間はほっと息を吐《は》いた。

「お金じゃないの。ほかの心配」

「ほかって?」

「彼がね、同じアルバイトしてるの」

「彼って――付き合ってる男がいるのか」

「いるよ」

二十になる姪に、付き合っている男がいても当然だと、理屈では思うが、あまりいい気持ちがしなかった。

「で、その彼ね、真面目な人なんだけど、ルックスいいから、絶対女子高生どもがほっとくわけないのよね」

彼からアルバイトの話を聞いたとき、詩織は、これは放っておけないと思い、自分も同じアルバイトを始めることにしたのだという。

詩織は背凭《せもた》れに寄りかかって、両手を挙《あ》げて身体を伸ばした。

「コーヒー入れていい？」

「うん」

詩織は台所に立った。「叔父さんも飲むでしょう」

「ああ、頼む」

湯は、沸《わ》かしてあったようだ。詩織はすぐにコーヒーを作って洋間に戻って来た。

「けっこうかわいい子、多いでしょう」

作間はなんとなく高校生の写真をめくっていた。男子の写真が続いていて、女子生徒の顔はまだ一つも見ていない。

「その子とか、受験なんてやめて、タレント目指《めざ》した方がいいわね」

作間の手許《てもと》を覗き込んで詩織がそういう。

長髪だが、どうみても男の写真だった。かわいい子が多いとは、女子生徒ではなく男子生徒のことだったようだ。

作間は次の一枚を見た。黒縁眼鏡のその顔には見覚えがある。先日、東都大学の研究室見学会に、詩織と一緒に来ていた高校生の一人だ。

「この子、名前は?」

「え?」

「いや、どっかで会ったことがあるような気がしたんだ」

「ああ、この前、東都大学に一緒に」

「それは覚えてるよ。その前に、どっかで会ったような気がするんだけど」

「諸角《もろずみ》君だったかしら。裏を見て」

写真の裏に、諸角透《とおる》と書かれていた。

まったく聞いた覚えがない名前だ。

「どこの高校?」

「高校の名前?」

「場所だよ」

「たしか新潟《にいがた》」

作間には、縁もゆかりもない土地だ。

どこかで見たような、という印象も、写真をじっくり見るうちには薄れて来た。

「諸角君も、眼鏡外すと、これがいい顔なんだよね。それに肌つるつる。かわいい顔でもにきびだらけの子はちょっといやかな」

「付き合ってる人がいるんじゃなかったのか」

詩織は鼻を鳴らした。

「いてもチェックするでしょう、とりあえず。ま、だから彼のことも心配なんだけど」

作間は写真に視線を落とした。

「知り合い？」

「ん？」

「諸角君」

「いや。勘違いだったみたいだ」

作間は写真の束をテーブルに戻すと、詩織の顔を見ていった。

「この前、東都大で、川名さんと会ったか？」

「なんで？」詩織は口を少し尖《とが》らせた。「会うわけないじゃない」

「川名さんの研究室を見学したいっていう生徒はいなかったのか？」

「さあ。見学に行った子もいるんじゃない。そんな、ずっと固まって動いてないよ。幼稚園児を引率《いんそつ》してるんじゃないんだから」

詩織は口を尖らせたまま席に戻り、レポート用紙にしばらく視線を落としていた。

「あ、そうだ」と、詩織が顔を上げた。「叔父さん、今度の土曜日って空《あ》いてる？」

「ん？」

「貴美恵《きみえ》が来るの」

「誰？」

「忘れたの？　御子柴《みこしば》貴美恵。兄さんの婚約者」

詩織の兄の裕《ゆたか》が婚約したことはむろん忘れるはずがないが、相手の名前はうろ覚えだった。詩織が兄の婚約者を呼び捨てにするのは、彼女は、詩織の高校のときの同級生だからだ。

「どう？　時間作れる？」

作間がうなずいたとき、部屋の電話が鳴った。

千早からだった。

作間はコードレスの受話器を持って、和室に行った。

ちょっとお願いがあるのと、千早はいった。誰かにつけられているような気がするので、このまま家に帰るのが不安だ。車で迎えに来てくれないだろうか。不意をついて車に乗れば、尾行者をまけると思う。

そんな内容だった。

「わかった。すぐ行くよ。場所は？」

場所と喫茶店の名前を手近にあった紙にメモした。

電話を切ると、スエットの下を、さっき脱いだばかりのズボンに穿《は》き替えた。上は新しいポロシャツに着替える。

「ちょっと出かけて来る」

「女の人？」

詩織は、口許に薄く笑みを浮かべていた。

「連れて来るんだったら、いちゃ邪魔だよね」

「そんな相手じゃないよ」

「やっぱ女だ」

詩織は目を輝かせている。「土曜日、無理しなくてもいいんだよ。貴美恵とは、また会える機会あるから。デート優先ね」

詩織の言葉を無視して、作間は部屋を出た。

3

喫茶店に入ると、店の奥の席に腰を下ろした。途中、千早の姿を見つけたときに、一瞬だけ目くばせを交《か》わした。コーヒーを頼むと、欠伸《あくび》をするふりで口許を押さえながら背中を伸ばし、店内を眺める。

テーブルは二十卓程。四十人ぐらい客がいた。

運ばれて来たコーヒーを、十分で飲み干すと、作間は席を立った。支払いをすませて表に出て、歩いて約五分のところにある駐車場に行き、車を出し、さっきの喫茶店の方に向かう。紺色のシャツにキュロット姿の千早が歩道を歩いていた。車を寄せて、内側からドアを開けると、千早が素早く動き、助手席に滑《すべ》り込んだ。

作間はバックミラーを覗いた。怪しい影が映るのではないかと、目を凝《こ》らす。しかし、とりたてて妙な動きをする人間はいなかった。

車を発進させると、すぐには大通りに出ずに、路地を走った。後方から来る白のバンが気になっていたが、二つ目の岐路でバックミラーから消えた。

「何か心当たりはあるの？」

作間はそういって、千早の方を一瞥《いちべつ》する。怯《おび》えているのか、表情が硬く、顔が青白い。

「ただの思い過ごしかもしれないんだけど」千早はいった。「遊園地にいたときから、誰かの視線を感じてしかたなかったの」

「遊園地？」

「努《つとむ》と」

千早は眼鏡を外して目頭《めがしら》を押さえながらいった。

努というのは、千早の子どもで、今年四歳になる。千早は未婚の母で、研究者という仕事柄、面倒を見るのが難しいので、ふだんは実家に預けている。

「週末は、できるだけ一緒に過ごすようにしてるの」

千早は続けていった。今日は朝から遊園地に行っていたのだが、ずっと誰かに見られているような気がしてならなかった、と。

「遊園地を離れてからは視線は感じなくなったんだけど、父に努を迎えに来てもらって、帰り道に一人になったときまた――」

「具体的には？ 誰かそれらしい人を見たとか」

「そういわれると、何もないの」千早は額に垂れた髪を撫《な》で上げた。「少し神経質になりすぎてるのかもね。いろいろあったから」

「いろいろって？」

「うん」といったきり、千早は口ごもった。

「どうする、これから。今は尾行されてないと思うけど、このまま家に行くのは、不安なんじゃない？」

「そうね。でも大丈夫。きっと、気のせいよ」

「とりあえず僕の家に来ないか？」

「え？」

「ちょうど詩織が来てるんだ」

下心《したごころ》はないと、言い訳するつもりだったのだろうか。自分でもよくわからないまま、作間はそんな言葉を口にしていた。

「この前、大学では詩織と会えなかったんだろう？」

「ええ」

「ちょうどいい機会だ」

作間はそういって、千早を自宅のマンションまで連れて来た。建物の前にある駐車場に車を駐めてエンジンを切る。

降りようとした千早に、作間はいった。

「実はね」

ドアを開きかけていた千早が、振り向いた。

「詩織が君のところに行かなくなったのは、この前いった理由とは違うんだ」

作間はいった。「昔あったことを、知ってしまったからなんだよ」

千早の顔が強張《こわば》った。

今から五年半程前に、作間と千早の間に結婚話が持ち上がったことがある。詩織は千早を気に入っていて、絶対叔父さん、川名さんと結婚してねといっていた。

「なぜ結婚の話が壊《こわ》れたのか、詩織には、縁がなかったとしかいってなかったんだ。まだ中学生だったからね」

「理由を知って、それでわたしを嫌いになったわけね」

千早は溜息を吐いた。

作間と千早の縁談が壊れた理由を知らなかった詩織だが、家族が千早を快《こころよ》く思っていないことは、感づいていた。だから詩織は、千早の研究室をしばしば訪れていることを、家族にはずっと内緒にしていた。打ち明けたのは、作間が久しぶりに実家に戻ったときのことだった。

大学で特別講義を受講したこと、研究室を訪ねたこと、将来は自分も川名さんのような研究者になりたいという夢。

一緒にいた母親は、そこまでは、孫の話を我慢して聞いていた。しかし詩織が、千早さん、まだ独身なんだってと、作間に向かって意味ありげにいったところで、怒りをあらわにした。

あんな女の話はもうやめなさいと語気荒くいい、作間が止めるのも聞かず、結婚話がなぜ壊れたのかを語った。

「おふくろの話は感情が混じってる。本当はそうじゃないって、説明したんだけどね」

千早は視線を膝元に落としている。

「詩織は、君に失礼なことをいうかもしれないけど、それは誤解してるせいだから、許してやってくれないか」

そういって、車から降りるように促したが、千早は動かない。

「会わない方がいいんじゃないかしら」

「いや。誤解をとくには、ちょうどいい機会だよ」

まだ少し逡巡した様子のまま、千早は車を降りて、部屋までついて来た。

鍵は持っていたが、作間はドアをノックした。

詩織が「お帰りなさい」と応じた。ドアを開けてすぐに、作間の隣りに人影があると気づいたのだろう。微笑を浮かべて、顔をそちらに向けた。

「あっ」と、詩織は声か息か区別のできない音を洩《も》らした。

「今晩は。久しぶりね」

千早の言葉に、詩織は表情を凍らせ、おざなりの会釈をして、すぐに背を向けた。

作間と千早が洋間に入ったときには、詩織はテーブルに広げた本に視線を落としていた。

千早に椅子に座るようにいって、作間は台所に行く。

コーヒーの粉の入った瓶《びん》をつかみながら、壁一つ向こうの部屋に声をかける。「コーヒーでいいよね」と。千早は「はい」と答えた。

「詩織はどうする?」

洋間に向かって声をかけたつもりが、詩織は台所にやって来て、作間の後ろに立っていた。気配がしなかったので、不意に目の前に現われたように感じた。

作間は「んっ」と声を出した。

「あの人と、付き合ってるんじゃないよね」詩織は小声でいった。

「今度うちから彼女の本を出すんだ」

結婚話が壊れて以来、作間は千早と会っていなかった。しかしそれは、特に避けていたというわけではない。ただ、連絡する理由を思いつかなかったというだけだ。どうしているだろうと気にはなっても、それだけでは、なかなか連絡はできなかった。

本を出したいんだけど――二週間前、千早の方から、そんなアプローチがあり、十日前、久々に再会を果たした。

「仕事の付き合いってこと？」

「うん」

「じゃあなんで家まで来るわけ」

「ちょっと事情があったんだ」

その事情をいう前に、詩織が怒った様子でいった。

「どんな事情があったって、お人好《よ》しすぎるよ」

詩織はぷいと顔をそむけて、台所を出て行った。

コーヒーを飲むかどうか、詩織の応《こた》えは聞かなかったけれど、作間は三つ作って洋間に戻った。

千早は居心地《いごこち》悪そうに座り、詩織はレポート用紙に向かっている。

「ちょっと下を見て来るよ。変な人影がないかどうか確かめて来る」

作間はそういって、部屋を出た。建物の入り口はオートロックではないので、人が自由に出入りできる。怪しい影がないか、各階の廊下と建物の周囲を見て回った。

部屋に戻ると、詩織がいった。

「変な人いた？」

千早から話を聞いたようだ。

「いや」

「じゃあやっぱり気のせいなんじゃないですか」

詩織は、千早をうろんげに見やる。

「そうね。ちょっと最近、いたずら電話があったりして、それで神経質になってたのね」

「どんないたずらなんだ」

「無言なんだけど。何度もかかって来て」

「そういうのがあるってことはさ、今日のことだって、気のせいじゃ片づけられないよ」

作間は千早の横の椅子に腰を下ろし、ぬるくなったコーヒーで口を湿らせた。

「警察に届けた方がいいんじゃないかな」

「無言電話ぐらいで警察が何かしてくれるはずないじゃない」詩織がいった。

「尾行もされてるんだ」作間がいった。

「それは本当かどうかわからないんでしょう？」

詩織は千早に向かっていった。

千早は、作間の顔を見た。

「また何かあったら、そのときは警察に相談してみるわ」

そういって千早は立ち上がった。

「今日はどうもありがとう」

「もう少しいた方がいいんじゃないか」

さっき見回った限りでは不審者は見つかっていないが、どこかに隠れているかもしれない。

作間のそんな意見に、詩織が異を唱《とな》えた。

「いつまで待っても、心配は同じじゃない。それとも泊まってもらうの？」

気まずい沈黙が横たわった。

「詩織ちゃんのいう通りよ」

「あのう、前から気になってたんですけど、そのちゃんっていうのやめてください。もう大学生なんで」

「あ、ごめんなさい。詩織さんね」

千早はバッグを手にした。

「ちょっと待って」

作間は引き止めた。「詩織に聞いてもらいたいんだ。おばあちゃんの話は一方的すぎる。前にもいったけど、実際は違うんだよ」

「なんの話？」詩織はとぼけたようにいった。

「おばあちゃんは、いくらいってもわかってくれないけどね。叔父さんと川名さんは、付き合っていたわけじゃないんだ。縁談は、最初から断わられていた。だから、彼女が誰とどんな付き合いをしていたとしても、それを詩織がどうこういう筋合いのものではないんだよ」

「わたしなんかいいました？」詩織は千早に向かって顎を突き出す。

千早が首を横に振った。

「別に川名先生が何しようがいいですよ。わたしにはなんの関係もありませんから」

詩織はそういうと、量子化学の本を持ち上げて、顔を隠した。

作間は溜息を吐いて千早の方を見やった。

千早は、もういいの、というように、首をゆっくり横に振ってから、腰を上げた。

「じゃあ、失礼するわ」

作間はテーブルに置いてあった車の鍵を手にする。

「送って行くの?」

顔の前に立てていた本を閉じて、詩織がいった。

「ああ」

「じゃあわたしも行く。川名先生を送ったあと、わたしも家に送ってよ」

詩織はテーブルにあった予備校のパンフレットと教材、生徒の写真を封筒に戻した。

「この本借りて行くね」

量子化学の参考書とレポート用紙を一緒に鞄に入れて、詩織は立ち上がった。

4

作間の運転で、後部座席に千早が乗って、詩織は助手席に座った。

車中は最初から、重たい空気に満たされた。作間は最初、何か話をして雰囲気をやわらげようとしたが、うまくいかなかった。言葉を吐く度に、車内の空気は重さを増して行く感じがする。

沈黙以上に雰囲気をやわらげる会話はないと気づいて、作間は口を閉ざし、運転に集中することにした。

そのうちに、思いは過去へと飛んだ。

千早とは、幼馴染みで同い年だった。実家は近所ではなかったが、母親同士が親しい友人だったので、子どもの頃はお互いの家を頻繁に行き来した。しかし小学校の高学年にもなると、母親にくっついて行動することは、なくなった。

五、六年ぶりに再会したのは、新宿《しんじゅく》区にある予備校で行なわれた、高校二年生が対象の夏期講習のときだった。

講習初日の休憩時間。

ロビーにいたときに、千早の方から「久しぶり」と、声をかけて来た。

千早は、小学生の頃とは、顔も体型もすっかり変わっていた。以前は丸顔で、少し肥満気味だったのが、顎の線が鋭角的になり、身体は前の半分ぐらいに細くなった印象だった。母親から、千早も同じ講習を受けるらしいと前もって聞いていなかったら、誰だかわからなかっただろう。

「元気だった？」

千早は親しげに話しかけて来たが、作間はそっけなく応じることしかできなかった。

そのとき、作間の隣りに高本一久《たかもとかずひさ》がいた。高本一久と作間は、同じ中学校だった。中学の三年生のときはクラスも同じで、一緒に遊んだこともしばしばだが、卒業後、別の高校に通うようになってからは、連絡を取り合うこともなくなっていた。

予備校の夏期講習で一緒になったのは偶然で、ロビーにあったジュースの自動販売機の前で顔を合わせて、お互い驚いていたところに、ちょうどやって来たのが、千早だった。千早が立ち去ったあと、高本が、今の誰、と訊いてきた。親同士が知り合いで——そんな答えを返したところで、休憩時間の終わりを報《しら》せるチャイムが鳴った。

夏期講習には、作間は同じ高校の友人三人と誘い合って参加していた。高本は高本で連れの友人がいたこともあって、以後、顔を合わせると、「よう」などと声をかけ合うぐらいのことはあったが、それ以上の口をきくことはなかった。

講習の途中から、高本と千早が、必ず並んで座るようになったのはどういうわけか——訊《たず》ねる機会はないままに、高校二年の夏の講習は終わった。

翌年、作間は同じ予備校の夏期講習に参加した。千早と高本も参加していた。作間は国立大学理系進学コース。千早と高本は東都大学理系進学コース。同じ建物で講義が行なわれていたが、両コースに共通の講義はなく、教室で顔を合わせることはなかった。しかし、休憩時間に、ロビーなどで千早と高本の姿を見かけることはあった。二人は、いつも一緒にいた。

作間は二人を見つけると、逃げるように背を向け続け、二人とは、ただの一度も言葉を交わすことはないまま、その夏の講習は終わった。

高本一久が東都大に入学したことは、中学三年のときの担任教師の上岡《かみおか》から聞いた。年賀状に、志望の大学に合格できるよう頑張ってください、という一文があったので、浪人が決まったことを報告しておこうと挨拶に行ったときのことだった。

東都の医学部？　と大げさに驚いたのは、そのとき一緒に挨拶に行っていた作間の友人だった。高本の両親は医者だから、そう思ったのだろう。が、高本が入学したのは理学部物理学科だった。千早もその東都大理学部物理学科に合格したと、母親を通じて聞いていた。

二年後、千早が大学の同級生と婚約した。千早の両親も、婚約相手の両親も結婚には反対だったのだが、千早が妊娠したので、渋々認めたのだという。婚約相手の名前を、作間の母親は知らなかったが、作間は、高本一久に違いないと思っていた。

それからまもなく、千早の婚約者が交通事故で死んだというニュースを、母から聞いた。同じ日に、上岡から、高本一久が死んだという報せが入った。

思っていた通り、千早の婚約者は、高本一久だった。

作間は中学三年のときにクラス委員を務めていたこともあり、中学時代の友人代表として、教師の上岡と共に高本の葬儀に参列した。そのときに、憔悴《しょうすい》しきった千早の姿を見ている。

その後、数カ月後、母から、千早が流産したことを聞いた。

その後、作間は千早と、十年近く会うことがなかった。

大学卒業後、作間は二年間、高校の教師をやっていた。しかし教師という職業が肌に合わず、退職して、理工書を主に扱う出版社に就職した。営業を二年やったあと、科学雑誌の編集に携《たずさ》わるようになってから、作間は何度となく東都大学を訪れた。千早が東都大学の大学院にいることを母親から聞いて知っていた作間は、訪れる度に、千早と構内で出会うような予感がしていたのだが、その予感は当たらなかった。

偶然の再会は、東都大学に行ったときではなく、恵沢《けいたく》大学に行ったときのことだった。生物科学科の建物の廊下で千早と出くわし、お互いに目をみはった。

「いつ以来かしら」と、千早にいわれて、作間は言葉に窮した。

高本一久の葬式以来とは、口にしにくい。

千早も、最後に会ったのがいつか、思い出したのだろう。

「今日はどうしたの?」と、話題を変えた。

科学雑誌の編集者をしていることを告げると、千早は、それは母親から聞いて知っているといった。

「嘉島良介《かしまりょうすけ》っていう先生に会いに来たんだ」

「そうなんだ」千早が応じた。

「生物科学科の講師なんだけど、知ってる?」

千早はうなずいた。「わたしも今は、ここの研究室にいるの」

東都大学の大学院で物理の研究をしているものとばかり思っていたから、意外な話だった。

「物理学科って聞いてたけど？」

作間の問いに、千早は答えた。大学院では物理学の情報理論を専攻していたが、生物の細胞間の情報処理に興味を持ち、博士号を取得したあと、博士研究員として恵沢大学の生物科学研究室に所属を移したのだという。

「そう」とうなずいて腕の時計を見やったのは、嘉島との約束の時間まで、まだ間があることを確認するためだったのだが、急いでいると思われたのだろう。

「あ、それじゃあ」と、千早は立ち去った。

その後、作間は恵沢大学を何度か訪れたが、千早と会うことはなかった。

ふたたび千早と顔を合わせたのは、恵沢大学での偶然の再会から、四年近く経《た》ってからのことだった。

「荷物があるから、車で迎えに来て」

埼玉《さいたま》にある千早の実家に遊びに行っていた母親から、そんな電話が入った。

荷物というのは、千早の親が親戚からもらったもののおすそ分けだというリンゴだったのだが、母親を迎えに行った帰りの車には、千早も一緒に乗った。

千早は当時東京のマンションで一人住まいをしていた。その日はたまたま実家に来ていて、東京に戻るというので、送ることになったのだ。

車の中で、最初はもっぱら作間の母親と千早が話していたが、いつしか作間も会話に加わっていた。

その日以後、作間はしばしば千早と顔を合わせるようになった。

千早が母親の使いで作間の家を訪問したり、買い物に出た母親を迎えに行くと、千早が一緒だったり――

婚期の遅れた二人をなんとかくっつけようという母親たちの演出であることを、やがて作間は察した。千早も、それはわかっていると思った。わかっていて、度々顔を合わせているのだから、ひょっとしてその気があるのだろうかと、作間は心が騒いだ。

半分は母親に尻を叩かれながら、ついに二人きりのドライブに誘った。それに千早が応じたとき、作間は漠然と、千早との結婚生活にまで思いを巡らせた。

しかし、ドライブの途中で千早が口にしたのは、付き合っている男がいるということだった。

相手は、妻子のある男なので、親には話していないのだという。

どうだったの、と訊く母親に、友達以上の付き合いはできないと交際を断わられたことを告げた。

「どうして？」

「それは、人それぞれ好みがあるじゃないか」

そのとき作間はそういって、千早の不倫のことは、自分の胸だけにとどめたのだが――

5

電気剃刀《かみそり》で髭を剃《そ》りながら、作間は鏡に映ったテレビ画面を一瞥した。チャンネルはニュース番組に合わせていたが、内容にはあまり意識が向かわず、ただ時間を見るためだけに点《つ》けていた。七時四十七分。それだけ確認して、視線を鏡の中の自分の顎に戻した。と、視界の端《はし》に、恵沢大学教授という白い文字が見えた。

殺されたのは――というアナウンサーの声。

恵沢大学の教授となると知り合いかもしれない。作間の頭に親しい人間の顔がいくつか浮かんだ。

被害者の写真が出た。ホームベース型の輪郭が特徴的な顔。作間は振り向いて画面を直接見た。嘉島良介――頭に浮かんでいた親しい人間のうちの一人ではなかったが、知り合いだ。まさか、と思わず声が洩れた。

テレビのボリュームを上げる。

事件は昨夜で、ジョギング中の出来事だったという。嘉島良介は、刃物で腹部を刺されて殺された。人気《ひとけ》の少ない通りで、目撃者がなく、犯人についてはまだ何もわかっていない状況らしい。

作間は身支度《みじたく》を整えながら、この事件のニュースがどこかほかの局でも放送されてないかと、頻繁にチャンネルを切り替えた。しかし、八時を過ぎて、出かける時間が迫っても、嘉島の事件を報道するニュース番組にはぶつからなかった。八時十五分になったので、諦《あきら》めてテレビを消した。

ふだんからすると早めの出勤になったのは、千葉《ちば》にある短大の教授を午前中に訪ねなくてはならないからだった。自宅から直接短大に向かうつもりでいたのだが、持ち帰っていた打ち合わせの資料を昨夜見直していて、二、三不足を感じた。

オフィスの鍵を開けて、まだ誰もいない部屋に入ると、パソコンで必要なファイルを少し整理して、プリンターから打ち出す。その合間に、自分に届いているメールをチェックした。

千早からのメールがあった。

昨夜自宅に送ったあと、また何か起きていなければいいが――

プリンターから打ち出された書類を揃えながら、千早からのメールを読んだ。

昨夜は迷惑をかけたという謝罪に始まり、あのあとは、何も変なことは起きなかったとある。しかしそこまでは、前置きだった。

『実はまた、あなたに迷惑をかけるようなことができてしまいました』

あとに続く文面に、作間は息を呑《の》んだ。

『もしかしたらすでに知っているかもしれませんが、昨夜、恵沢大学の教授の嘉島良介が殺される事件がありました。その件で、たった今刑事が私を訪ねて来ました。昨夜何をしていたかと訊かれて、あなたと詩織さんと一緒だったことを話しました。裏付けを取るために、あなたの所にも刑事が行くと思います。職場に警察が行ったのでは、それだけでも体裁《ていさい》が悪いので、その点、気を遣《つか》ってくださいとお願いしましたが、聞き入れてもらえるかどうか、わかりません。職場の方で事情を尋ねられたときは、遠慮なく私の名前をいってください。もちろん、私の方からも釈明が必要であれば、そうします。詳しいことは夜にでも電話して話します。また面倒なことに巻き込んでしまって、ごめんなさい』

作間は画面から目を離し、椅子に凭れて天井を仰《あお》いだ。

前にも、千早が原因で、作間の元に刑事がやって来たことがある。

作間はそのときのことを思い出していた。

妻子のある男と付き合っているのだという告白を受け、交際を断わられてからまもなく、千早の不倫相手がアパートの一室で焼死するという事件が起きたのだ。

検証の結果、出火の原因は煙草《たばこ》の火の不始末で、男は泥酔して寝ていたために逃げ遅れたものと考えられたのだが、そのアパートというのは男の自宅ではなく、千早名義で借りていた部屋だったことで、問題が残った。

不倫相手の妻は、検証の結果に納得しなかった。千早のマンションに連日押し掛け、千早を人殺し呼ばわりした。千早がたまりかねて実家に身を寄せると、今度は実家まで押し掛けた。

煙草の火が出火の原因だったとしても、その火は、千早が点けたものかもしれない。ビール一杯で酔いつぶれる男だったから、事故に見せ掛けて焼き殺すことは簡単だった。それに、千早にはほかにも男がいる。夫との三角関係で揉めていたのに違いない。だから動機もあるのだと、騒ぎ立てた。

その場に、作間の母が居合わせた。

実は千早のアリバイを証明したのは、作間の母親だった。

火災が起きた時間を含む数時間、千早は作間の母親とレストランで食事をしていた。どうか考え直して、息子の嫁になってはもらえないかと、母は千早を口説《くど》いていたのだ。

念のためと、警察は、作間の母親に千早のアリバイを確認しているのだが、捜査員は、そのとき、事件の詳細には触れなかった。不倫相手の妻が怒鳴《どな》り込んだ現場に居合わせるまで、作間の母親は、千早の不倫を知らなかった。

憤然として帰宅した母親は、作間に向かって、千早が不倫していたことをいい、火事が起きてよかったといった。

「それがなかったら、きっとあの女、知らん顔であなたと結婚するつもりだったのよ」

作間は、交際は断わられたといったではないかと、反論し、不倫のことも打ち明けられていたのだといったけれど、あんな女をかばうのかと、母親は聞く耳を持たなかった。

母親の怒りが頂点に達したのは、火事が起きたときの作間のアリバイを捜査員が調べに来たときだった。千早にアリバイがあっても、親しい誰かがかわりにやったかもしれないということだったのだろう。作間は火災が起きた時間、実家にいた。千早とレストランにいた母親は不在だったが、父や姉がいたし、幸いなことに姉の友人もいたから、アリバイに問題はなかった。しかし、そんな疑惑を持たれたというだけでも、母親は腹に据えかねたようだった。

以来、作間の母親は川名家と絶交した。

けれどもその後も、母の元にはいろいろと情報が入って来ていたようだ。

絶交してから一週間程して、母親が作間にいった。

「不倫相手って、誰だったと思う？」

「知るわけないだろう」

「驚くわよ」

「誰だっていいよ」

「あの人、婚約者の兄さんなんだって」

婚約者というのが誰のことをいっているのか、すぐにはピンと来なかった。

「昔、事故で死んだ婚約者がいたでしょう。あなたの中学の同級生だったっていう、あの人」

婚約者とは、高本一久のことだった。焼死した千早の不倫相手は、一久の兄、高本彰《あきら》。

子どもまで身ごもった男の兄と関係するなんて、見境《みさかい》がないと、母親はいった。見境がないかどうかは別にして、作間にも驚きはあった。

それから一年以上経過してから、また驚かされることになった。

母親が嫌悪感を露骨に表情にあらわしていった。

「彼女、子ども生んだんだよ、先月」

それはつまり、高本彰の子どもではないということだった。

「まさかそこまでとは思ってなかったよ」

ほかにも男がいたと高本彰の妻がいっていたけれど、それは、千早を犯人と思いたくて、妄想で語っているだけだと思っていた——母はそういったあとで、吐き捨てた。

「あんな淫乱女に引っかからなくてよかった」

6

千葉の短大を出たあと、フリーのサイエンスライターと両国《りょうごく》で落ち合い、新宿で打ち合わせをかねた夕食を摂《と》った。ライターの都合で八時前に別れたので、ふだんの作間なら一度会社に戻るところだが、そのまま帰宅した。

夜にでも電話すると、千早はメールに書いていた。職場に電話するはずはないし、仕事中かもしれない時間に携帯電話を鳴らすこともあるまい。

電話は自宅にかけて来るだろう。そう思うと、一刻も早く家に帰りつきたかった。

部屋に戻るなり、留守番電話に録音されているメッセージを再生した。五件のうち、二番目のメッセージが、千早からだった。

「自宅にいます。帰ったら、電話もらえますか」

すぐに電話した。二度コール音が鳴ったところで、繋がった。

「メール、読んでもらえた？」千早がいった。

「うん」

千早は吐息を洩らした。「警察、来た？」

「いや。連絡もなかったよ」

「そう。じゃあ頼みは聞いてもらえたのね。わかりましたっていってたけど、職場に連絡するんじゃないかって、心配してたの」

口裏を合わせられないように、すぐに行くのではないかと思っていたと、千早はいった。

「連絡があったら、どうすればいい？」

「どうって？」

「昨日の夜のことを訊かれると思うんだけど、どう答えたら——」

「変な気を回してない？　別に疚《やま》しいことはないわよ」

「じゃあ、正直に話せばいいんだね」

「当たり前じゃない」

きっぱりとした声を聞いて、作間はずいぶんほっとした。

「それでそのう、嘉島先生とは、どういう付き合いだったの？」

知人という程度の付き合いなら、事件の翌朝刑事が来るのは早すぎる。

「いくつか共同研究の仕事があるわ」

「そう」と、納得したようにいったものの、研究のパートナーにしても、やはり早く来すぎではないかと感じる。

「それに——彼が最後に携帯からかけた電話が、わたしの自宅なの」

携帯電話の送信記録か、リダイヤル機能かで、それがすぐわかったらしく、刑事はその電話の内容に関心を持って早速《さっそく》訪ねて来たのだという。

「留守番電話に、嘉島の声が入ってたわ」

居留守なのはわかってる。電話に出ないと、後悔するぞ。俺は何するかわからないからな。子どもが、どうなってもいいのか。そんな内容が吹き込まれていたと、千早はいった。

「嘉島教授は、ストーカーだったのか？」

「今のことだけだったら、そうかもしれない」

千早はいった。「今は、仕事上だけの付き合いなんだけど、以前、付き合っていたのよ。もうとっくに別れていたけど」

作間は唾《つば》を呑み込んだつもりだったが、口の中は乾《かわ》いていて、喉を下ったのは空気だった。

「もしかして――」作間は乾いた唇をなめた。

子どもが、どうなってもいいのか、という嘉島のメッセージ。

それはストーカーが、相手に子どもがいるなら必ずいいそうな脅《おど》し文句だが、嘉島の言葉には、別の意味があるのではないのか。作間がそう訊く前に、千早が自らいった。

「嘉島は、努の父親なの」

作間は動悸《どうき》を覚えたが、自分が何に動揺しているのか、よくわからなかった。

「ごめんなさいね。また面倒なことに巻き込んで」

「それはいいんだけど——なんといったらいいのか——ショックだろうね。努君の父親が——殺されたなんて……」

「ちょっと混乱してる。嘉島とは、もう終わっていることだったから、縒《よ》りを戻すなんて、そんな気持ちは全然なかったの。つきまとわれて、ますます愛想が尽《つ》きてたわ。だけど殺されるなんてね。まだ何か、信じられない」

「父親のこと、努君にはなんていってあるの？」

「生まれる前に死んだ、って」

「それで」

「え？」

「今度のことは？」

「いつか、いうかもしれないけど、まだ四歳だから」

何を話したらいいのか、言葉がなくなり、作間は黙り込んだ。

一分近い沈黙のあとで、千早がいった。

「そうだ。詩織さんにも、変なことに巻き込んでごめんなさいっていって謝《あやま》っておいて。メールは出したんだけど、読んでくれるかどうかわからないから」

千早は続けて、本当にごめんなさいといい、うん、という作間の言葉のあと、じゃあいずれまた、と電話を切った。

作間はコードレスの受話器を置いて、椅子に腰を下ろし、テーブルに肘《ひじ》をついて額に手をやった。しばらくぼんやりとしていたが、立ち上がって、シャワーを浴びに行った。頭を冷やして、すっきりさせたかった。

風呂場から出て、トランクスとTシャツを身に着け、濡れた頭を拭いていたときに、チャイムが鳴った。玄関に行き、誰何《すいか》すると、応えたのは詩織だった。

「どうしたんだ、こんな時間に」詩織は身体をさっとドアの隙間《すきま》に滑り込ませた。

「一人？」

「どうしたんだ？」

詩織は並んだ靴を眺めている。

「あの人、来てないのね」

「は？」

「また死んだ。――川名千早と付き合ってた男が、また死んだの」

作間の母親が、高本彰が焼死した事件を詩織に語った。そのときに、彼の弟の高本一久が千早の婚約者だったことも、交通事故で死んだことも、話している。

「三人目よ。こんなのふつうじゃない」

作間は何もいわずにドアの錠を閉めて、洋間に移動した。

詩織は荒い息をしながら、作間のあとについて来た。

「付き合ってる相手が次々死ぬなんておかしいよ」

千早は詩織にメールを送ったとはいっていたが、嘉島との関係までメールに書いたのだろうか。作間はその点を疑問に思い、なんの話をしているのかと、とぼけた。

「叔父さんにも連絡があったはずよ」

「誰から?」

「川名千早からよ」

作間が何も答えないでいると、詩織は、千早からメールが来ていたといった。

「知り合いが殺されたなんて書いてあったけど、ただの知り合いのアリバイを事件の翌朝調べたりする?」

「わからないだろう。知り合いを順番にあたる中の、一番だったのかもしれないじゃないか」

「そんなわけないよ。嘉島良介は、川名千早の恋人だったのよ」

「殺された知人の名前、書いてあったのか?」

「書いてなくても、そのぐらいわかるよ。嘉島良介と川名千早には共同の論文もあるもの。親しい人間が、同じ日に何人も殺されるはずないでしょう」

詩織はまなざしを鋭くした。「それとも、ほかにも誰か殺されてるの？」

作間は目をそらした。

「また不倫よ。嘉島教授には奥さんも子どももいるんだから」

作間は視線を戻した。「どうしてそんなことまで知ってるんだ？」

「恵沢に行ってる友達から聞いたわ」

「さっきいったみたいなこと、人にいいふらしたりしてないだろうな」

「川名千早と付き合う男はみんな死ぬってこと？　それとも彼女が、殺人事件の容疑者だってこと？」

「誰かにいったのか？」

「友達とは、なんかあなたの大学で事件があったね、っていって話題にしただけ。川名千早がどうこうなんていってない。でも、おばあちゃんとおかあさんにはいうよ。叔父さんがあの人と付き合うのをやめさせたいから」

「仕事上の付き合いだけだ」

「わたし恐いの。今度は叔父さんが死ぬんじゃないかって」

「馬鹿なことというな」

「付き合ってる人がこんな次々死ぬなんて、絶対ふつうじゃないよ。あの人と関わるのは、もうやめて。男をとっかえひっかえして、それが次々死んでしまうのよ。今度は叔父さんが死んでしまう。きっと何かの呪いかたたりだわ」

「呪いとかたたりなんて、ずいぶん非科学的なことをいうんだな」

「非科学的じゃないよ。呪いとかそういう言葉はそうかもしれないけど、あの人は禍《わざわい》を引き寄せる体質なのよ。そうとでも考えないと、おかしすぎる」

詩織はそのあともしつこく、千早との付き合いをやめろといい続けた。

7

作間のところに警察から連絡があったのは、翌朝だった。

用件については、たぶんおわかりだと思うのですが。そういわれて、作間は、千早から話を聞いていることを伝えた。

今日会いたいといわれたが、仕事の予定が詰まっていたから、会うのは翌日の早朝ということになった。

水曜日の午前八時を少し過ぎた時間に、作間の自宅を二人の刑事が訪ねて来た。眼鏡の刑事と、顎に大きなホクロがある刑事。どちらも三十前後に見えたが、名前を名乗ったのも、朝から失礼しますといったのも、靴を脱ぐのも、すべて眼鏡の刑事が先だったから、たぶんこちらが年上なのだろう。

洋間に通すと、緑茶を入れて出した。

「どうもすいません」といいながら、眼鏡の刑事が、改めましてと、名刺を差し出す。倉井克夫《くらいかつお》という名前だった。もう一人からも名刺をもらった。こちらは、高浦賢哉《たかうらけんや》。

「嘉島という男性が殺された事件については、もちろん、もうご存知ですよね」倉井がいった。

作間がうなずくと、倉井は、いつ知ったか、誰から教えられたか、嘉島との面識は、などと矢継ぎ早に質問をして来る。

作間は落ち着いて、どれも自分の記憶通りに偽《いつわ》りなく話した。

「嘉島さんと川名さんとのお付き合いのことは、ご存知だったんですよね」

「いいえ。事件のあと、初めて聞きました。昔付き合っていたと」

「古いお付き合いだとうかがってるんですが」

「わたしと川名さんですか？」

「ええ」

「そうですね。付き合いは古いです。でも、プライベートなことまで話し合うような間柄ではありません」

「しかし日曜日には、誰かにつけられている気がするというので、あなたに助けを求めて来たわけですよね」

「友人の一人ではあるつもりです」

「別の誰かでもよかったんでしょうか」

「それは、向こうに訊いてください」

倉井はうなずくと、日曜の夜のことについて、出来事や行動を訊いて来た。車は、どこをどう走ったのか、そんなことまで。

「とりあえず、今日のところはこれだけで」

そういって倉井が茶碗に手を伸ばした。

「今日のところというのは？」

作間がそういうと、倉井は伸ばした手を引っ込めた。

「まだ何か質問が残っているんでしょうか」

「いいえ」と、倉井は手を振った。「もしまた何かあったときには、ということですよ。たぶん、そんなことはないと思いますが」

倉井は茶碗を持ち上げて、中身を飲み干してから、立ち上がった。

「どうもお手数かけました」

刑事たちを送り出すと、作間は玄関のところで、深い呼吸をした。

ありのままを答えただけだから、緊張などしていなかったつもりだが、肩と背中が張っていた。

作間は部屋に戻ると、ときおり肩を揉みながら、パソコンのキーボードを打った。

今朝刑事が来た。いろいろ話したいこともあるので、今夜か明日か会えないだろうか。

そんな内容のメールを書いて、千早に送信した。

パソコンの前を離れると、食パンを一枚口に詰め込んで、自宅を出た。

出社して、午前十一時からの会議を終えてからメールをチェックすると、千早から返信が届いていた。

今夜も明日も時間が取れないが、今日の夕方ならば、少し時間が空けられるという。

研究室に電話をかけて、四時半にファミリーレストランで待ち合わせることを約束した。

約束の時間に、五分遅刻して現われた千早は、下瞼《したまぶた》が、少し黒ずんでいた。肌の荒れも、化粧では隠しきれていない。ヘアスタイルも、どこかいいかげんな印象だった。

疲労が身体の隅々《すみずみ》から色濃く滲《にじ》み出ていることを、自ら意識しているのだろう。作間が何もいわないうちに、昨日は徹夜で実験をしていたからと、千早はいった。

ウエイトレスにコーヒーとチーズケーキのセットを二人分オーダーしてから、作間は、刑事とどんな話をしたのかを語った。

千早は、テーブルに肘をついて、身を乗り出す姿勢で、ときおりうなずきながら聞いていた。

作間の話が終わると、千早はテーブルから肘を離した。

「面倒なことに巻き込んで、ごめんなさい」

千早がそういって頭を下げたときに、ウエイトレスがチーズケーキとコーヒーを運んで来た。

会話が途切《とぎ》れ、ウエイトレスが席を離れてからも、しばらくはお互い無言だった。

「この前のことだけど」

作間がそういったとき、千早はフォークの先でチーズケーキを切っていた。

「遊園地から君を尾行していたというのは、ひょっとして、嘉島さんなのか？」

目線を上げた千早は、フォークを皿に置いた。

「それは、ないと思う。――もしかしたらわたし、嘉島にしつこくつきまとわれたせいで、被害妄想になってしまっていたのかもしれないわ。本当は、誰からも尾行なんてされてないのに、後ろに誰かいるような、そんな気がしてたのかもしれない。無言電話もね、よくよく考えると、そんな気にするほど頻繁じゃなかったのよね」

千早はそういってからフォークを手にした。

作間もフォークを持ち、チーズケーキを口に入れた。

「昨日、裕さんと会ったわ」

唐突な話題だった。それに、甥《おい》の裕の名前が千早の口から出たことも、意外だ。

作間は戸惑《とまど》いながら、口の中のものを慌てて飲み込んだ。

「裕って、岩上《いわがみ》裕だよね」

千早が首を傾げている。

姉夫婦が作間の実家に住むようになったとき、裕はもう大学生だったから、別にアパートを借りて住んでいた。

「裕に会ったことって、あるんだったかな？」

「聞いてないの？」

「何を？」

「わたし、詩織ちゃんにも、口説かれていたの」

千早がいった。作間と千早の縁談を親同士が進めようとしていたとき、詩織もまた、この縁談がまとまることを望んでいた。

当時中学生だった詩織は、何度か千早に会いに来たことがあるという。叔父さんのお嫁さんになってくれませんか、と。

作間は溜息を吐いた。

「詩織ちゃんがわたしを嫌いになるのは当然よね」

うなずきかけた動作をごまかすために、作間は身体を前に傾けて、フォークでチーズケーキを切った。

「そのときお供《とも》について来ていたのが、裕さんだったの」

「そう」と、作間はフォークを皿に置いて、うなずいた。「で、昨日はなんで？」

「小説の取材だって」

裕は四年前にミステリー小説の新人賞を獲《と》って作家としてデビューし、二年前に司書の仕事をやめて、今は専業作家になっている。

「君の研究の取材？」

「わたしのところに来たんじゃないの。ほかの研究室に来ていて、そのついでに、挨拶に寄ってくれたの」

千早は左のこめかみを指で押した。「裕さん、結婚が決まったそうね」

「うん」と作間が応えると、「おめでとうございます」と、千早はいった。

「相手の女性、白血病だそうね」

作間はうなずいた。

「うん」

「骨髄移植をしないと長くない命なんだってね――」

千早はコーヒーカップに視線を落としていった。

「早くドナーが見つかるといいけど」

骨髄移植のためには、患者とドナーは、HLAという白血球の型が適合しなくてはならない。裕の婚約者の貴美恵の場合、血縁者にドナーは見つからず、骨髄バンクにも適合者はいなかった。現在も、知人などを中心にドナー探しを続けているが、HLAが適合する人間が見つかる確率は絶望的に低い。

「そうらしい」

しばらく会話がとだえた。

二人共、黙々とチーズケーキを口に運んだ。

皿は屑《くず》だけになり、コーヒーカップも、二つとも空になった。

「そういえば、刑事に訊かれたんだけど」

作間はコップの底にあった小さな氷の塊《かたまり》を口に入れ、それが溶けたところで、話を続けた。

日曜日、尾行者の影を感じた千早は、なぜ作間に助けを求めて来たのか。

「ほかに、来てくれそうな人、思いつかなかったから」

千早はそういうと、水の入ったコップを空にした。「迷惑かけて、ごめんなさい」

「いや。別に迷惑なんてことはないよ」

伝票を持って立ち上がり、店を出る。別れ際《ぎわ》に、作間はいった。

「嘉島さんの葬儀には？」

「出てない。本当にもう、とっくに縁が切れてるから」

「だけど努君にとっては――」

「認知されてるわけじゃないし、認知してもらおうと思ったこともないわ。努は、わたしだけの子どもなの」

8

作間の元に母親から電話が入ったのは、金曜日の夜のことだった。

「詩織がいったそうだけど」と切り出されて、千早のことで何かいわれるのかと思ったが、違っていた。

「貴美恵さんが、明日、家に見えるから、あなたも来てね」

すっかり忘れていた。電話がなかったら、すっぽかすところだった。

土曜日の夕方、六時少し前に、作間は実家を訪れた。

生垣《いけがき》に囲まれた建物は、黄色いタイル貼りの壁に、緩い勾配《こうばい》になった茶色の屋根。骨の部分はもうずいぶん古いが、最近外壁を塗り直したので、見た目は周囲の住宅と比《くら》べても、新しく洒落《しゃれ》た印象がある。

飾り彫りの入った門を開けて、中に入り、石段を上る。

チャイムに応えて姿を現わした母親は、割烹着《かっぽうぎ》姿で、「お帰り」と出迎えた。

厨房《ちゅうぼう》から、魚の煮えるにおいが漂って来ている。並んで歩いていた母親が途中厨房に入り、一人奥に行くと、居間には義兄の岩上と詩織のほかに、若い女性と中年の男がいた。作間の姿を認めると、若い女性と中年の男がそろってソファから腰を上げた。

義兄が作間と彼らの間に立って、互いを紹介した。

若い女性は、御子柴貴美恵で、中年の男は、彼女の父親の御子柴雄広《たけひろ》だった。

貴美恵の容姿は、作間が漠然《ばくぜん》と想像していたのとは、ずいぶんと違っていた。慢性骨髄性白血病という難病に冒《おか》されていると聞いていたから、作間は痩《や》せ細った身体、細面《ほそおもて》で青白い顔を勝手にイメージしていたのだが、実際は丸顔で血色も悪くない。体型も、肩幅が広く、がっしりしていた。

半袖のワイシャツ姿の父親は、胸板の厚さと腕の太さが目立つ。警備員という職業から、体格の良さをなんとなく想像はしていたが、思っていた以上だった。

小柄で華奢《きゃしゃ》で、性格も引っ込み思案な裕が、よくもこの男に娘さんをくださいなどといえたものだと、そんなことを思いながら挨拶を終えて、空いていた椅子に座った。

「ちょっともう一回、裕に電話してみてくれ」

義兄が詩織にいった。

詩織がうなずいて、部屋を出て行く。

「裕君、どうかしたんですか？」

作間は横に座っている義兄に、小声で訊いた。作間は詩織や憲太のことは呼び捨てにしているが、裕だけは裕君と呼んでいる。義兄は、作間の姉とは再婚で、裕は義兄の連れ子だからだ。初対面のとき、裕はすでに十歳だったし、姉夫婦が実家に住むようになったときには、すでに独立していたから、一緒に住んだ時期もない。呼び方だけでなく、接する態度も、詩織や憲太に対するのとは、自然と違っている。

「もうとっくに来てなきゃおかしいんだけどな」

義兄は白髪の目立つ頭を爪で掻《か》きながらいった。

まもなく居間に、詩織が戻って来た。

「家も携帯も留守電だった」

「いったい何してるんだろう？」

義兄が僅《わず》かに苛立《いらだ》ったような声を出した。

裕から連絡が入ったのは、それから二十分程経ってからのことだった。

電話を受けた作間の母親が居間にやって来て、あと一時間ぐらいしたら行くと裕がいって来たと告げた。

「何やってるっていってました？」

義兄がいった。

「帰ってから話すって」

裕がやって来たのは、それから五十分程してからだった。

義兄と作間と、貴美恵親子、詩織の五人で雑談を続けていた居間に入って来た裕は、「お待たせしてすいません」と、居間に入るなり、誰にともなく頭を下げた。

「何やってたんだ?」義兄がいった。

「実は、警察に呼ばれてて」

裕はそういってすぐに、両手をひらひらと振った。「あ、全然大したことじゃないから」貴美恵の父親の方に顔を向けて、裕は続けていった。「ある事件のことで呼ばれたんですけど、なんていうか、参考程度ですから」

「どんな事件なの?」貴美恵がいった。

「うん——その話は、食事のあとにしよう」

作間の両親と、姉夫婦、裕、詩織、憲太、貴美恵とその父親、作間も含めて十人で入るには、ダイニングルームは窮屈すぎるので、居間のソファを動かして隅に寄せ、ロータイプのテーブルを二つ並べて、その周囲に座布団《ざぶとん》を敷いた。

テーブルに料理が並んで、食べ始めて間もなく、なぜ警察に呼ばれたのかと作間の母親が訊いた。

裕はあとで話しますといって、答えなかった。

食事を終えてテーブルが片づき、コーヒーを飲み始めたときに、作間の母親が再び訊いて、そこでやっと裕は話し始めた。

「事件自体は、実は、大変な事件なんです」

裕は眼鏡の位置を指先で直してから、続けた。「殺人事件です」

「殺人事件?」と、声を出したのは、詩織だった。

「誰が殺されたの?」貴美恵がいった。

「君は知らない人だ」

「誰?」詩織がいった。

「詩織も知らない相手だよ。というか、僕も実は何度か会っただけで、知り合いなんていえない相手なんだけど」

裕は視線を宙に泳がせた。「殺されたのは、恵沢大学の教授で、嘉島って人」

作間は斜め右前にいる詩織と顔を見合わせた。

「それ、ニュースで見たわ」と作間の母親がいった。

9

御子柴貴美恵と父親は、午後十時半を少し回った時間にタクシーを呼んで帰って行った。

作間と裕は泊まることになり、居間に布団を敷いた。作間の母親が枕を二つ持って現われたのを最後に、居間には二人だけになった。

酒のせいか、ひどい眠気に襲われて、作間は欠伸《あくび》をしながら布団の上に座っている。

新しいTシャツに頭を通しながら、裕がいった。

「電気消しますか?」

いい終わったときには、シャツを身に着け、蛍光灯のスイッチに手を伸ばしていた。

「ちょっと待って」

作間は頬を両手で叩いた。「さっきの話――警察の――あれ、もうちょっと詳しく聞かせてもらえないかな」

手を伸ばした姿勢のまま、一瞬固まっていた裕は、手を下ろして、うなずいた。

「わかりました」

先刻テーブルをみんなで囲んでいるとき、裕は警察に呼ばれた事情を一通り説明した。

裕は、昨年冬に上梓《じょうし》した小説のことで、最近嘉島良介とトラブルになっていた。小説の中に、自分をモデルにした人物が登場していて、非常に不愉快だというのが、嘉島の言い分だった。

裕は編集者と共に嘉島に会い、現実のある事件を参考にしたことは事実だが、登場する人物は架空のもので、嘉島がモデルというわけではないと説明した。しかし嘉島は納得せず、改めて話し合いをすることになっていた。そんなときに起きた事件だったので、裕は警察に呼ばれて、事情を訊かれた。

「嘉島教授とのトラブルのこと、殺人事件なんてことがなかったとしても、叔父さんには、ちゃんと話さなくてはいけないと思っていたんです」

「どういうこと？」

裕は自分の布団に腰を下ろして、作間の方を向いた。

「小説——読んでもらってないですよね」

作間は裕のデビュー作だけしか読んでいない。

「せっかく送ってもらっていて申し訳ないんだけど、なかなか読む時間が取れなくてね」

「いいえ、いいんです」

「今度読んでみるよ」

「問題の本がどれかは、わかりますよね」

作間は困惑した。

裕は新作が出る度に作間に本を送って来る。すでに六冊だか七冊だかの本が届いているが、二作目以降、読もうという気がまったく起きず、ここ二、三作は、封も開けずに放ってあった。仕事柄書店に行く機会は多いが、小説の棚にはまず近づかないし、レジや入り口近くに積まれるベストセラーや話題の本の中に裕の本を見つけたことはない。

「去年の冬に出たやつだったね——すまないが、題名を忘れてしまった」

「そのまんまの題なんですけど」

「そのまんま？」

そういわれても、実際は表紙も見ていないのだから、題名を思い出しようがなかった。

「現実の出来事を参考にしたっていいましたよね。それ、叔父さんから聞いた話なんですよ。川副純太《かわぞえじゅんた》の事件です。本の題名は、『クローン人間が生まれた日』」

10

明かりを消して布団に潜《もぐ》った作間だったが、眠気はいつのまにか消えていた。暗闇の中に目を向けながら、十年近く前の出来事を思い出している。

小柄で手が長く、ちょっとカマキリを連想させる顔立ちの男が、当時作間が関わっていた科学雑誌の編集部を訪れた日のことだ。

川副と名乗ったその男は、作間が担当していたサイエンスライターの武智《たけち》と連絡が取りたいといった。

川副が来たとき、ちょうどオフィスにいた作間は、応対に出たのだが、顔を合わせた瞬間から、嫌な気分になった。川副は目が血走り、やたら甲高《かんだか》い声で話し、膝に組んだ両手の指を忙《せわ》しなく組み替え、意識的か無意識か、やたら舌打ちを繰り返した。

彼は、武智の家の電話番号を教えてくれという。用件を訊いたが、武智にしか話せないといった。

雰囲気的に、ふつうではないものを感じた。

うまく追い返せないかと言葉を探していると、川副は、名刺を出した。武智が取材用に使っているものだった。そこに作間が編集に携《たずさ》わる雑誌名があったので、川副はここにやって来たということのようだった。川副は、自分は怪しいものではないからと、身分証明書も見せた。恵沢大学の大学院理学研究科、生物科学専攻の博士課程三年生。

「わかりました。それでは武智さんに連絡を入れて、あなたのことを話して、連絡をするようにいっておきます」

「どうやって。どうやって連絡するんだ」

川副の言葉は、呂律《ろれつ》が回っていない。

「学校の方に——」

「駄目だ。馬鹿いうな。秘密の話なんだ」

「じゃあご自宅の方にでも」

川副は、目を剝《む》いて首を振った。

「盗聴されてるんだ」

口調や雰囲気だけではなく、話の内容も変だった。正気の人間とは思えない。

「明日、ここに電話していただくということでは、いかがですか。武智さんとはそれまでに連絡を取っておきますので。どういう方法で連絡を取り合うかは、武智さんに決めてもらいましょう。武智さんがいいといえば、武智さんの電話番号をあなたに教えます」

川副は少し渋ったが、なんとか追い返すことができた。

その夜、武智に電話をかけて、事情を話した。

「川副純太なら、よく知っているよ」

「連絡したいから電話番号を教えてくれっていうんですけど、どうしましょう」

「今は自宅が事務所兼用なんで、無闇《むやみ》には教えてほしくないんだけどね。まあ彼にならいいかな」

「いいんですか？」

「ああ。礼儀正しくて、おとなしい青年だからね」

そう聞いて作間は、今日編集部に来たのは、川副を自称する偽者《にせもの》だったのではないかと思った。礼儀正しい、おとなしい青年――ではなかった。編集部を訪れた自称川副の、外見の印象と挙動を詳しく話した。

自分の知っている川副純太と同一人物のような気がしないと、武智はいった。

「だけど一応、会ってみるよ」

翌日、約束しておいた時間に川副から作間の元に電話があり、編集部を訪れていた武智がかわった。

電話を切った武智に、作間は訊いた。

「どうなんですか？　偽者ですか？」

「いや、本人だよ」

武智は、これから会いに行くという。

「大丈夫なんですか」

「彼はそんな変な人間じゃないよ」

「ついて行きましょうか？」

「いや。なんかわたしだけに聞いてもらいたいといっている」

武智は隙間の広い前歯を覗かせ、長く伸ばした白髪を触《さわ》りながらいった。

出かけてから二時間程して、武智が編集部に戻って来た。

作間は、武智の身が無事だったということに、まずはほっと胸を撫で下ろした。

武智は作間を手招きして呼んで、耳打ちした。二人で話したいという。

打ち合わせということでオフィスを出て、駐車場に駐《と》めてあった武智のワゴンに乗って話をした。「実はね、彼、マウスの体細胞クローンを作ったっていうんだ」

作間は絶句した。それが本当なら凄い話だが、到底信じられることではなかった。

「本当の話ですか？」

「本人はそういってるし、信じてもいるようだけど、そんなものができるはずないだろう。病気だね。妄想だよ」

武智は口許を歪《ゆが》めて、首を横に振った。「証拠を見せてほしいっていったら、クローンマウスもデータも牧瀬《まきせ》先生に預けてあるっていうんだな。で、それを牧瀬先生がどういうつもりか、公表させてくれないっていうんだ」

武智は苦笑した。

牧瀬というのは、川副が所属している研究室の教授だった。

「彼と別れてから牧瀬先生に電話したんだけどね、先生も困っていらした」

川副純太は、一年程前に、マウスの体細胞クローンを作る研究をやりたいといい出したが、教授は一笑に付し、許可を与えなかった。

「それで大学院では別の研究をやっていたんだけど、自宅に実験室を作って、そっちの研究をしていたらしいんだな。で、先週、体細胞クローンマウスができたって、研究室のゼミで、突然ね」

その日のゼミの予定を変更する形で、川副の発表が行なわれた。

まだ発生の初期段階だが、マウスの体細胞クローンを作ったという報告。データや資料を並べ、川副は熱っぽい口調で語る。しかしその内容は、まったくでたらめなものだった。

「当然反論されたんだけど、訳のわからない理屈をこねて認めない。もうずいぶん前から、川副のおかしな言動には皆、薄々気づいていたらしいんだが、これで決定的になってね」

牧瀬教授は実験室を見たいと、川副の実家に行った。

「実験室を見たいっていうのは、口実でね。本当は親に会いに行ったわけなんだけど」

息子さんを精神科の医者に診《み》せるようにと、忠告するつもりだった。

しかし、川副は一人で暮らしていた。

父親は、川副がまだ小学生の頃に家を出て、愛人と別宅に住んでいる。名ばかりの父親だった。母親は、一年前胃癌《がん》の診断を受け、今は二度目の手術のために入院している。川副自身がそう語った。

「クローンのことは、まだ内々の話にとどめて、いずれ万全の形で公表しようと——川副にはそういって落ち着かせてね」

牧瀬教授は病床の母親を見舞った。

「川副の精神が変調を来《きた》してるんじゃないかってことを、それとなくほのめかしたらしいんだけど、通じなかった」

それまで宙を見やっていた武智が、顔を戻した。

「で、ちょっと君に頼みたいんだけどね」

「なんですか？」

「川副は、牧瀬先生を疑い出してる。それで今日も、わたしに会いに来たわけだ。クローンのことを記事にしてくれないかってね。断われば、どっかよそに行くだろう。川副の将来のためにも、早く医者に診せなくてはいかんと思うんだ。母親を説得するか、父親にいってみるか、なんにしろ時間を稼ぎたい。それで当面、彼の言い分を信じてるふりをしてやろうと思うんだ。ちゃんと取材して記事にしてやると約束した。で、君にも、しばらく調子を合わせてほしいんだよ。川副から問い合わせがあったら、その件は極秘に進行中だとか、武智にすべてまかせてあるとか、まあそんなふうにね、いってほしい」

作間は了承した。

その一週間後、ホテルの一室を取り、作間と武智と川副の三人が集まった。記事の打ち合わせという名目だった。三十分程話したあと、理由を付けて作間と武智は席を外して部屋を出た。廊下に、二人の男が立っていた。

一人は、当時大学院で川副を直接指導する立場にあった、講師の嘉島良介。もう一人は、川副の父親だった。

二人は、作間たちと入れ替わりに部屋に入った。それから中でどんな話し合いが持たれたのか、作間は知らない。後日談を聞いたのは、二週間後、武智の口からだった。

川副純太は父親に連れられて精神科を受診した。

彼が体細胞クローンの研究にのめり込み、妄想の世界に迷い込んだのは、どうやら母親の病《やまい》が背景にあるようだった。

「アメリカに死体を冷凍保存するっていう業者があること、知ってるだろう」武智がいった。「川副は、その業者と契約を結んでたんだ。母親の身体——というか、脳をね、冷凍保存しておいて、いつか、クローンの身体にその脳を移植して母親を蘇《よみがえ》らせようってわけだ」

クローンの肉体というのも、当時は夢物語だったが、冷凍保存しておいた脳を移植して蘇らせるという話は、これは今でも正気の人間、それも科学者が信じることではない。

精神科を受診したことは、川副にとって悪いことではなかったはずだ——

その日を最後に、川副のことは、意識の端《はし》にも上らなくなった。

印象深い出来事ではあったが、とりたててその件を思い出すような機会がなかったのだ。

　川副純太事件の記憶を、ふと手繰《たぐ》り寄せたのは、もう二年以上前になるが、クローン羊ドリーの話題が世間を賑《にぎ》わせたときだった。

　哺乳《ほにゅう》類の体細胞クローンは夢物語と思われていたのが、研究に関わっていた少数の人々以外にとっては、ある日突然という感じで、現実のものになった。

　クローン羊ドリーの誕生のニュースに接したとき、作間は川副純太のことを思い出し、同時にもう何年も交際がとだえていた武智の近況が気になった。

　武智は、還暦を機にライター生活を引退して、栃木《とちぎ》の田舎《いなか》で農業を始めたというところまでは知っていたが、もともと仕事上だけの付き合いだったから、その後は、年賀状のやりとりだけになっていた。

　何年ぶりかで武智に連絡を取ってみると、彼は癌で闘病中だった。

　見舞いに行き、久方ぶりに武智に会って、作間はショックを受けた。見ただけでは本人とわからないほど老け込《ふ》んでしまっていた。しかし、見かけはすっかり病人でも、気持ちはまだ前向きだった。話してみると、病を感じさせない力強さがあって、少しほっとした。

　病室での会話の中で川副の話題を出したのは、武智の方だった。

　武智は宙を見やるような視線でいった。

「クローン羊が生まれたんだからな。ひょっとしたらあれも、なんてね。ちょっと思ったりもするんだ」

クローン羊誕生の話題を聞いて、作間も川副を思い出した。しかし作間は、あのとき川副が本当にクローンマウスを誕生させていたかもしれないとは、考えていない。

「川副は、心の病でしたよ。それははっきりしています」

「うん。間違いない。だけどそれはさ、自分の研究を認めてもらえなくておかしくなってしまってたってことも、考えられるだろう?」

作間は首を捻《ひね》った。「本気ですか?」

「ま、あくまで、ひょっとしたらだよ。クローン羊のことを聞くまでは、ひょっとしたらとも思ってなかったってことさ」

その程度の気持ちなら、同意できないわけでもなかったから、作間はうなずいて、ふと頭に浮かんだことを口にした。「彼、今どうしているんでしょうね」

「——川副が、行方不明だってことは、いったんだったかな?」

「いいえ。聞いたのは、精神病院に連れて行かれたってところまでです」

「入院してたんだけど、まもなく母親が亡くなってね。葬儀のために一時退院して、そのまま行方《ゆくえ》をくらましてしまったんだ。母親を追って自殺したんだろうなんて、無責任な噂もある」

作間は、川副を精神病院に連れて行く手伝いをした形になっている。彼は精神科の治療で社会復帰を果たした——そういう答えなら良かったのだが、行方不明とは、後味が悪い。

「どこかで元気にしていてくれればいいんだが」武智が呟いた。

11

作間は身体にかけていた薄い毛布を腰まで下ろし、上半身を起こした。背中が汗ばんでいる。頭がすっかり冴《さ》えていて、眠れそうになかった。横の布団に寝ている裕は、少し前から鼾《いびき》をかいている。思考を巡らすのに障《さわ》るほどうるさいわけではなかったが、作間はゆっくりと立ち上がって、闇の中を障子のところまで忍び足で進み、廊下に出て、ダイニングルームに行った。

冷蔵庫を開けて麦茶を出し、コップに注いだ。一口飲むと、椅子に座り、首の後ろで手を組んで、背凭れに深く寄りかかった。

作間は、裕に川副のことを話したときの記憶をたどった。

去年の夏、盆休みの時期、実家で、裕も一緒だった日が三日ある。その二日目のことだったと裕はいったが、作間の記憶は曖昧《あいまい》だ。酒も入っていた雑談の中で、裕がクローンの話題を持ち出した。

哺乳類の体細胞クローンが生まれたという事実は、衝撃的なニュースだった。すでに八〇年代から家畜ではクローン技術が実用化されているが、そこでいうクローンは、受精卵が分裂を始めた発生初期段階の胚《はい》を使ったものだ。

分裂を始めた胚の細胞を分割したものそれぞれを、核を取り除いた未受精卵と融合させ、複数の核移植胚を作る。人工的操作で発生を促《うなが》すと、複数個の核移植胚は、それぞれが分割以前の胚がたどるはずだった通りに成長をし、それぞれが、受精卵が持っていたと同じ遺伝情報を持つ個体になる。つまり、本来は一つの個体になるはずだった受精卵から複数の同じ遺伝子を持つ個体――クローンが誕生する。

それが可能なのは、発生初期段階の胚は、分割してもなお、核内の遺伝情報が受精卵と同じであるからだ。けれども発生が進むにつれて、神経細胞、表皮細胞などと分化し、各細胞が特殊化してしまう。

一度特殊化してしまったあとの細胞では、核移植を行なっても、クローンを作ることはできない――それはつい最近までは常識だった。

しかし、ロスリン研究所で、部分的に分化した細胞を用いて作られたクローン羊、メーガンとモラッグが生まれ、まもなく、六歳の羊の乳腺細胞を使った体細胞クローン羊ドリーが生まれた。

ドリーの出現以前のクローン技術を、仮に、人間に当てはめたとすると、体外受精によって得られた受精卵を複数個体に成長させることができるだけだから、人工的に一卵性の双子、三つ子、四つ子などを生ませる程度のことだが、体細胞クローン人間となると、すでに存在している人間の、遺伝子レベルでは完全なコピーを作ることができるということで、その衝撃は桁《けた》が違う。

裕は、クローン人間誕生を主題に据えた小説を書こうとずっと考えていたのだといった。

しかし、なかなか物語が見えて来ない。科学書の編集に長年携わっている作間から、何か創作のヒントになるような面白い話が聞けないだろうか。裕はそう考えて、クローン羊ドリーの話題を出したのだという。

そこからの話の流れを、裕はよく覚えていないといったし、作間の記憶もぼんやりしている。しかし、部分的な記憶はあるから、たぶんこんなふうに話が進んだのだったと、想像はつく。

「体細胞クローンを作るための鍵は、細胞周期の同調とか、細胞の飢餓状態とかって、シンプルなアイデアだったわけですよね。そのシンプルさが凄いんだけど。こうなってみると、ロービックは本当のことを書いたのかもしれませんよね」

裕がそう口にしたのを、作間は覚えている。

デイビッド・ロービックというサイエンスライターが、一九七八年にクローン人間が生まれたという内容の本をノンフィクションとして出版している。

ある富豪が、極秘にプロジェクトを進め、自分のクローンを誕生させた。ロービックは、そのプロジェクトにアドバイザー的な関わりを持ったという。その衝撃的な話が、果たして真実なのか、アメリカの議会で公聴会まで開かれた。

結局それは虚偽であると結論が下されたのだが、クローン羊ドリーが生まれた今、ロービックは真実を書いた可能性もあるのではないか――裕はそんな意味のことをいった。

「それはないよ」作間はロービックの話は完全なフィクションだったと確信している。「当時はまだ、哺乳類の初期胚細胞からの核移植クローンも成功していなかったし、体外受精も始まったばかりだったんだよ。クローン人間、いや哺乳類のクローンまででも、たくさんの壁があったんだ」

「じゃあ、八〇年代後半とか、九〇年代前半、その辺だったらどうでしょうね」裕がいった。「その時代に誰か、たとえばロービックと同じようなサイエンスライターがですよ、ある富豪がクローン人間を作らせたけど、プライバシーの問題があるから、名前とかは明かせないと、やったとしますよね。当時の、っていうか、ドリー以前だったら、ほとんどの科学者がそんなのありえないっていって、世間的にはたぶんロービックと同じ扱いを受けるでしょう。だけど、そのあとドリーが生まれたら、あれは本当だったかもって、そう思いますよね」

裕は、作間と話しているうちに、ロービックの事件を八〇年代後半に設定し、クローン羊ドリーと絡めたら面白い物語になるのではないかと、考え始めていたのだという。そんな話の流れで、作間は川副純太の事件を口にし、興味を持った裕に詳細を問われて、語った。

クローン羊ドリーの誕生以来、作間は仕事柄もあって、あちこちで、様々な人とクローンについて語り合った。が、川副純太の事件を口にすることはなかった。それは一つには、川副の話を、作間はまったく信じていないからというのがある。クローンマウスを作ったと川副は主張したが、それはただの妄想で、捏造《ねつぞう》ですらない。クローンマウス事件と呼ぶのは大げさで、ただ、一人の研究者が精神を病んでしまったという事件にすぎないと、作間は認識していた。そしてもう一つ、作間が川副の事件を語らなかった理由は、ある人物が精神の変調を来《きた》したという話は、迂闊《うかつ》に洩らすべきではないという自制からだった。

裕に話してしまったのは、血が繋がってはいないとはいえ、相手は甥だから、自制の箍《たが》が緩んでいたのかもしれない。

作間は首の後ろで組んでいた腕をほどいて、麦茶の入ったコップに手を伸ばした。ぬるくなった麦茶を飲み干して、テーブルに肘をついた。その姿勢で、再び思いを巡らせた。

川副の事件を裕に話したことを、作間は別に後悔はしていなかった。もうずっと昔の事件だし、川副は、もちろん裕の知人ではないし、川副と共通の知人がいるとも思えない。裕が誰彼ともなくその話を触れ回るとも思えないから、何も心配はしていなかった。

「まさかあの事件をモデルにした小説を書くとは、思ってもみなかったよ」

非難混じりにそういうと、裕は激しく首を横に振った。

「モデルじゃないですよ。ほんの参考程度です。川副の事件は、物語の発端の部分でちょっと出て来るだけで、もちろん名前は変えてあるし、大学の名前や場所とか、年代も変更してあります。嘉島教授は、ふだん小説は読まない人なんですね。教授の知り合いの誰かが、本をたまたま読んで、それが川副の事件に似た話だって教えたんですよ。それで嘉島教授、読んだらしいんですけど、小説のことなんてまるでわかってなくて、過敏に反応して来たんです。自分をモデルに、悪意を持って捻じ曲げて書かれているって」

裕は肩を竦《すく》めて口を尖らせた。「まったく大げさなんですよ。誰が読んでも、ただのフィクションだってわかる話なのに」

12

月曜日の午後一時に、作間は新宿のデパート内の喫茶店で詩織と待ち合わせた。昼食を奢《おご》る約束になっている。

待ち合わせた喫茶店と同じフロアにあるレストランを一通り見て回って、詩織が先に立って入ったのは、ステーキ屋だった。

あまり流行《はや》っていないのか、客は五分か六分の入り。赤のお仕着せ姿の店員に案内された席は、窓からの見晴らしがよかった。

「ご予算は？」

メニューを広げて、詩織がいった。

「なんでも、好きなのでいいよ」

「いいの？」と、いって、詩織はメニューを隅々まで眺めていたが結局、頼んだのは、千五百円のランチセットだった。

作間も同じものを頼んだ。

「川名さんのこと」

作間はそこで言葉を途切れさせた。

詩織の表情が、少し曇《くも》る。

「川名さんのこと、いわないでいてくれたんだな」

「わたしが、あの人のアリバイを証言させられたって話?」

「うん」

「それとも、叔父さんとあの人が付き合ってるって話の方?」

「特別な付き合いじゃないって、いったろう」

「でも、付き合ってはいるわけじゃない。おばあちゃんにいったら、きっと大変よね」

「ああ。だから、黙っていてくれよ」

「黙ってる。おばあちゃん、ただでさえ血圧高いんだから。かっかさせたくないもん」

詩織は腕を組み、顎に左手を当てていった。「そのかわり、もうあの人とは別れてね」

「別れるとか別れないとか、そういう付き合いじゃないんだ」

詩織は不満げに口を尖らせ、顔をそむけた。

窓の外を眺め、口を閉ざしていた詩織が、やっと前を向いたのは、ジュージューと音を立て、香ばしい匂いが立ち上っている鉄板がテーブルに運ばれて来たときだった。

詩織は早速肉を切り、口に運んで頬張《ほおば》った。

作間はバターと絡んだインゲンをフォークで刺した。

「嘉島って人」

詩織がポテトを口に運びながらいった。

「川名先生とは、いつからの付き合い？」

「さあな」

「川名先生の子どもって、結局その嘉島って人が父親なのかな？」

千早に子どもがいることも、作間の母親は詩織に話してしまっている。

「火事で死んだ人じゃさあ、計算が合わないんだってね」

詩織はポテトを呑み込んで、水の入ったコップを手にした。

「どうなの？」

千早は努の父親は嘉島だといったが、詩織に話すことではないと思い、作間は知らないと答えた。

「まだほかにも男がいたってこと？」

作間は返事をせずに肉を切った。

「もうやめなよ、あんな人と付き合うの」

作間は無言で、肉を口に押し込んだ。

詩織はフォークを手にして、脂身《あぶらみ》を端に寄せ、その脇にあった肉の欠片《かけら》を口に入れた。

「日曜日、なんですぐ帰ったの？」

実家に一泊した翌朝、作間は朝食を摂《と》るとすぐに帰宅した。

仕事で、日曜のうちに読んでおかなくてはならない原稿があったからだった。

そういうと、詩織は疑わしそうな目を向けた。

「仕事?」詩織は首を傾げていった。「ほんとはおばあちゃんの背中に、お見合い写真が隠してあるの見つけたからでしょう」

「それは知らなかったな」

「良さそうな人だったよ。生け花の先生だって」

作間は苦笑して、ライスをフォークですくった。

「本当は兄さんと一緒にいましたっていおうかなあ」

詩織の言葉は唐突で、意味不明だった。作間が聞き返すと、詩織はいった。

「兄さんには、事件のときのアリバイがないの。川名先生のアリバイを証言するぐらいなら、兄さんと一緒にいたっていおうかなあ?」

「馬鹿なことするなよ」

作間はきつい口調でそういったが、考えてみると、詩織の言葉が本気のはずがない。それに真剣に答えたことで、雰囲気が悪くなった。あとは二人共、黙々と食事を平らげた。

13

詩織と別れてから会社に戻った作間は、『概日リズムの分子機構』という題名がついた原稿を読んでいた。今日中に読み通したいのだが、途中、自らの基礎的な知識が欠けていることを感じて、社内の図書室から分子生物学の参考書を借りて来て目を通したりと、なかなか読み進められない。

三十ページの原稿だが、三時間かかって、やっと七ページだ。

困ったと思いながら、目薬を注《さ》し、背伸びをした。携帯電話が鳴ったのは、そんなときだった。

かけてきたのは、詩織だ。

「どうしたんだ？」

作間は席を離れ、廊下に出ながら、いった。

「今夜さあ、ちょっと家に行っていい？　大事な話があるの」

「――何でさっきいわなかったんだ？」

「だって今思いついたんだもん」

作間は廊下の壁に凭れた。

「どういう話なんだ？」

「行ってから話す。とっても大事なこと。ね、いいでしょう」

「何時に来るんだ」

「こっちは何時でも」

九時に来るようにいい、電話を切って室内に戻った。

机に広げた原稿に向かい、とにかく大急ぎで最後まで目を通そうと思ったが、詩織の話がなんなのか気になって、集中できない。

八時までかかっても、半分までも進まなかった。夜中読むことにして、原稿と参考書を鞄に詰め、帰宅した。

自宅のチャイムが鳴ったのは、九時五分過ぎだった。

Tシャツにコットンのズボン姿で玄関に行き、ドアを開けた。

やって来たのは詩織だったが、意外な連れを伴っていた。

「突然、申し訳ありません」と丁重《ていちょう》に頭を下げたのは、御子柴雄広だった。「作間さんとお話がしたいからと、詩織さんにお願いしまして」

大事な話があるのは、どうやら詩織ではなく、御子柴だったようだ。

いったいなんの話だろうかと戸惑いつつ、作間は詩織と御子柴を部屋に上げた。

詩織はチェックのシャツに紺のキュロット、御子柴は、半袖のポロシャツ姿だった。

「これを」と、御子柴は、抱えていた吟醸酒《ぎんじょうしゅ》を差し出した。

来訪の目的がわからず、曖昧な対応で一応土産《みやげ》を受け取った作間は、二人を洋間に案内する。

作間はコーヒーか何か出そうと台所に行こうとした。

「叔父さん座ってよ。わたしやるから」と、詩織が作間の手にあった一升瓶《いっしょうびん》を取って、台所に行った。

「お忙しいところをすみません」

御子柴はそういって頭を下げてから、窓にかかったカーテンに背を向ける席に腰を下ろした。作間は彼と向き合って座った。

「実は、作間さんに少しお訊ねしたいことがあるんです」

「なんでしょうか」

「裕君が嘉島という教授とのトラブルで、警察に呼ばれましたよね」

作間はうなずいた。

「問題の本、お読みになられていますか？」

「いいえ。実はまだなんです」

御子柴は、意外そうな表情を見せた。「去年の冬に出た本ですよ。『クローン人間が生まれた日』という題名の——」

「小説は苦手《にがて》なものですから」

「そうなんですか」

御子柴は、視線をいくらか伏せたあと、目を見開いて、作間の顔を見た。

「わたしは、出てすぐに買って読みましてね。そのときは、まだ裕君と貴美恵が付き合っていたわけではなくて、初めて見る作家の名前で、作者がどういう人かも全然知らなかったんですよ。ただ、題名に惹《ひ》かれて、面白そうだと思いましてね。実際なかなか面白かったんですが、それを部屋に置いておいたのを、貴美恵が見ましてね。作者は同級生のお兄さんだってことをいったんですよ」

御子柴は、テーブルの上に載せていた両手を膝に下ろした。「その辺の話、お聞きになってますか？」

「いいえ」と作間は首を横に振った。

「話したことなかったんだっけ」

紅茶を運んで来た詩織がいった。

詩織は、カップをテーブルに並べると、御子柴の横の席に座った。

「貴美恵とは高校の同級生だけど、そんな特別親しかったわけじゃないの。高校を出てからは、連絡も取り合ってなかったぐらい」

裕はペンネームを使っているが、作家デビューしたのは詩織が高校生のときだったたから、貴美恵は『クローン人間が生まれた日』の作者が詩織の兄だと知っていた。

「作者が、娘が知っている人間だということで、なんというか、ちょっと興味を持ちましてね。そういうの初めてなんですが、出版社宛《あ》てに感想文というか、まあ手紙を、送ったんですよ」

「兄さんの本って全然売れてないじゃない。だから読者からの手紙なんて、めったに来ないらしいのよね」

裕は御子柴からの手紙に目を通し、そこに、あなたの妹と私の娘の貴美恵とは高校の同級生らしく、というような記述を見つけた。裕は、御子柴貴美恵を知っているかと、詩織に訊いた。

「手紙に、貴美恵の病気のことも書いてあったから」

詩織は、高校を卒業以来初めて貴美恵に連絡を取り、見舞いに行った。そのときに裕も一緒に行ったのが、貴美恵と裕の出会いだった。

詩織はそういうと紅茶に口を付け、御子柴にも勧《すす》めた。

御子柴は、紅茶を一口飲んでからいった。

「さっき、裕君の本の題名に惹かれて、本を手にしたといいましたよね」

作間はカップを手にしながら、うなずいた。

「題名を見たのは、書店じゃなくて、週刊誌にインタビュー記事が出ていたんですよね。

その中で、簡単なあらすじもあって、クローン人間が十年近く前に生まれていたって話で、しかもインタビューを読むと、まったく根拠がない話じゃないと書かれていたんです。実をいうと、わたしが興味を持ったのはこの部分なんですよ」

御子柴は、分厚い胸の前で、肉の塊のような腕を組み合わせた。「わたしが何を考えたのか、たぶん、おわかりですよね」

想像はついたけれど、作間は曖昧に首を振った。

「クローン羊が生まれて、その後、クローン人間を作る作らないという話が世間を騒がせましたよね。娘の病気がわかった去年の冬までは、そんな騒ぎは他人事《ひとごと》で、野次馬的興味以外はなかったんですがね」

御子柴貴美恵は慢性骨髄性白血病で、骨髄移植を受けない限り、あと数年以上生きることは難しいと診断を受けた。

「すぐにでも骨髄移植を受けさせたかったのに、ドナーが見つからないんです。バンクを頼っても見つからないし、親戚中あたりましたが、それでも駄目でした。貴美恵に兄弟を作ってやらなかったことを今更《いまさら》ながら後悔しましたよ。妻が生きていたら、今からだって子どもを作りたい」

骨髄移植をするためには、HLAの型が適合しなくてはならないが、兄弟姉妹の場合は、二十五パーセントの確率で適合する。しかも、これから生まれる赤ちゃんの場合には、骨髄のかわりに臍帯血《さいたいけつ》を使う方法もある。

骨髄移植というのは、患者の造血幹細胞《ぞうけつかん》を除去して、ドナーの造血幹細胞と入れ替えることが目的だ。臍帯血という、臍《へそ》の緒《お》や胎盤《たいばん》の血液にも造血幹細胞は含まれているから、それを骨髄のかわりに使うことができる。ただ、量的な問題から、大人の患者に対する臍帯血移植は有効ではないと考えられていたのだが、昨年、一九九八年、成人女性に対する臍帯血移植が国内で成功している。骨髄移植の場合、骨髄は再生するからドナーの健康面に影響は残らないが、麻酔によるショックや傷口からの感染症などドナーにもリスクがないわけではない。しかし、臍帯血移植なら、ドナーのリスクはゼロだ。

妻が生きていたら——御子柴がそう考えるのは、無理もない。

しかしそれは、いっても始まらないことだ。貴美恵の弟や妹は生まれない。異母弟や異母妹は生まれるかもしれないが、片方の親だけが同じ兄弟では、HLAが適合する確率は、二十五パーセントから著《いちじる》しく低下する。臍帯血移植の場合、骨髄移植の場合に比べてHLAの一致は完全でなくてもよいといわれているが、それにしても、異母弟や異母妹では、ドナーになれる確率は、偶然のレベルだ。

「今更貴美恵の兄弟を誕生させることはできません」

御子柴は口を平たくして、息を吐いた。「しかしクローンなら、貴美恵のクローンならば、生まれる可能性がありますよね。クローンなら、HLAは百パーセント一致する」

御子柴の二の腕の筋肉が痙攣《けいれん》したように動いた。

「技術的には、もう問題がないというじゃないですか。あとは、倫理的な問題だけですが、わたしなりにいろいろ勉強して思ったんですけどね。それも、すでにクリアされてるんじゃないでしょうか」

御子柴は、つと宙を見やる。

「生殖の問題でいえば、試験管ベビーが認められてるわけですよね。生まれて来るクローン人間に障害が出たりしないのかって点で、それは試験管ベビーも、最初はそういう心配はあったわけですよね。だけど誰かが始めて、今じゃふつうに行なわれてます。それに、クローンの人格って意味でも、一卵性双生児っていう存在があるんですからね。遺伝子が同じでも、中身は同じじゃないってことをわたしたちは昔からよく知ってます。クローンは、歳《とし》の離れた双生児にすぎませんよ」

作間は反論した。

人格の問題は、一卵性双生児とは明らかに違う。

同じ遺伝子を持つ人間が、同時に育って行くのと、時間を隔《へだ》てて育つのは、話が違う。先に生きた人の人生は、あとから行く者の人生に色濃く影響するはずだ、と。

「でもそんなのは」御子柴がいった。「クローンでなくても、親の影響を受けますよ。所《しょ》詮《せん》程度の問題です。それに、受精卵を冷凍しておくなんていうことが、すでに行なわれていますよね。体外受精した受精卵が偶然二つに分かれて、一つだけが冷凍されるってことは、今の生殖医療でも起こり得ることでしょう。そうなったら、人格面ではクローンとまったく一緒です」

作間は、御子柴は紅茶を口に含んだ。

「最近になって、生まれて来たクローン人間の健康面にも心配が残ることをいった。クローン羊ドリーのテロメアが短くなってるってニュースが出ましたよね」

御子柴が首を傾げている。

テロメアというのは、細胞の年齢と関わっている部分のことで、ドリーは細胞レベルでは、同じ年齢の羊よりも老化していることがわかった。

「といっても、細胞レベルの老化と個体の老化の関わりは、まだわかっていないんですが、わかってない以上は、その危険はあると考えておかなくてはいけないでしょう」

「だからそれは、試験管ベビーのときと同じなんですよ。やってみなくちゃわからないでしょう」

御子柴は語気を荒くした。「待てないんですよ。もう時間がないんだ」

そういったあと、御子柴は、「すいません」と頭を下げ、そのまましばらくうつむいていた。

「お気持ちは、わかります」

作間がいうと、御子柴はやっと顔を上げた。

「教えてください」御子柴はいった。「裕君が小説に書いたこと——あれは、ただのフィクションじゃないんですよね」

「小説の内容は、読んでないからわかりませんけど、モデルになっている事件というのは、一人の研究者が精神に変調を来して妄想を語ったというだけの事件ですよ」

「そんなはずはない」御子柴はすがるようなまなざしを作間に向けている。「ただのフィクションだったら、なんで嘉島教授がうろたえるんですか。なんで嘉島教授が殺されるんですか」

「事件と小説とは関係ないでしょう」

「クローンの秘密組織が事件には関係しているはずです」

御子柴は真剣な顔でいった。「裕君に教えたのはあなたなんでしょう。あなたは、秘密組織のことを、ご存知なんでしょう」

御子柴は頭を下げ、テーブルに額をこすりつけた。「お願いします。娘の命を助けてください」

14

「もうすぐ終わりますから」

裕はそういって、ノートパソコンに向かった。

六畳のフローリングの部屋と、台所、トイレ、風呂場。フローリングの部屋は、本棚と積み上げた雑誌で半分が占領され、押し入れ横のスペースはオーディオ、テレビ、箪笥《たんす》で満杯。掃き出し窓の半分を塞《ふさ》ぐ形でパソコンや電話の載った台がある。

残されているスペースにはロータイプの小さなガラステーブルが一つ。作間はそのそばの座布団に腰を下ろした。

仕事場ではなく住居のはずだが、いったいどこに寝るのだろうと、作間は中を見回しながら思った。

以前に本が売れないと嘆《なげ》いていたのは、謙遜《けんそん》ではないようだ。

十分程で、裕はパソコンから目を離し、電話の受話器を手にした。今から原稿を送るからという電話をかけている。

裕は受話器を置くと、パソコンを電話回線に繋いで、原稿をメール送信した。

ほっと息を吐いて振り返った裕の顔は、少しやつれて見える。

「すいません、お待たせしてしまって」

「いや。急に訪ねたこっちが悪いんだ」

「貴美恵のお父さんから、昨日の話は聞いています。変なことといったみたいで、すいません」

「例の本、読み始めたよ。まだ途中なんだけどね」

作間は表情をいくらか険《けわ》しくしていった。

「参考程度といっていたけど、ほとんどそのままじゃないか」

「全然違いますよ」と、裕はいった。

裕の小説に登場する川副純太とおぼしき人物は、性別が女性に変えられている。その女性の、三歳の子どもが亡くなっているのだが、死体は冷凍保存されている。いつかその子と再会したいという思いから、クローンの研究を進める。

「男を女に、母親を子どもに置き換《か》えただけじゃないか」

「その部分は、まあそうですけどね」

川副のほかに、牧瀬教授や講師の嘉島、川副の父親、武智、それに作間も、むろん名前は違うが登場している。

「大学の教授、研究者仲間、ジャーナリスト、そういうのって誰がモデルってことじゃなく、話の内容からして、登場するのが当然でしょう。それに、クローン人間が生まれたっていう話なんですから、根本的に違うじゃないですか」

裕の小説の中では、川副純太をモデルにした女性は正気で、実際にマウスの体細胞クローンを誕生させる。しかし、教授と、研究者仲間でもある恋人の講師、加えて父親——物語の中では血が繋がっていないという設定の父親、助力を求めたジャーナリストらにはめられて、研究を盗まれ、精神病院に入れられる。研究を盗んだ人間たちは、臓器移植の闇組織と絡んでいて——と、作間はその辺りまで読んだ。その後の展開というのは、完全なフィクションの部分だろうから、興味が持てなかった。

問題はそこまでの部分にある。

「これでは、貴美恵さんのお父さんが誤解してもしかたがないだろう」

「ノンフィクションじゃないんですから」裕はいった。「貴美恵のお父さんも、誤解はしてないですよ。誤解じゃなくて、そう信じたいという願望です。十年前に実際にクローンマウスの研究に成功していて、密かに地下組織のようなものが、すでにクローン人間を作り出している。もしその通りで、現実にどこかでクローン人間が生まれているとわかったら、すでに生まれている子どもの人権っていうのが問題になりますよね」

クローンだからという理由で差別してはならないというのは、当然だ。クローンという存在は、公《おおやけ》に認められる。そうなったら、クローンを誕生させるという行為が孕《はら》む倫理的な問題は、ほとんどクリアされたも同然だろうと、裕はいった。

「そこら中にクローン人間が生まれますよ。自分の分身がほしい人間、同性愛者のカップル、無精子症の人間、それに移植目当てというのも、臍帯血移植ならまったく問題ないでしょう」

裕は額に手を当てて、宙を見やった。「僕だって、できることなら貴美恵のクローンがほしいですよ。クローンがいれば、貴美恵は助かるんですから」

裕は作間の顔に視線を向けた。「そんなことを考えてしまう、貴美恵のお父さんの、気持ちだけはわかってやってください」

15

水曜日、作間はタクシーの後部座席から右側に目を動かし、灰色のビルを見上げた。詩織がアルバイトをしている予備校の建物だ。

腕時計を見ると、午後零時二十七分。零時半の約束で詩織と会うことになっているが、予備校の生徒や講師仲間が集まって来るような場所では、実の叔父とはいえ、中年の男と二人食事をしているのでは、居心地《いごこち》が悪いというので、少し離れた場所で待ち合わせている。

次の交差点で幹線道路を離れ、住宅街に入る。同じような造りのアパートが建ち並ぶ通りを進むと、小さな公園があり、その前のガードレールに、詩織が腰を下ろしていた。アルバイト先で、講師らしく見えるようにという配慮だろう、グレーのスーツ姿で、髪型も化粧も、大人《おとな》びている。

タクシーを停めてもらい、詩織を拾って幹線道路に戻り、五分程車を走らせた。

通りに沿って、ハンバーガーショップ、喫茶店、トンカツ屋、イタリアンレストラン、寿司屋と並んでいる場所で、タクシーを降りた。入ったのは、詩織のリクエストで、イタリアンレストランだった。

花壇の見える窓際の席に座り、作間はナポリタン、詩織はペスカトーレを頼み、二人で一つ、ピザを頼んだ。

注文を終えてから、作間はいった。

「で、話はなんなんだ？」

今日、昼食を一緒にできないかといって来たのは、詩織の方だった。

「うん。貴美恵の――」

そういったところで、詩織が、急に作間の顔から視線を外した。作間は詩織の見ている方を振り返った。

店の入り口のところに、中年女性と若い男が立っている。男の顔に、作間は見覚えがあった。諸角透という高校生だ。彼の視線が、詩織の方に向いていて、何かばつの悪そうな表情をしている。その表情に中年女性が気づいたようで、どうしたの、という感じで覗き、何やらこそこそと話している。顔を詩織の方に向けた中年女性は会釈した。詩織が会釈を返す。

中年女性と諸角透は、そのあとすぐに、店員の案内で、作間からは見えない席に行った。

「諸角とかいう子だったよな」

顔を前に戻して訊いた作間に、詩織が水を飲みながらうなずいた。

「ちょっとがっかり」

「え?」

「だって、マザコンはいやだよ」

けっこういるのよねえ、と詩織はいって、話を続けた。

夏休みを利用して地方から出て来ている高校生は、基本的には合宿形式だ。宿舎としては、予備校側が近くのホテルを借り切って、格安料金で提供している。ホテルにはアシスタント講師が交替で常駐しているので、夜でも補習が受けられる。

しかし、ホテル暮らしを望まない生徒もいる。

「それはたいてい、知人や親戚のところに泊まるからっていうのが理由なんだけど、中にはね、母親も一緒に来てるって子がいるの。女の子ならまだわかるけど」

店員がやって来て、テーブルにフォークを並べた。

「それにしてもさ、お昼ご飯まで母親と一緒じゃなくてもよさそうなものよね」

諸角透の話題はそれで終わったが、話が本題からそれてしまい、しばらくはただの雑談になった。

ナポリタンとペスカトーレが運ばれて来たところで、作間は話を戻した。

「話したいことがあるんだろう?」

「貴美恵のお父さんのいってること」

詩織はパスタをフォークで巻き取りながらいった。「あれってさあ、やっぱ妄想?」

「どの部分のことをいってるんだ?」

「もうとっくに、クローン人間が生まれてるって話」

「それは裕君が書いたフィクションだよ。まさか詩織まで信じてはいないよな」

詩織は少し間を置いてからいった。

「でも今なら、クローンはできるよね」

「理論的にはそうだな」

詩織は顎に左手の人差し指を当てて何か考え込んでいた。瞳を動かし、作間から視線をそらして、口を開いた。

「前に川名先生と貴美恵の話をしたことがあって、そのとき、クローンの話をした。骨髄移植のためにクローンを作るのは、許されるかどうかって」

詩織はまなざしを作間の方に戻した。

「そうしたら、骨髄移植のためには、必ずしもクローン人間を誕生させる必要はないっていわれたわ」

未受精卵に体細胞の核を導入したクローン胚を、クローン人間に成長させることなく、クローン骨髄細胞だけを得る方法がある。

クローン胚を培養して胚盤胞の段階になったら、外壁を除去して、胚性幹細胞を作り、その分化をコントロールすることによって、骨髄細胞を得るという方法だ。その骨髄細胞は、遺伝的には体細胞のドナーの骨髄細胞と同一のもの、つまりはクローン骨髄細胞というべきものになる。

詩織が千早から聞いたという、その方法を、作間は知っていた。しかし、その技術が完成するまでには、動物実験のレベルでも、まだ困難な障害が残っているはずだった。

「将来的にはできるだろうけど、今はまだ無理なんじゃないかな。——川名さんはできるっていってたのか？」

「もちろん今すぐじゃなくて、研究が進めば、近い将来できるようになるだろうって話」

「ああ。それならその通りだよ」

胚性幹細胞の研究は最近目覚《めざ》ましい成果を挙げている。

クローン人間の誕生に比べれば、クローン骨髄を作ることの方が倫理的なハードルは低いから、近い将来に実現するのは、クローン人間からの骨髄移植ではなくクローン骨髄による移植かもしれない。しかし現状では、人間のクローン胚を作ることには、倫理面から歯止めがかかり、クローンではない、ふつうの胚性幹細胞の研究までが、同様に問題視されている。

「クローン人間を作るってことと、クローンの胚を研究するってことは、本当は全然別のことなのに、研究を規制するなんて、おかしいよね」詩織はいった。

「どこに線を引くかは、難しいけど、今の段階では胚の操作は倫理的に問題がある」

「叔父さんの娘が白血病で、叔父さんがクローンの研究者だったとしたら、どうする？それでも、クローンは作らない？」

どうするだろう――

命を救う術《すべ》を我が手に持ちながら、大切な人の死を黙って見ていることができるだろうか。

クローン問題で立ちはだかる倫理の壁は、そんなに高いものだとは感じない。作らないとは、いいきれない。

詩織の質問に、作間は答えられなかった。

ウエイトレスがピザを運んで来た。パリパリした生地《きじ》のピザだった。六つに切り分けられた一片を詩織が手にした。溶けたチーズがこぼれて指に絡んだのを舐《な》めとってから、詩織はいった。

「貴美恵のお父さんって、あの身体であの声でしょう」

詩織は硬かった表情を緩《ゆる》めた。「兄さん、結婚を申し込む日は、朝からすっかりびびってたの。だけど、なんか拍子《ひょうし》抜けするぐらいあっさり許しが出たんだって」

詩織はピザの端を齧《かじ》った。「貴美恵の命が長くないってわかってるから、好きなようにさせようってことだって、そう思ってたんだけど」

詩織はそこで言葉を途切れさせ、手にしていたピザを皿の上に置いた。緩んでいた表情が再び硬くなっている。

「兄さんと結婚させたら、クローンを作ってくれる秘密組織に接触できるとか、本気でそんなこと考えてたりしたんじゃないかな。それで、兄さんとの結婚を認めたのかもしれない。あの小説が全部フィクションなんだってわかったら、破談になるかも」

「そんな馬鹿なことはないだろう」

「そうかなあ?」

「父親はともかく、本人同士が好き合ってるから結婚するんだろう」

「それはもちろんそうだけど」

16

作間は詩織と別れたあと、会社に戻って事務的な仕事をすませ、七時半に新宿に行った。夕食を摂りながらの打ち合わせがあった。中華料理の店で十時まで過ごし、そのあと、炉端《ろばた》焼きの店に移動した。

十一時過ぎに、携帯電話が鳴った。打ち合わせといっても、この日の相手は学生時代から付き合いのある気心の知れた友人でもあったから、携帯の電源を切っていなかった。席を外して電話を受ける。

電話をかけて来たのは、千早だった。

「ごめんなさい。今、どこか出先よね」

騒音でわかったのかと思ったが、千早はたった今、作間の自宅に電話して、留守番電話になっていることを確認してから携帯にかけたのだといった。

何か緊急の用件なのだろうかと、作間は少し緊張した。

「裕さんの自宅の電話番号って、わからないかしら」

「え？」

千早は用件をもう一度繰り返したが、作間は聞き返したのではなく、戸惑っていたのだ。

「こんな時間に、裕になんの用?」

「そっちが忙しくなければ、事情を話すけど」

話すよう促すと、千早はいった。

「今日のお昼頃、裕さんから電話があったの。どうしても会って話したいことがあるって。なんの話か訊いたら、嘉島に関することだって。——嘉島とわたしのこと、裕さんにいった?」

「僕はいってない。だけど……」

「詩織ちゃんから聞いたのかもしれないわね」

「それで」

「嘉島良介に関することだっていう以上は、いってくれなかったの。会ったとき話すって」

今夜はどうかと裕がいって、千早のスケジュールは九時まで埋まっていたのだが、そのあとでいいというので、九時半にファミリーレストランで待ち合わせをしていた。しかし、いくら待っても来ないので、番号を教えられていた携帯電話にかけてみたが、繋がらず、今の時間になってしまったのだという。

「何時間か前にした約束なんだから、忘れてるってことはないと思うの。それでちょっと心配になって」

「今どこ？」

千早は、まだ待ち合わせ場所のファミリーレストランにいるといった。

「自宅の留守番電話はチェックしたし、研究室の方も、まだ残ってる人がいたから確認したんだけど、裕さんからの連絡はなかったわ」

「ちょっとこっちで調べて、折り返し電話するよ」

電話をしている場所は、店の出口付近だった。ちょうどレジに従業員が来たので、メモ用紙を一枚もらい、ボールペンを借りて、千早のいるファミリーレストランの電話番号を書き留め、電話を切った。

裕の自宅の電話番号は携帯に登録してあったから、すぐに電話をかけてみる。留守番電話だった。居留守の場合もあるから、名乗って、いるなら出てくれといったが、出なかった。

作間は実家に電話をかけた。

姉が電話に出る。こんな時間にどうしたのと訝《いぶか》る姉に、裕が待ち合わせ場所に現われないので、どうしたのか心配なんだけどと伝える。待ち合わせている人間は、自分だということにしておいた。

「こっちでは裕のことは、ちょっとわからないんだけど」姉がいった。

「貴美恵さんのところとかは?」

「こんな時間にどうかしら」といいながらも、姉が連絡を取ってくれることになった。

折り返し連絡を待つということで、作間はとりあえず、千早に電話をして、裕が自宅の電話にも出ないし、実家に行っているわけでもないことを告げた。

「なんだか心配だわ」

「まあでも、ああいう仕事だから、徹夜仕事とかのあとで、案外とぐっすり眠り込んでたりってこともあるかもしれないよ」

気休めかもしれないが、そんなことであってくれればいいと、作間は思った。「帰りに、裕の家に行ってみるよ。何かあったら、自宅の方に連絡入れるから。そっちはもう帰っていいよ」

「ええ。ここはもう出るわ。でも、どんなに遅くなってもいいから、電話してね」

わかったといって電話を切り、席に戻った。

仕事の相手でもあり友人でもある男が、何かあったのかと訊いて来た。

彼に正直に話しても問題はなかったのだが、話が煩雑《はんざつ》なので、適当に変えて話した。甥に連絡が取れないというので、家族が心配していると。

再び携帯電話が鳴った。今度はその場で受けた。思った通り姉からだった。

「貴美恵さんが電話に出たんだけど、裕が今どこにいるかは、心当たりがないって。なんか貴美恵さんまで心配させてしまって。貴美恵さん、これから行ってみるっていってるわよ」

「いや、僕があとで、行ってみるよ」

電話を切ると、隣りの友人がいった。「そろそろ出ようか」

打ち合わせというよりは、とうに無駄話になっていたから、友人の言葉を受け入れた。

「なんか気を遣わせてしまって、悪いね」

帰りの方向が逆なので、それぞれタクシーを拾った。

裕が住んでいるアパートは、木造モルタルの二階建てで、各階五軒ずつある。裕は、二階の真ん中の部屋だった。

作間が乗って来たタクシーは、窓側からアパートに向かったので、止まる前に、部屋に明かりが点いていることを確認していた。

裕が帰っているのか、あるいは貴美恵が来ているのだろう。

外灯の照明の仄《ほの》かな光の中、階段を上って、ドアをノックした。応答がない。

もう一度ノックすると、中から物音がした。「どなたですか」

その声は貴美恵だった。

「作間です」

それでわかると思ったが、一応、裕の叔父のと付け加えた。

ドアが開いた。

髪を無造作《むぞうさ》に後ろでまとめ、化粧っけもない貴美恵の顔は、前に見たときとはずいぶん印象が違う。

「裕君は？」

貴美恵が首を横に振った。表情が、どこかぼんやりしている。

「部屋が、荒らされてるんです――」

貴美恵がいった。

作間は部屋に上がり、間仕切りの向こうに行った。

机の抽斗《ひきだし》がすべて開けられ、本が床に散らばり、机の上が雑然としている。が、前来たときにも、相当散らかっていたから、荒らされているのかどうか、よくわからない。

「何か、なくなってるの？」

「パソコンとフロッピーディスクと――でも、ノートパソコンだから、自分で持って行ったのかもしれませんけど。抽斗の中身とかは――何がなくなったのか、よくわからなくて
……」

「錠《かぎ》は？」

「え？」

「あなたが来たとき、錠はどうなっていたの？」

「閉まってました。――わたしは、合鍵を持ってるので――」

「窓が開いてたりとかは？」

貴美恵が首を横に振る。

「じゃあ、泥棒が入ったってわけじゃないでしょう」

貴美恵はしばらく宙を見やっていたが、そうですねと、うなずいた。

「自分で散らかしたんですね。――でも、どこに行ったんでしょう」

それが問題だった。

「どこかで事故にでもあってなければいいんだけど」貴美恵はいった。「待ち合わせは、何時だったんですか？」

一瞬言葉に詰まったあと、自分が待ち合わせていたことにしたんだったなと、作間は心の中で呟いた。――千早は待ち合わせ時間を九時半だったといっていた。

「九時半だよ」

戸棚の上の時計に目をやった。午前零時を十分過ぎている。

「事故の可能性はあるから、警察に連絡した方がいいかもしれないね」

貴美恵の目が虚《うつ》ろだった。

「どっかで転んで足の骨を折って動けないとか、そういう事故かもしれないし」

そんなはずはないとわかりつつ、作間は気休めをいってみた。

仮に事故だとした場合、本人に意識があれば、とうに家族に連絡が入っているはずだ。事故とすれば、意識がなくなるような大きな事故だ。

作間の携帯電話が鳴った。かけて来たのは、千早だった。貴美恵が作間の顔を凝視している。電話の相手は裕ではないかと、そう思っているのだろう。

裕は部屋にいたのか。行方はわかったのか。千早の問いに、部屋に来たがいなかったこと、行方はまだわからないことを告げた。

警察に問い合わせた方がいいんじゃないかしら。事故かもしれないからと、千早にいわれて、そうするつもりだと応じ、電話を切った。

貴美恵は作間の顔を見続けている。

電話は裕からではなかったと、もうわかっているはずだが、裕のことを話していたから、電話の相手が誰だったのか気になっているのだろう。

「裕君のことは、わたしの知人と一緒に待っていたんだ。今、その人からでね。その人も、心配してる。――事故の報告が届いてないか、警察に問い合わせてみよう」

貴美恵はうなずいてから、いった。

「彼、今日はなんで行くっていってました？」

「何って？」

「電車か車か」

「さあ……」

事故の報告が入っていないか、警察に問い合わせるときに、車で出かけたのかどうかは重要だ。

「駐車場見てきます」

少し離れた場所の月極《つきぎめ》駐車場を契約しているのだという。

深夜に若い女性一人で行かせるのは心配だったので、作間も一緒に部屋を出た。

タクシーで来たとき通った道とは別の細い道に折れて、路地を抜ける。

コンクリートの敷地を鉄のフェンスが囲った駐車場があったが、貴美恵はその前を素通りした。住宅地の工事現場の裏側に、月極駐車場という文字が剝《は》がれかかった粗末な看板があった。今通り過ぎた駐車場とは違って、雑木が柵《さく》がわりで、車を駐める場所は、雑草は生え放題、石ころもゴロゴロしている。

車は、五台駐まっていた。

「あります」と、貴美恵が指差したのは、入り口から見て、右端に駐まっている車だった。

車は使っていないと、それが確認できたから、作間は足を止めたが、貴美恵は車の側まで歩いて行った。

貴美恵がザクッという足音を響かせて立ち止まり、身体を硬直させ、口許を覆《おお》った。

異変を感じた作間は傍らに駆け寄って、助手席の窓から車の中を眺めた。

裕が横たわっていた。助手席に頭があり、運転席に伸びた身体は、ドアに挟まれて、足が外にはみ出ている。

仄かな明かりの中、シャツの脇腹の辺りがどす黒く染まって見えた。染みの中にあるのは、突き刺さった包丁だった。

第二章　告発文書

1

　裕の告別式が営まれた土曜の夜、作間は日付が変わる頃に帰宅した。実家で礼服を脱いで、軽装に着替えて来たが、シャツは汗で湿っている。洋間から和室に行くと、ズボンを脱いでトランクス姿になり、シャツを脱いだ。箪笥《たんす》から着替えを出して洋間に戻り、クーラーのスイッチを入れる。Tシャツに頭を通したところで、異臭に気づいた。臭《にお》いの元は、鼻を利《き》かせるまでもなく、台所の生ゴミだった。

　裕の死体を発見した水曜の夜、作間はやって来た警察官から事情を訊かれたあと、事件の報告のために実家に行った。すでに早朝といってもいい時間だったので、そのまま泊まり、翌日は、会社を休んで実家にいた。親戚や知人からの問い合わせに応じたり、警察から改めて事情を訊かれたり、やって来たマスコミをまだ何もわからないからと追い返したり――対応に忙しく、あっという間に夜になったので、結局その日も実家に泊まった。翌金曜日通夜《つや》が行なわれ、その前に礼服を取りに一度自宅に戻ったが、そのときには台所の異臭に気がつかなかった。

　カーテンを開けて台所に入ると、流し台にコンビニ弁当の箱があった。火曜の夜のもので、食べ残しがある。近づくと、饐《す》えた臭いが鼻をついた。流し台の抽斗《ひきだし》からポリ袋を出し、息を止めて、腐《くさ》った焼き魚などを袋に入れた。ほかにもう一つ、臭いの元がある。三角コーナーだ。桃の皮と、果肉が残った種などが入っている。それらも放り込んでから、ポリ袋の口を結んだ。

　呼吸をすると、まだ漂っていた悪臭が鼻腔《びこう》を刺し、吐き気が込み上げる。ポリ袋を流し台に置いて、洋間に戻ると、空気を入れ替えるために窓を開けた。外は蒸していて、風は吹いていない。

　網戸に大きな蛾《が》が貼り付いた。不意のことだったから、思わず肩をすぼめた。腋《わき》の下にじわりと汗が滲《にじ》むのを感じながら、網戸に背を向けて椅子《いす》に腰を下ろす。

　溜息《ためいき》を一つ吐いたところで、作間はふと和室側の壁に目をやった。台の上に載《の》っている電話機のボタンが点滅して、留守番電話の録音を知らせている。

　立ち上がってボタンを押して、吹き込まれたメッセージを聞いた。二件の録音。

　昨日、礼服を取りに来たときに、溜まっていた録音を聞いたから、最初の一件は、昨夜八時過ぎに吹き込まれたものだった。

元同僚の女性からのメッセージ。

『この度は大変なことで――そちらが落ち着かれた頃にでも、電話をください』

一緒に働いていたとき、彼女が休み時間に裕の本を手にしているところを見かけて、それを書いたのは甥だと話したことがある。彼女が結婚退職したあとは付き合いはなくなっているが、マスコミの報道を見て裕の死を知って電話をかけて来たのだろう。

次のメッセージ。流れて来たのは、聞き覚えのある、しわがれた声だった。

『武智です。ええ――大変なことになったね。ええ――また電話します』

ライターを引退して農業を始めた武智と、作間は長く疎遠だったが、約二年前、クローン羊ドリー誕生のニュースがきっかけになって再会した。当時武智は胃癌に冒され、手術をした直後のことだった。幸い、手術の予後は良好で、去年辺《あた》りは再び畑仕事を始めたという話だったのだが、今年、定期検診で再発がわかった。

三月の中旬、武智は再手術のために入院したが、手術は中止になり、抗癌剤での治療に変更された。方々に転移が見つかって、手術をしても無駄だとわかったからだと、見舞いに行ったとき、作間は武智本人の口から聞いている。

その後、作間は毎月一、二度、身体の調子はどうだろうかと、電話をかけている。しかし、武智の方から電話をかけて来たのは、これが初めてだ。

裕の事件をマスコミの報道で知って、気遣《きづか》って電話して来てくれたのだろう。

作間は椅子に戻って、背中を伸ばし、天井の蛍光灯を見つめた。二つ並んだ蛍光灯の一つの端が黒ずんで、チカチカと瞬《またた》いている。

作間はふと考え込んだ。

武智は、裕の事件を報道で知ったのだろうと、さっきそう考えたけれど、武智に裕のことを話したことがあっただろうか？

仕事の付き合いだった頃、酒の席などでプライベートなことも話していたが、裕のことを話題にしたことはないはずだ。その後、何度か病床を見舞ったり、電話で話したりした中で、様々な話題が出たが、裕のことを話題にした記憶はない。

マスコミが、殺された作家の叔父の名前まで報道したとは思えない。

武智はどうして知ったのだろう――それとも、大変なこととは裕のことではなく、別のことなのか。気になった。が、深夜一時を過ぎている時間に電話をするわけにもいかない。朝電話をすることにして、和室に行き、布団を敷いた。それから、部屋の隅のパソコンに向かう。千早からメールが入っていないか、確かめるためだった。

裕の死体を発見した夜、作間は警察に連絡したあとすぐに、千早と連絡を取った。裕が死んだことをいうと、千早はタクシーを飛ばして裕のアパートにやって来た。貴美恵と作間に続いて、千早もその場で、警察に事情を話している。そのあとで、作間は千早と言葉を交わす機会があったが、警察や貴美恵が近くにいる状況だったから、訊きたいことをなんでも訊くというわけにはいかなかった。通夜と告別式でも顔を合わせたが、挨拶ぐらいしかしていない。

ゆっくりと話したかった。

パソコンを電話回線に繋いで、メールをチェックした。

受信メールの中に、千早からのものはなかった。明日、時間が取れないか――それだけを訊ねる簡単なメールをオンラインで書いて、千早に送信する。

パソコンの前から離れ、布団の上に横になった。事件のことについて思いを巡らすつもりだったのだが、目を閉じると、スイッチが切れたように意識が消えた。

目覚めたときには、陽が差していた。半分寝惚《ねぼ》けた状態で起き上がり、パソコンを起動する。時刻は十時十二分。メールをチェックしたが、千早からの返信は届いていなかった。

顔を洗っているときに、電話が鳴った。

濡れた顔と手をタオルで拭《ぬぐ》いながら洋間に行き、コードレスの受話器を取る。

電話をかけて来たのは、倉井刑事だった。倉井は前に一度、嘉島良介が殺された事件のことで、作間の自宅を訪ねて来た。作間の脳裡に、倉井の顔が浮かんだ。メタルフレームの眼鏡。その奥の、一見穏やかなようでも、どこか眼光鋭い双眸《そうぼう》。

「今日、お会いすることはできないでしょうか。岩上裕さんの事件について、少しお話を伺《うかが》いたいので」

疚《やま》しいところはなくても、刑事との対面は気が進まない。しかし、事件解決のため、協力できることがあるのなら、しなければ――作間はそう考えて、倉井に、午前中に自宅に来ることができるか訊いた。

千早の都合さえつけば、今日会いたいと思っていたから、午後の時間はあけておきたかった。

「十一時半には行けると思います。お時間は取らせませんので」倉井はいった。

作間は倉井を待つ間に、カップラーメンの朝食をすませた。

口許《くちもと》をティッシュで拭い、コードレスフォンを手にすると、千早の自宅に電話をかけた。

留守番電話になっている。

「作間です。メールにも書いたんですが、今日会うことはできないでしょうか。電話をください」

そんなメッセージを残したが、この時間不在ということは、どこかに出かけているのかもしれない。受話器をテーブルに置いたところで、「そうか」と、作間は呟いた。今日は日曜日。千早はおそらく、努と一緒だ。努を預けてある実家か、あるいはまた遊園地にでも出かけているのだろう。

千早から折り返し連絡が入ることは、期待しない方がいいかもしれない。

カップラーメンの空き容器と箸を流し台に持って行き、緑茶を注《つ》いだ湯呑み茶碗を持って洋間に戻った。

緑茶を飲みながらアドレス帳を開き、武智の家の電話番号を探す。見つけると、コードレスの受話器の番号ボタンを押した。電話に出たのは、武智の妻だった。武智は、外出しているという。

「最近は、ご主人の具合はいかがなんですか？」

「ずいぶんと調子がいいみたいで、治って来ているんじゃないかなんて……」

武智の妻の口調は沈んでいる。

治って来ている、というのは本人の主観に過ぎないのだろう。実際は、ゆるやかにだが癌は進行している。そんなニュアンスを感じた。返す言葉もなく、作間はしばらく間をおいてから、また夜にでもかけてみます、といって電話を切った。

刑事を迎える準備のために、Tシャツの上にチェックのシャツを羽織《はお》り、トランクス姿だった下半身には、水色のコットンのパンツを穿《は》く。

倉井が訪れたのは、十一時二十五分頃。高浦という刑事も一緒だった。

洋間に通して、テーブルを挟んで座ったところで、倉井が、裕のことで悔《く》やみの言葉を述べた。

作間は貴美恵と共に、死体の第一発見者だったから、すでに二度、警察の事情聴取を受けている。しかしその際の担当刑事は、倉井たちではなかった。

「岩上裕さんの事件のことで、いくつか伺いたいことができまして」

倉井がずれた眼鏡を押し上げながらいった。

「裕の事件も、あなたたちが調べることになったんですか？」

「いいえ」倉井は首を横に振った。「わたしたちは、あくまで嘉島教授の事件の捜査ということで、今日もお伺いしました。岩上さんの事件の捜査と重なって、向こうの担当と同じことも訊いてしまうかもしれませんが、その辺は、ご了解ください」

倉井の問いに答えて、事件当夜の状況を話した。それはほとんど、裕の事件の担当刑事に話したのと、同じ内容だ。

千早から携帯に電話があったときから、死体発見まで。すべて正直にいった。

裕と待ち合わせていたのは千早だったのに、実家にかけた電話では、自分が待ち合わせていたと偽ったこともいう。

「どうしてそんな嘘をつく必要があったんですか」

裕の事件の担当刑事同様に、倉井もそう訊いた。

「川名さんのところとは、かつては家族ぐるみの付き合いだったんですが、今は母親同士が喧嘩をしていて交際がなくなっているんです」
「それは、どういうご事情なんでしょう」
「母親同士、些細《ささい》なことで始まった喧嘩なんですけどね。感情的にもつれてしまってい
て」
些細なこととは何かと訊かれる前に、話を先に進めた。「あの夜は、とにかく裕の居場
所に心当たりがないかだけを訊きたくて実家に電話をしたので、そこで川名さんの名前を
出して話をややこしくしたくなかったんです」
「岩上さんは、川名さんにどんな用事があったのか、心当たりは？」
「裕が、嘉島さんの名前を出して呼び出したことは川名さんから聞きましたけど、それ以
上のことは、わたしにはわかりません」
「岩上さんと嘉島さんの間にトラブルがあったことは、ご存知ですか？」
「小説のことですよね」
「ええ」
「聞いてます」
「その小説はお読みになりましたか？」
トラブルが起きていると聞いたあと読んだと答えた。トラブルが起きたことはいつ知っ
たか、どんなトラブルか、詳細を聞いたか。そんな質問に、記憶通りに答えた。

相槌《あいづち》を打ちながら話を聞いていた高浦刑事が、今日ここに来て初めて、口を開いた。

「川副純太をご存知ですよね」

高浦は顎《あご》のホクロの近くを指で掻きながら、いった。「岩上さんが、小説のモデルにした事件――恵沢大クローンスキャンダルとでもいいますか――その事件についてご存知のことを教えていただけませんか」

「それは――裕が話したんですか?」

「岩上さんからも聞いていますし、ほかの関係者からも、いろいろ聞いています」高浦がいった。

「あの事件と、今度のことと、何か関係があるんですか?」

「それは、なんともいえませんね」

高浦は顎から手を離し、軽い咳払《せきばら》いをした。

「お話しいただけますか」

作間はうなずいて、川副純太との出会いから話を始めた。ときおり刑事の質問に答えながら、ホテルで川副を父親に会わせたときのことまでを話した。

「で、今の話を元に、岩上さんが小説を書かれたわけですね」

メモを取りながら、高浦がいった。

「元にというか、ヒントにしたんでしょうね」

「あなたの方から、提案されたというようなことは？」

「どういう意味ですか？」

「事件をモデルにした小説を書くように、あなたがいったとか」

「どうしてわたしがそんなことをいうんですか？」

「いえ、別にそうだといってるわけではありません。お訊ねしているんです」

「いってません」

「小説の中に、あなたが話した以上の情報が含まれていたでしょうか」

高浦の問いに、作間は首を傾《かし》げた。

「何を訊かれているのか、よくわからないんですが」

「岩上さんは、川副の事件のことを、あなた以外の誰かからも取材したかもしれませんよね。お読みになって、その辺、どう感じられましたか？」

作間は少し考えてから答えた。

「小説ですからね。わたしが話した内容とは、当然大きく変わっているわけで、よくわかりません」

高浦は倉井と顔を見合わせてから、手帳を閉じた。

「川副純太という人とは、その後、お会いになったことは？」

そういった倉井の顔を見て、作間は首を横に振った。

「連絡先とか、ご存知じゃないですよね」

「どうしてわたしが？」

「いえ、ご存知でなければそれでいいんですが——最近連絡があったとか、そういうこともないですね」

作間が首を横に振ると、倉井は高浦に目配せをして、腰を上げた。

2

午後一時半を過ぎた時間に電話が鳴ったとき、作間は、それは千早からの電話ではないかと思った。先刻、今日二度目のメッセージを千早の自宅の留守番電話に吹き込んだところだったからだ。しかし電話の相手は、千早ではなく、武智だった。

「さっき電話くれたそうだね」

「留守番電話を聞いて」

「大変なことになったね」

「ええ、まあ——ええと——おっしゃってるのは、わたしの甥の岩上裕のことですよね」

「ん？」

「裕のこと、話したことありましたか?」

「いや」

「じゃあどうして」

「うん」といったきり、武智はしばらく黙っていた。

乾《かわ》いた咳を一つして、武智はやっと声を出した。「今日、これから時間ないかな。会って話がしたいんだけど」

千早と連絡がとれるのは、夜以降になりそうだ。それに、千早とは、今日絶対に会わなくてはならないというわけでもない。

「大丈夫です。じゃあこれからそっちへ——」

武智はフリーライターの仕事をやめたあと、栃木県内の山村に居を移していたが、癌の再発がわかった今年の春からは、千葉の息子夫婦の家に同居している。

「五時に新宿ってことでどうだろう」武智がいった。

「え? こっちから行きますよ」

「なんか千葉に出る用事でも?」

「そうじゃないですが」

「気遣ってくれなくても、身体は大丈夫だよ。それにわたしの方が、ちょっとほかに用事があってね。新宿の方が都合がいい」

待ち合わせ場所は、武智が決めた。ホテルの中の喫茶店だった。

作間は時間より早めに行って、今日中に読んでおきたい原稿に目を通しながら待っていた。

武智が現われたのは、五時五分前で、作間は二杯目のアイスコーヒーにミルクを入れて掻き混ぜているところだった。

武智は茶色のジャケットに紺色の帽子。白髪のひげを伸ばしているのは、こけた頰《ほお》の輪郭を隠そうという意図もあるのかもしれないが、効果は上がっていない。

武智が紺色の帽子を脱いだ。頭はスキンヘッドにしている。

作間の前の席に座り、メニューを手にした武智の腕は、この前会ったときよりも骨と皮に近づいている。しかし顔色は、良いとはいえないまでも、ましになっていた。

武智は、レモンティーをオーダーしてから、作間の手許《てもと》に視線を落とした。

「忙しいところを呼び出して、申し訳ないね」

「いいえ」といいながら、作間は原稿を鞄にしまった。

「それにしても、大変なことになったね」

武智はいった。「お気の毒に。前途有望な若者が――残念なことだよ」

「甥のことは、誰から?」

「一昨日《おととい》、牧瀬先生から電話があってね」

「え？」

「牧瀬先生——覚えてないかな？　川副純太の先生だった」

　クローンマウスを作ったと主張した、恵沢大学の大学院生、川副純太。当時彼が所属していた研究室の教授が、牧瀬だった。

「牧瀬先生は知ってますが——」

「付き合いは？」

「うちの会社と先生とのお付き合いはありますけど、担当が違います。それに、もうずいぶん前で——恵沢大はだいぶ前に退職されましたよね」

「ああ。定年退職したあと、しばらくは近畿の女子大に勤務されてたけどね、今はもう完全に大学からも研究からも離れてしまわれた。腎臓を患《わずら》われていてね——先生の病気も、なかなかしんどいらしいよ」

　そういって武智は、目尻の皺《しわ》を指先で掻き始めた。

　牧瀬が電話して来て——何をいったのか？

　話の先を促そうと、作間が口を開きかけたところで、武智がいった。

「嘉島さんが殺された事件は、もちろん知ってるよね」

　作間は半開きだった唇を閉じ、うなずいた。

「昔ああいうことで付き合いはあったけどさ」

ああいうことというのは、川副純太のクローン騒動のことだろう。

「あのあとも、ライター時代に顔を合わせることはあったけど」武智は目尻から指を離した。「知り合いともいえないぐらいの間柄だからな」

武智は干《ひ》からびた左手の甲を右手の指で掻き始めた。「事件にはもちろん驚きはしたけど、記事を丁寧に読んだぐらいで、それ以上、どうこうってのは、なかったんだ。ところが、牧瀬先生から電話があってね。『クローン人間が生まれた日』っていう小説を知ってるかと訊かれた」

武智は、運ばれて来たレモンティーのカップを手許に引き寄せた。「牧瀬先生は、その小説のことを最近嘉島さんに教えられたらしいんだ――川副事件をモデルにしてるってね。だけど先生は、特に気に留めてはいなかったらしいんだけど――作家から、その本が送られて来た。クローンをテーマにしたこの小説の続編を書きたいので、専門家のアドバイスがほしい。一度お目にかかってお話を伺えないだろうかとか、そんな内容の手紙を添えてね。作家が殺されたのは、本が届いたその晩だった」

武智はレモンティーを口に含んだ。

「牧瀬先生も今度は気になって慌てて目を通して、そのあとでわたしのところに電話をね。で、わたしも早速、昨日その本を読んだんだ」

武智は咳き込んだ。痰《たん》が絡んだようだ。咳がおさまってから話が続いた。「川副の事件をよく知ってる人間が作者の背後にいることは、明らかだった」

武智と目が合い、作間は少し視線を下に向けた。

「牧瀬先生はね、これは、川副が書かせたんじゃないかって思ったみたいだ。どう読んでも、川副の側に立った話だからね。牧瀬先生や嘉島さんや、それにわたしらしき人間、みんな極悪人だ」

作間はテーブルに視線を落とし、頭に手をやった。

「川副の妄想をそのまま描いた感じじゃないか。作家の背後に川副がいる――わたしもその可能性を考えたよ。一応、君も関係者だから、連絡しようと思ってね」

武智は作間の会社に電話をしたのだという。

「電話に出たのが、新山《あらやま》君でね」

作間の部下の新山は、かつて武智を担当したことがある。

「甥御さんの葬儀だっていうんで、どんな亡くなり方をしたのか――特別意味のある質問じゃなかったんだけど」

武智は溜息を吐いた。「あの作家が君の甥御さんだとは――驚いたよ」

作間は一度顔を上げてから、頭を垂れた。「不愉快な思いをさせてしまって、すいません」

「いや、別に謝られるようなことじゃない。誰が読んでもフィクションとわかる話だ。モデル問題を云々《うんぬん》されるようなものじゃないよ。ただ、情報源が川副じゃないのか、それが気になってね」

武智はスキンヘッドの頭に手を置いた。「川副が、行方不明だって話は、したよね」

作間はうなずいた。

「川副の消息は、ずっと気になってる。生きているのか、死んでいるのか――いずれにしろ、わたしが彼を追い詰めてしまったんじゃないかと思ってね。あのとき、話をちゃんと聞いてやっていれば、彼には違う人生があったかもしれない」

「話って、クローンのことですか？」

「そう。あのときは、最初から、そんな馬鹿な話はないと思ったんだ。川副の頭がおかしいと決めつけてしまった。それで彼は、病院に――」

「彼のためには、それでよかったと思いますけど」

「川副の母親が亡くなった事情、話したことなかったよな」

川副が精神病院に入ってまもなく母親が亡くなったという話は聞いた覚えがあるが、事情とはどういうことだろう。

「自殺なんだ」

武智の言葉に、作間は絶句した。

川副の母親は癌で余命幾許《いくばく》もなかったと聞いていたから、病死したとばかり思っていた。

「君までが責任を感じてしまうんじゃないかと、黙っていたんだが——息子が精神病院に入ったショックと、その原因が自分にあると思いつめたせいでね」

武智は首を横に振りながらいった。「夫にひどく詰《なじ》られた直後のことだったらしい」

作間は口許に手をやった。

川副を医者に診せる手助けをしたことに、今まで後ろめたい思いはなかった。しかし、その行為が川副の母親を自殺に追いやる遠因になったのだとしたら、何がしかの後ろめたさは感じる。

「彼が今どうしているのかわからんが、不本意な人生を送っているのは間違いないだろう。あのとき、わたしがもっと親身になって話を聞いてやっていれば、彼にはもっと違う人生があったと思うんだ。責任を感じるよ」

武智は皺に埋もれた目を見開いた。「いや、もちろん君までが責任を感じることじゃないんだよ。君は、わたしが頼んだことをしてくれただけだ」

武智が肩を落として息を吐いた。

「武智さんも——あのときは、ただ当然のことをしただけだと思います」

「いや」と、武智は首を横に振った。「川副があのときとまったく同じことをいったとして、今なら、頭から妄想だとは決めつけない。あのときは、そんなことはありえないと、まともに聞かなかったんだ。ほんの一パーセントでも信じる気持ちがあったら、事態は変わっていたかもしれない」

「それは、彼のクローンの話が本当だったかもしれないってことですか」

「いや違う。クローンの話は、真実ではなかったと思ってる。ただね、あのとき、ちゃんと耳を傾けていれば、彼の心情を察してやることができたと思うんだ。今考えるとね、彼の話は、妄想というより、願望だったんだよ。クローンマウスをね、彼は母親が生きているうちに作りたかったんだ。いや、もっといえばさ、嘘でもよかったんだよ。近い将来、クローン人間が生まれる。そんな希望を、死期を間近にした母親に与えたかったんだよ。クローン人間はできる。冷凍保存からの蘇生だって、きっといつか可能になるってね」

死は終わりではない。未来がある。またいつか会える——そんな希望が持てたなら、別れる者たちの悲しみはずいぶんと薄らぐだろう。

「まあ、彼の意に添うような記事を書いてやることは、それはできなかったと思うよ」

武智は詰まった鼻を鳴らした。「だけど、もっと違う対応はあっただろう。母親と未来への希望を語って別れを告げることができていれば、彼はそれで正気を取り戻せたかもしれない。そんな気がするんだよ」

武智は作間の顔を見た。「あの小説の情報源が川副なら——少なくとも彼はまだ生きているってことだろう。今更だけど、何か彼の力になれることもあるんじゃないかと思っていたんだが——情報源は、君なんだね」

作間はうなずいた。「わたしが話しました。小説のモデルにするつもりだなんて、それはまったく知らなかったんですけど——迂闊《うかつ》でした」

作間は深く頭を下げた。

3

武智と一時間程話して別れた作間は、自宅に戻ると、留守番電話の録音と受信した電子メールを確かめた。

千早からのものはなかった。

クーラーのスイッチを入れ、麦茶を準備して、コンビニエンスストアで買った弁当を食べ始める。電話が鳴ったのはそれからまもなくで、口の中のものを呑み込みながら、急いで電話に出た。電話をかけて来たのは、詩織だった。今夜訪ねてもいいかという。裕の事件について、話がしたいからと。

「貴美恵のお父さんと一緒に行くから」

裕の事件について、作間は、詩織にも、御子柴にも、警察に話した程度のことは、すでに話している。千早のことも含めて、隠し事はしていない。

「知ってることは、全部話したよ」作間はいった。

「行っちゃまずい？　誰か来るの？　川名さんとか」

作間は少し憮然《ぶぜん》としていった。

「好きな時間に来ればいい」

詩織と御子柴は、午後九時半過ぎにやって来た。二人とも、表情は暗い。詩織はやや口を尖《とが》らせ気味で、御子柴の方は、眉間《みけん》にうっすらと皺を寄せている。

裕の葬式を昨日終えたばかりだから、表情が暗いのも当然だが、それにしても雰囲気は異様で、何か深刻な問題を抱えて来たことは、明らかだった。

挨拶を交わし合ったあと、テーブルに麦茶を並べて、客二人と作間が向き合う形で座った。

「裕君が亡くなった夜のこと、改めて少し伺いたいんですが」

御子柴はそう話を切り出して、当夜の状況を作間に訊ねた。すでに話したことではあるが、作間は繰り返した。

「裕君は、川名さんという人を呼び出すのに、嘉島教授のことで話があるといったのですね」

「そう聞いてます」

「もっと具体的に用件をいわなかったんでしょうか」

「いわなかったそうです」

御子柴が、太い腕を組んだ。

「どういう用件だったか、川名さんは、わかっているんじゃないでしょうかね」

「どういう意味ですか」

「なんの話か、まったくわからずに呼び出しに応じるというのは変でしょう」

作間は詩織の方を一瞥《いちべつ》してから、いった。

「川名さんと嘉島さんとは、親しい間柄でした。その嘉島さんが最近亡くなってるわけですから、彼のことで話があるといわれれば、興味を持って当然だと思いますよ」

御子柴は組んでいた腕をほどき、テーブルに肘《ひじ》をついた。

「叔父さんは、どうなの？」

作間は詩織の方を向いた。詩織の険《けわ》しいまなざしの意味も、今いった言葉の意味も、わからない。「どうって、何が？」

「兄さんが、川名さんに何を話したかったのか、知らないの？」

「知ってるはずないだろう」

「あなたには」御子柴が視線を作間の顔に向けていった。「相談はなかったわけですね？」

作間は首を傾げた。「おっしゃっている意味がよくわからないんですが」

「犯人が、部屋を物色して行きましたよね」

御子柴の話がどこに向かっているのかわからず、作間は戸惑《とまど》いながらうなずいた。

車の中で死んでいた裕は、車の鍵を持っていなかった。貴美恵によると、裕は、車の鍵を部屋の鍵などと一緒にキーホルダーに付けていたという。そのことと裕の部屋の様子とから、当夜の状況が推測できる。

車に乗り込もうとした裕を襲って殺した犯人は、キーホルダーを奪い、裕の部屋に侵入した。

「事件の翌日、裕君の部屋を調べたいんで協力してほしいと警察がいって来ました」御子柴はいった。「指紋を採《と》ったあと、犯人——殺人犯と部屋を物色した犯人が同じとは限りませんが、ともかく、犯人が何を盗んで行ったのか知りたいといわれて、貴美恵と詩織さんとで調べました。わたしは、裕君の部屋に入るのは初めてだったんで、なんの役にも立たないんですが、二人の作業を、立ち会っている警官と一緒に眺めていたんですよ。そのとき、まったく偶然なんですけどね、あるものを見つけてしまったんです」

御子柴は続けていった。

本棚の上の写真立てが乱れていたので、何気なく立て直しているときのことだった、と。

「娘の写真やご家族の写真や、パーティの写真などがあったんですがね、中の一つの留め金が外れかけていたんです。それを直そうとして、写真の後ろに何か隠してあるのに気づきました。開けてみて、びっくりしましたよ」

御子柴は、わざとらしく目を見開いた。「四つか五つぐらいの子どもの写真なんです。派手なドレスを着た女性と並んで写ってる。咄嗟《とっさ》に、子どもの写真を見直したら、裕君が、ポケットに隠しました。貴美恵に、これ以上ショックを与えたくありませんでしたから」

御子柴は作間の顔を覗き込んだ。「写真の子どもをなんだと思ったかは、おわかりでしょう」

作間は応えなかった。

「裕君の隠し子だと思ったんですよ」御子柴は荒い息を吐いて、言葉を続けた。「子どもの写真を隠したあと、表の写真を貴美恵に見せて、裕君の横にいる女が誰だか訊いたら、作家だっていうんですね。裕君が小説の新人賞をもらったときの審査員だったんだそうで――頭の中をいろんなことが駆け巡ったんですが、そのときに、詩織さんがポケットに何かを隠すところを見たんですよ」

御子柴が詩織の方を向いた。作間もその視線を追いかける。詩織は、青白い顔をしていた。

「何を隠したのか、その場では知らぬふりをしました。傍《そば》にいた警官は、どうやら見ていなかったようだし」御子柴はいった。「変な写真を見つけて――貴美恵にショックを与えるようなものが、これ以上出て来なければいいが、と思っていたところでしたから」

部屋からなくなっているものは何か、貴美恵と詩織は警官に問われて、ノートパソコン一台と、フロッピーディスクがケースごと見当たらないと答えた。それ以外にもなくなっているものがあるかもしれないが、二人とも部屋のすべてを知っているわけではないから、わからない。箪笥の、簡単に見つかる場所に、現金と預金通帳、印鑑などがあったが、これはなくなっていなかった。

そんなやりとりのあと、裕の交友関係などを知るためと、事件の手がかりになるものがあるかもしれないからと、今度は捜査員による捜索を任意で行ないたいという申し出があった。

「貴美恵にショックを与えるようなものが、出るんじゃないかと気がかりでしたから、わたしは拒否したかったんですが、そういうわけにもいかず――」御子柴はいった。「捜査員が何を見つけたのかは、わかりませんが――わたしが見つけて隠した写真というのは、これです」

御子柴が上着の内ポケットから茶封筒を取り出した。中から引き出したのは写真だった。

どこかのベンチに座っている子どもの写真だ。斜めから写したもので、目はレンズとは違う方向を見ている。

「こうやって改めて見ると、隠し撮《ど》りしたみたいなアングルの写真だし、裕君と似てるわけでもないし」御子柴はいった。「隠し子と考えたのは早計でした。――早計だったとはっきりいえるのは、これがあるからです」

御子柴は封筒から、折りたたんだ紙を取り出した。

「詩織さんが見つけて隠したものは、これでした」

作間は御子柴が差し出した紙を受け取って、開いた。皺がたくさん寄った紙には、電子メールの文書が印刷してあった。

裕のペンネーム宛《あ》てで、送信者は、時野流行《ときのながれ》となっている。

送信日は、七月十二日。

作間は本文を読み始めた。

『私、時野流行というものです。過日、先生の著作「クローン人間が生まれた日」を読み終わりました。裏表紙のプロフィール欄に先生のメールアドレスがありましたので、こうして先生にメールを送らせてもらいました。先生に、どうしても聞いていただきたいことがあるのです。

まず最初に、先生にお詫《わ》びをしておかなくてはならないことがあります。時野流行というのは、私の本名ではありません。偽名というより仮名だと思ってください。また、時野のアドレス宛てにメールをいただいても、それに対する返信はないものとご承知おきください。この先の内容を読んでいただければお判りになると思いますが、私は身許を秘匿《ひとく》する必要があります。そのために、仮に先生が何らかの手段を使ってプロバイダーに残った記録をお調べになっても、私が何者かはわからないように、手段を講じています。簡単に言えば、私は不正な手段によって当アドレスを取得して利用しております。調査の結果、このメールの発信者名が判明したとしても、それが私の本名というわけではありません。その方は、私に名前を利用された被害者です。誤解を招かないよう、また無駄な調査などなさいませんよう、お願いいたします。

さて、ここからが本題です。「クローン人間が生まれた日」を拝読しまして、私はすぐに、モデルとなっている事件に思い至りました。主人公は川副純太ですね。作中では名前を変えてありますが、大学は恵沢大学、研究室は牧瀬研究室。川副純太がマウスの体細胞クローンを作ったと主張したかを明かすことはできませんが、川副純太がマウスの体細胞クローンを作ったと主張したあの事件のことを、私は知っています。事件の詳細や、事件に対する私自身の感想を書きたいところですが、私の身許に対する重大な手がかりになってしまうので、多くは語れません。ただ一ついえることは、私は先生が著作に記されたように、川副純太の主張は真実であったと思っているということです。牧瀬教授は、哺乳《ほにゆう》類の体細胞クローンなどできるはずがないと、はなから相手にされませんでした。当時の状況を考えれば、牧瀬教授の態度は責められるものではないのですが、現在振り返ると、どうでしょうか。川副純太は有能でユニークな発想をする研究者でした。あの時期彼が、マウスのクローンを作っていた可能性は、十分にあると、私は考えています。そしてその研究成果を奪った人間がいるのだと、確信しています。先生が想像された通りです。いいえ、もしかしたら、先生はあれを想像ではなく、何か根拠を持ってお書きになったのではないですか？　考え過ぎでしょうか。川副を陥れた人間のモデルになった人物が誰であるか、中の一人に、私は見当がついています。当時講師だった嘉島良介ですね。嘉島良介が川副純太の研究を盗んだ。ありそうなことです。嘉島の人間性を知るものなら、皆そう思うでしょう。しかし、仮に嘉島が研究を盗んだのだとしたら、それを発表しないのはおかしい。発表しなくては、なんの得にもならないのではないか。そう思って、私は自分の抱いた疑惑を打ち消してまいりました。しかし、先生が書かれたように、クローンを臓器移植に利用して莫大な金を稼いでいるという可能性があったのですね。なるほどそういえば、嘉島は、どうしてそんな贅沢《ぜいたく》ができるのだろうと思える程の浪費家です。秘密の資金源があるとしか思えない。嘉島良介は、川副純太の研究を盗み、臓器移植を行なう秘密組織の一員となってクローン人間を作り、金儲《もう》けをしているに違いありません。そのような人間を、このまま放置しておいてよいものでしょうか。私は彼の犯罪行為を告発したい。しかし、警察を動かすような証拠はもちろんありませんし、マスコミを動かそうにも、私にも自分の生活があり、家族もおりますから表立って行動することはできません。先生のお力で、なんとか嘉島良介の犯罪行為を暴露してください。お願いします。そのための突破口になるのではないかと思える重大な手がかりを私は手にしています。それをこれからお話しいたします。

嘉島良介には、東都大学助教授の川名千早という愛人がいます。川名千早には、四歳の息子努がいるのですが、その子は、嘉島の子どもであると噂されています。嘉島自身も、表立って認めてはいませんが、親しいものに対しては打ち明けているという話もあります。ところが、この努という子ども、どうしたわけか嘉島とはまったく似ていないのです。四歳の子どもと大人の顔の比較ですし、親子だから必ずそっくりな顔になるわけではありませんから、似てる似てないなど無意味かもしれませんが気になります。また、別の気になる噂もあります。川名千早には学生時代に生んで里子に出した隠し子がいるというものです。そしてもう一つ、川名千早がある時期、白血病治療について知るために、伝手《つて》を頼って最先端の研究者に会いに行ったという話があります。これは私のただの妄想かもしれませんが、かつてこんなことがあったと想像できないでしょうか。川名千早の隠し子が白血病に罹《かか》った。治療法としては骨髄移植しかなかった。しかしドナーが見つからず途《と》方《ほう》に暮れていたところに、嘉島が囁《ささや》いたのです。子どものクローンを作ったら骨髄移植ができるのではないかと。そういって嘉島は、彼女を臓器移植の秘密組織へと誘ったのではないでしょうか。見返りは、嘉島の愛人になることだった。是非《ぜひ》調べてみてください。お願いします。最後に、更《さら》なるお願いを申し上げれば、このメールの内容が公《おおやけ》になった場合、私が何者であるか、少数の人間に限定されてしまいます。先生の今後の調査の際、情報源としてこのメールの存在を明かさないでいただけるよう伏してお願い申し上げます』

作間は顔を上げた。軽い眩暈《めまい》に襲われている。テーブルに肘をついて、こめかみの辺りを押さえた。「ゴミ箱の一番上に丸めて捨ててあって」詩織はいった。「開いたのは、何気《なにげ》なくだったわ。警察の人に見せたら、そのまま取り上げられそうで――ゆっくり読みたくて、隠したの」

「印刷に失敗して捨てたんですね」御子柴がいった。

並んだ文字に、読めないという程ではないが、かすれた部分がある。

「あの夜、裕君は川名さんという人に会うために、それを印刷したんでしょう」

しかし印刷に失敗して、捨てた。ゴミ箱の一番上にあったというから、おそらく、会いに行く直前に印刷したのだろう。そして、失敗したものを捨てて終わりのはずはないから、裕は改めて印刷し直して、それを持って出かけたのに違いない。

「裕君がこういう手紙みたいなものを所持していたとか、そういう話――警察から聞いたりとか、してますか？」

御子柴の問いに、作間は首を横に振った。

「わたしも聞いていません」御子柴がいった。

「しかし、持って出なかったと考えるのは不自然ですし、警察がこれを見つけているのに、わたしたちに隠すというのも、変でしょう。——いやもちろん、この内容から、警察が何かの考えをもってわたしたちに存在を伏せている可能性も、ないとはいえないですがね」

御子柴は深く呼吸してから続けた。「おそらく犯人が、持ち去ったんですよ」

「そう考えれば」詩織がいった。「犯人がノートパソコンやフロッピーディスクを持ち去った理由がわかるわ。ディスクに、その電子メールが保存されているはずだからよね」

作間は混乱していた。頭がうまく働かない。顔が火照《ほて》っている。

「この写真の子ども、誰？」

詩織がテーブルにあった写真を手にして、作間の顔の前に近づけた。「誰なのか、答えて」

作間は首を横に振った。

「兄さんはこれを、隠してた。一人暮らしだけど、合鍵は貴美恵が持ってたから、貴美恵に見つからないようにって、隠していたのよね。兄さんの隠し子かもって——そのメールがなければ、わたしもそう思ったかもしれない」

詩織は写真の表を自分の方に向けた。「見つけたのが貴美恵なら、もちろん誰だか知りたがるはずよね。でも兄さんはその質問には答えられなかった――いいえ、答えたくなかったのよね。隠し子ではないけど、これが誰だか、貴美恵には話したくなかった……」

詩織は写真の表を、改めて作間に向けた。

「誰？」

「わからない」

「隠しても、もう明らかだわ」

「隠してるんじゃない。知らないんだ」

「とぼけないで」

「とぼけていない。詩織がどんな答えを待っているのかは、わかってるよ」

作間は呼吸を整えた。「努君だと思ってるんだろう」

「違うの？」

「わからない。努君と会ったことはないんだ」

詩織は、疑わしそうな顔で作間をいっとき見ていたが、写真をテーブルに置いた。

「川名さんの学生時代の恋人って、叔父さんの中学の同級生だったのよね」

詩織は持っていた鞄から青い表紙の冊子を取り出した。

作間の中学のときの卒業アルバムだった。実家に置いたままにしていたものだ。

詩織は、三年一組の生徒の顔写真が並んだページを開いた。

「交通事故で死んだ川名千早の恋人」

おばあちゃんに教えてもらったわ——そういいながら、詩織が高本一久の顔写真を指差した。

「そっくりよ」

詩織はそういって、裕の部屋にあった写真をアルバムの横に並べた。

確かに、よく似ている。

「クローン人間は生まれていたんですね」

御子柴が険しい表情でいった。

作間は首を横に振った。頭が混乱している。

4

翌日の午後一時に作間が訪れたのは、千代田区内の、外壁のガラスが青く輝いている高層ビルだった。中の七階の大ホールで、情報認識蛋白質をテーマにしたシンポジウムが朝から行なわれている。エレベータに乗って七階で降りると、大ホールのドアの前のロビーに、大勢の人が集まって立ち話をしていた。

作間は受付の前を素通りし、書籍の展示販売が行なわれているスペース奥の窓際に行った。そこに五人で輪を作って話しているうちの二人の顔に、見覚えがあったからだ。一人は、縁の大きな眼鏡をかけた女性で、名前は知らないが、千早の研究室の大学院生だ。もう一人は、名前も知っている。袴田伸治だ。目が合うと、袴田が先に会釈した。

「川名先生は、いらっしゃってる?」

「あ、はい。さっきまでその辺に」と、袴田は観葉植物の鉢の向こうに並んだソファやテーブルの方を見やっている。

「中だと思います」

袴田の隣りにいた猫背の男がいった。「さっきなんか、質問があるって人が来て、一緒に中に」

「そう。どうもありがとう」

作間は、袴田たちの輪から離れたが、ホールの中には入らなかった。

千早は午前中に講演を行なっている。おそらくその内容についての質問を受けているのだろう。

受付の方に行き、横の机に重ねられたパンフレットを一枚もらった。階段のある方に行くと、踊り場の壁を背にして立ち、パンフレットを眺めた。腕時計を見ると、ちょうど一時四分から五分に変わった。

チャイムが鳴り、スピーカーから、午後の部の開始時間まであと五分であることがアナウンスされた。

立ち話をしていた人たちが、次々とホールの中に姿を消す。

五分後には、ロビーは閑散となった。

作間は窓際の、ソファとテーブルが並んだスペースに歩いて行った。

テーブルが五つ。ソファはテーブルを囲むものと、窓に向かったものとがある。

窓に向かったソファに二人、煙草を吸っている男がいる。テーブルを囲むソファには、
今はもう誰もいない。

作間は一番手前のテーブルに抱えていた鞄を置いて、窓を背にする形で座った。

煙草を吸っていた男が一人、ホールに消える。それと入れ替わるように、ホールの側面のドアから出て来たのは、グレーのスーツ姿の千早だった。

「ごめんなさい。午前の部が押して、十分遅れになってるの」

千早とここで会うことは、朝、電話をかけて約束した。午後の部が開始される午後一時から、少しの間なら抜けられると、千早はいっていた。

作間は鞄から原稿を取り出して、テーブルに広げた。しかし実はこれは、二人の様子を見た人に、急ぎの仕事の打ち合わせなのだろうと思わせるためのポーズだ。話したいことは、原稿のことではない。

作間は座る位置を直し、テーブルに近づいた。

まだ煙草を吸っている男や、受付に座っている女性の耳を意識して、小声で話す。

「こんなところでするような話じゃないんだけど――」

作間は上着の内ポケットから茶封筒を出した。

中から引き出したのは、折りたたんだ一枚の紙。印刷されているのは、裕宛てのメール
だが、紙に皺はない。詩織がゴミ箱から見つけたもののコピーだ。

千早は困惑した様子で、作間が差し出した紙を受け取り、開いた。

文面に目を落としてまもなく、千早の顔が強張った。口許が引き締まり、眉間に微かな
皺が寄る。

千早が顔を上げると、作間はいった。「話してくれないか」

「何を？」

「僕に隠していることがあるはずだ」

千早が目をそらす。

「見つけたのは詩織なんだけど、裕の婚約者の父親も、それを読んでる」作間はいった。

「婚約者が白血病だってことは、知ってるよね。骨髄移植が必要なことも」

千早はうなずいた。

「彼はこれを読んでね、どうやら内容を、というか、クローン人間のことを――信じてし
まってるんだ」作間はいった。「彼が、クローン人間を求める気持ちはわかるだろう？」

「ええ」

「裕も、同じ気持ちだったと思うんだ。このメールを受け取って——どこまで本気だったかはわからないけど、内容を確かめようとした」

作間は、茶封筒の中から写真を出して、千早に見せた。

千早がぎょっとした顔になる。

「裕が隠し持っていた」

作間は写真をテーブルに置いた。「努君だね」

千早はゆっくりと顎を引いた。

「裕は、君の子どもの顔を知っておきたかったんだろうな。——これ、隠し撮りだよね？」

「そうね。撮られた日もわかるわ。尾行されてるって、あなたに助けを求めたあの日よ」

「やっぱりそうなのか。そうじゃないかと思っていたんだ」

「遊園地で誰かに見られてると思ったのは、気のせいじゃなかったのね」

作間はうなずいた。

「裕は、君の周辺を嗅ぎ回っていたんだと思う」

千早は額に手を当てて、首を横に振りながらいった。「裕さんだったのね。わたしがずっと感じていた影は」

沈黙が横たわる。

会場の中で行なわれている講演の声が、微かに聞こえた。

「高本に、よく似てる」

「努？」

「ああ」

「そうかしら」

高本一久と努の写真を並べたとき、作間は最初、そっくりだと思った。

しかし、努と高本に血の繫がりがあるはずがない。そう思って見直すと、そっくりというのはいいすぎだとわかる。ただ、嘉島良介よりは高本一久に似ている。それは、誰が見てもそう思うだろう。

「努君」作間は声を一際ひそめた。「嘉島さんの子どもなんだよね」

千早は曖昧にうなずく。

はっきり答えてくれといいかけたが、やめた。

仮に、努の父親が嘉島ではなかったとしても、時野流行の推測が当たっているはずはない。

努は高本一久の血を引くクローン人間——そんなことは、ありえないことだ。しかし、裕は信じてしまったのかもしれない。

「裕は、嘉島さんが亡くなったあと、君の研究室を訪ねてるんだったよね」

「ええ」

「裕は、そのときにはもう、このメールを読んでいたし、君の周囲を嗅ぎ回っていたわけだ」

「そうみたいね」

「どんな話をしたんだ？」

「婚約の報告と、あとは、ただの世間話――でも、嘉島のことも話題に……」

「どんな」

「あのときは、裕さん、わたしと嘉島のプライベートな関係を知ってるそぶりは全然見せなかったわ。ただ、そういえば恵沢大学で事件がありましたね、って――裕さんと前に会ったのは、わたしが恵沢にいた頃だから、自然に出た話題かと思ったんだけど――探りを入れていたのね」

「そのあとは、どうなんだ？　事件のあった日まで、何も連絡はなかったのか？」

千早はうなずいた。

「本当なんだな、何も隠してないんだな？」

千早が目をそらした。

「そのメール、ゴミ箱から見つかったんだ」

千早の視線が作間の方に戻る。戸惑った表情だった。

「かすれた部分があるよね」作間はいった。「読みにくいから、捨てて、改めて印刷し直したんだろうね」

千早の戸惑いの色が濃くなった。

「メールが届いたのは先月十二日。でも印刷したのはおそらく、殺された当日――裕はあの日、そのメールが必要だった」

おそらく千早に見せるため――作間はそう考えている。

「裕を殺した犯人は、部屋を荒らしてパソコンとフロッピーを盗んで行った。探し物は、これだったのかもしれない」

作間は千早の双眸を見つめた。「このメール、警察に見せないわけにはいかない」

千早は視線を伏せ、黙り込んだ。

「警察に見せる前に、君が何か話しておきたいことがあるんなら、聞くよ」

千早はやっと顔を上げると、苦しげな顔で口を開いた。「裕さん、電話で、そのメールのことをいったわ。内容まで詳しくはいわなかったけど、嘉島とわたしと、子どものことで、ある秘密が書いてあるって。それで呼び出されたの」

作間は粘った唾を呑み込んだ。

「どうして今まで」

少し声が大きくなった。

受付の女性が作間の方を見ている。

「どうして今まで隠してた」

囁くようにいった。

千早はテーブルに視線を落としている。

「どうして――」

「少し考える時間がほしかったの」

「何を考えるんだ」

「警察にどう答えようかって、悩んだの」

千早は深く呼吸をしながら顔を上げた。「子どものことで、わたしには秘密があるから」

「どんな」

「今夜時間を作って」

5

五年前、一九九四年の二月。川名千早は、恵沢大学に助手として勤務していた。

会議を終えて研究室に戻ると、スチールデスクの上にメモが置いてあった。会議の間に電話があったようだ。千早は抱えていたファイルケースを本立てに差して、肘掛けのついた椅子に腰を下ろした。会議自体はどうということもない、ただ座っていればいいだけのものだったが、ここのところ睡眠不足が続いている。会議の間中、睡魔との闘いが大変だった。眠らないようにと、ずっと気を張っていて、疲れが肩に来ている。

助手の千早と大学院生三人の机が並んだ居室に、今は千早のほかには人がいない。大きな欠伸《あくび》をした。そのあと、肩をグルグルと回す。

目を閉じ、瞼《まぶた》を軽く押して、メモを見た。

電話をかけて来た相手の名前が控《ひか》えてある。さっきちらと見たときには、高木《たかぎ》と読んで、物理学科の高木先生だと思っていたのだが、よく見ると違う。

『高本《たかもと》さんから、6時10分頃、電話がありました。あとでかけ直すそうです』

千早は動揺した。

電話をかけて来たのは、高本――下の名前はなんだろう。聞いておいてほしかった。

高本といって覚えがあるのは、高本一久しかいない。千早の脳裡に、一久の顔が浮かんだ。尖った顎と、少し下がり気味の目が、千早は特に好きだった。

一久が交通事故で死んだと連絡が入ったと、母親からその報告を受けた瞬間の衝撃がふと蘇る。

愛するものが、突然この世から消えた喪失感。胸に大きな空洞が開き、頭の芯《しん》が痺《しび》れた。

しかも続けて母は、千早のショックを倍増させる事実をいった。

一久が運転していた車がトラックと正面衝突したのだが、助手席には同乗者がいた。

女だった。

名前は沢松美奈代《さわまつみなよ》――

千早と一久が付き合い始めたのは、高校二年の夏。そのときの千早はまったく知らなかったのだけれど、一久には千早のほかに、三歳年上の服飾関係の専門学校に通う恋人がいた。それが沢松美奈代だった。

沢松美奈代の存在を千早が知ったのは、高校三年の秋のことで、一久と大喧嘩になった。千早は一久と別れようとまで思いつめたが、一久の説得に折れた。

沢松美奈代とは別れる。話がついた。そういう一久を信じた。

信じたからこそ、その後結婚を約束し、身ごもりもしたのだ。

それが、男友達と泊まりがけで釣りに行くといって出かけて、実は沢松美奈代と一緒だった。彼女と二人、旅先での事故だった。

一久の遺体を前に泣いたときのことを、千早は思い出していた。あのとき、彼の死が悲しくて泣いていたんだろうか。それとも、彼の裏切りが悔《くや》しくて泣いたのだったろうか。

――電話が鳴った。

物思いに耽《ふけ》っていたところだったから、千早はぎくりとなり、しばらくは受話器をただ睨んでいた。深い呼吸を一つしてから、受話器を取る。

「もしもし」

「ええと、川名さん、いらっしゃいますか？」

「わたしですけれど」

「あ、あのう、高本といいます」

そういった声は、一久に似ていると思った。

電話のかかって来たタイミングと声の相似《そうじ》から、千早は一瞬、本当に一久からの電話のように錯覚した。

一久さん、といいかけたが、それは喉で止まった。そんなはずは、むろんないと、現実に立ち戻る。千早が部屋に戻ってすぐに電話がかかって来たというタイミングの良さは、さっき電話を受けた人間が、会議が終わる時間を伝えていたからだろう。

声が似ているのは、先入観。千早はそう考えて自分を落ち着かせてから、いった。

「どちらの高本さんでしょう」

「高本一久の兄の、彰《あきら》です」

一久に兄がいたことは、覚えている。一久の口から、兄の話題が出たことは何度かあった。しかし、顔を合わせたのは、葬儀のときだけで、あのとき千早は放心状態に近い状況だったから、記憶は薄い。顔もよく覚えていない。

「突然お電話して、驚かれてますよね」

「ええ」

彼がどんな理由で電話をかけて来たのか、見当もつかない。

「とても大事な話がありまして——ええと、そこ、今、お一人ではないですよね」

「一人ですけれど」

「そうですか」

いったいなんだろうと、千早は不安になった。

「誰かに立ち聞きでもされたら困るので、本当はご自宅にお電話さしあげたかったんですよ」

高本彰はいった。「でも、あなたの職場だけしか、柏木《かしわぎ》君が知らなかったんで。——柏木って、わかりますかね？　一久の友人だった柏木君」

千早と一久は東都大学の理学部の同級生だった。柏木は学部が違うが、一久とは高校からの付き合いで友人関係が続いていた。一久が死んだ日、一久は、柏木と一緒に釣りに出かけると、千早に嘘をついていた……

「彼が、あなたの職場を知っていたんです」

柏木との付き合いはなくなっているが、彼が今、関西にある企業の研究所にいることを、千早は知っている。共通の知人が、何かのおりにいったのだった。向こうも、千早の今の職場ぐらいは、誰かから聞く機会があったとしても、不思議ではない。

「それでこうやってお電話さしあげてるんですが、できれば自宅の方が——自宅の電話を教えてもらえませんか。簡単な話でもありませんし」

昔婚約していた相手の兄とはいえ、ほとんど知らない男に、一人暮らしの自宅の電話番号を教えることには躊躇《ためら》いがある。

その気持ちは、電話の向こうに伝わったのだろう。

高本彰はいった。「わたしの方は、聞かれて困る話ではないんですよ。あなたが困ると思うんです」

何かよほどの事情があるようだが、その事情がわからないので、かえって警戒心が強まった。とても自宅の電話番号を教える気にはなれない。

「ちょっと待ってください」といって、千早は椅子から離れ、ドアを開いて廊下を眺めた。人の姿はない。

机に戻り、再び受話器を持った。

「かまいませんので、用件をおっしゃってください」

「わかりました。実は、あなたが流産されたお子さんのことで、話があるんですよ」

千早は息が詰まった。

短い沈黙のあと、高本彰がいった。

「話を続けてよろしいでしょうか」

千早はやっと息を吸って、「はい」といった。

「二年前に、母が亡くなりましてね、現在はわたしが、母のやっていた医院を継《つ》いでいます。ああ、でも勘違いしないでください。母からあなたのことを何か聞いたというのではありません」

そういってから、高本彰はこの電話をかけるにいたった経緯を話し始めた。

一月程前に、ある女性が高本彰の医院を訪ねて来た。

彼女はかつて、産婦人科医だった高本彰の母親の世話で、ある子どもを養子にもらったという。「で、その子どもを生んだ、実の母親のことを知りたいというんですね」

千早は鼓動が激しくなっていた。

「彼女、養子を実子として届けてるんです。実の親と育ての親、それぞれの事情を考えて、母が手を貸してるんですね。彼女が生んだように、届けを書いたわけです」

法律に反することは承知で、いわば同情して無理を聞いてやったのに、今更《いまさら》実の親のことを知りたいというのはどういうことかと、高本彰は彼女に説教をしたという。

しかし、彼女には、そうせざるをえない事情があった。

「子どもが、難病に罹っているんです。白血病です」

千早は悪寒《おかん》を感じながら高本彰の話に耳を傾けた。

「慢性骨髄性白血病。白血病の中でも、治療が難しい病気です。わたしも専門ではないんで、詳しくはないんですが、白血病の治療で、最近ずいぶん効果が上がって来たといわれる化学療法も、この病気にはだめらしい。ただ、一つ根本的な治療法があります。骨髄移植です」

高本彰は、咳払いをした。「骨髄移植が何かはご存知ですよね」

「ええ」

「それなら、わたしのところに訪ねて来た女性が、なぜ子どもを生んだ母親を探すのか、事情がおわかりいただけると思います」

わかった。育ての母の事情も、それに、高本彰がなぜこうして電話をかけて来たのかもわかった。

「彼女は、骨髄移植のためのドナーを探しているんです」

高本彰は、続けていった。

ドナーになるためには、患者と、白血球の型であるHLAが一致していなくてはならない。

型の合う人間は、他人では、数百人に一人から、数万人に一人といわれている。数百から数万と幅があるのは、ABO式の血液型で、A型の人とO型の人の数が違うように、H

ＬＡも、何型かによって数が違う。珍しい型の人間は、特にドナーを見つけるのが難しくなる。

ただ、兄弟姉妹間でドナーが見つかる確率は、二十五パーセントと高率だ。それは遺伝の法則から導かれる。親子などほかの血縁関係となると、適合する確率は激減するのだが、それでも赤の他人より確率は高い。

「彼女、むろん自分たちや知人や親類がドナーになれないか調べてますし、バンクにも登録しています。しかしドナーが見つからないということで、藁《わら》にもすがる思いで、うちに来たわけですがね――」

高本彰は、子どもを世話した当時の院長、つまり自分の母親が亡くなっているので、昔のことはわからないと追い返した。

「だけど気になって、母が養子縁組について何か書き残していないか調べたんです」

千早は唾を呑み込んだ。

「なんにもありませんでした」

高本彰は、そこで一拍間をおいた。「ただ、いろいろわたしなりに考えて、あることに気づいたんですよ」

沈黙。

高本彰は反応を待っているようだったが、千早は何もいわなかった。

「女が子どもをもらったという時期に、あなたが一久の子どもを流産している――いいえ、時期からいうと、流産ではなく死産という方が適切なんですがね。母は、死産扱いにはしていない。死産だと、あなたの戸籍にのってしまいますから、ごまかして妊娠初期の流産扱いにしたんですね。それはまあ当時の母の立場なら、当然なんだろうと思うんですが――」

高本彰は、そこでまた間をおいた。

千早は受話器を握り締め、硬直している。

「ひょっとしたら、もっと別の偽りもあるのかもしれないなどとね」高本彰はいった。

「もしかして、死産ですらなかったのかもしれないと」

千早は心の中で、弘海《ひろみ》と叫んだ。

一久との間にできた子どもが、おなかの中にいるときに、名前を付けた。まだ性別は知らなかったけれど、男でも女でも弘海にしようと、一久と二人で決めた。

双方の両親から、若すぎると結婚に反対されていたが、千早と一久は、引き下がらなかった。おなかの子どもの成長と共に、やがて親たちも渋々かもしれないが認めてくれて、婚約した。一久が沢松美奈代と共に事故死したのは、そんな時期のことだった。

一久がいなくなった喪失感、裏切られていたという悔しい思い。ショックから、千早は家に閉じこもるようになった。

子どもを生むことは、おまえにとっても、その子にとっても不幸ではないか。おろしたらどうかと、両親にいわれた。

一久に対する思いは複雑だったけれど、子どもに対する愛情は変わらなかった。千早はひどいことをいうと、両親をなじった。おまえ一人でどうやって育てて行くんだ——子どもを生むなら今後経済面も含めて、一切援助はしないと、今考えると、それも千早のためを思ってなのだろうが、父親は突き放す言い方をした。

しかし千早は、子どもをおろすことはしなかった。

子どもを殺すことなんて、できない。

——けれども、子どもを里子に出すという新たな提案には、心が揺らいだ。

もしも、もう少し年齢が上だったら、考えは違ったかもしれない。それにもしも一久の裏切りがなかったら、やはり気持ちは違ったかもしれない。

今思うと悔恨するばかりだが、千早は結局、承知したのだった。

子どもを養子に出すことを、受け入れた。母子二人の生活で、子どもを幸せにできるのか、自信が持てなかった。

弘海はわたしと暮らすより、その方がずっと幸せになれるのかもしれない。そんないっときの気の迷いから……千早は弘海を養子に出すと決めた。

千早は一久の母親の医院で出産した。

一度抱いたら離すのが辛《つら》くなるからと、一久の母親は、弘海の顔すら、千早に見せてくれなかった。弘海は千早の耳の奥に産声《うぶごえ》だけを残して、いずこともわからぬ養父母の元へと去った。

元気な男の赤ちゃんだったとだけは教えてもらえたが、それ以外、弘海のことは、何も聞かせてもらえなかった。

引き取る夫婦の希望があって、戸籍上、弘海は彼らの実子として縁組された。

養父母はどこの誰で、どんな人なのか。彼らは弘海に、なんという名前をつけたのか

――子どものために、あなたは何も知るべきではない。忘れなさいと、一久の母親に諭《さと》された。

新たな悲しみ、新たな喪失感。その思いは、今でも折々《おりおり》に蘇る。

そんなとき、弘海は養父母の元で、きっと幸せに暮らしているのだと、そう信じることで気を紛《まぎ》らわせて来た。

しかし弘海は、難病に冒され苦しんでいた……

目が霞んで、電話機が白い膜に包まれて見えた。

「わたしは養母に連絡しまして、生みの母かもしれないと心当たりのある人物がいるが、実際にそうかどうかをまずは確かめたいからと、子どもの血液型の資料を送ってもらった

んですよ。子どもは白血病で闘病中なんで、ＡＢＯ式の型以外に、ＨＬＡもわかっているんです。ＨＬＡが親子鑑定にも使われることはご存知でしょう。伯父と甥の関係も、推定できる場合があります。それで、わたし自身のＨＬＡも調べて、比較したんですよ」高本彰はいった。「すると、一部一致していたんです。残念ながら、一致しない部分もあるわけで、ドナーにはなれないんですが、それを見れば、その子とわたしが血縁である可能性は高いとわかります。それに、血液型の資料と一緒に、子どもの写真も送ってもらったんですが、それを見れば――間違いないとわかりますよ」

弘海――千早が心の中でそう呟いたとき、部屋のドアがカチャと音を立てた。

千早ははっとドアを見ると、大学院生が入って来た。

「すいません。あとでまた、かけ直してもらえますか。ちょっと急用がありますので」

千早は高本彰にそういうと、自宅の電話番号を告げた。

数日後、千早は都内のあるホテルを訪れた。

ロビーを見渡すと、観葉植物の鉢植えの向こうにいた女性が、顔をこちらに向けて、止めた。顔を知らない相手との待ち合わせだが、まずは雰囲気で、千早はこの人ではないかと、見当を付け、その後、高本彰から聞いていた服装や持ち物の特徴と照らし合わせた。臙脂《えんじ》色のジャケット、チェックの柄のスカート。バッグのほかに、デパートの名前の入った手提《てさ》げを持っている。中山良子《なかやまよしこ》を探す目印として教えられた条件をすべて満たしていた。

千早の方は、バッグと一緒に持った週刊誌が目印になっている。

女に近づいて、千早は声をかけた。

「中山さんですか」

うなずいた女は、立ち上がり、小池《こいけ》さんですね、と返す。

千早の名字は川名だが、この場では、小池だった。中山良子に対しては、小池光子《みつこ》という偽名を使うことになっていた。

中山良子の方も、偽名だ。

高本彰が間に入る形で、お互い、どこの誰と知らぬまま話をすることになっている。話してみて、お互いその方がいいとなったら、本名を名乗り合うなり、連絡先を教え合うなりしてください。一方のみが希望しても、相手のプライバシーに関わることは、わたしは決して明かしませんからと、高本彰からいわれている。

「二階の喫茶店、さっき覗いたらすいていたので」

中山良子が先に立ち、場所を移動した。

窓際の席に向かい合って腰を下ろす。ウエイトレスにオーダーを伝えたあと、いっとき互いの顔を探り合うように眺《なが》めた。

「お呼び立てして、申し訳ありません」

「いいえ」といいながら、千早は中山良子の顔を正面から間近《まぢか》に見た。

化粧をしているが、肌のくすみや皺が目立つ。頬骨の辺りが黒ずんでいる。白髪は見えなかったが、黒すぎる印象の髪は、染めているのかもしれない。おそらく四十半ばを過ぎている年齢だろう。

千早は二十《はたち》の誕生日前に出産した。子どもを養子に出したのは、むろん一久の死が大きな原因だったが、若さというのもまた、子どもを手放さざるをえない、一つの要因になった。中山良子の方は、たぶん長く子宝に恵まれなかったことで、養子をもらうことを考えたのだろう。そのとき三十代半ばとして、今四十代後半。根拠はなかったけれど、目の前の女の見た目から、千早はそんな思いを巡らせた。

「事情は、高本先生からお聞きだと思うんですが」中山良子がいった。

子供が白血病に罹ったこと。骨髄移植しか命を救う道はないこと。

「うまくすると数年は、ふつうの子とあまり変わらない生活ができるそうです。ただ、確実に、その日はやって来るんです。骨髄移植を」

中山良子の薄い眉が微かに動いた。「骨髄移植をしない限り、子どもは、助かりません」

中山良子は偽名だ。彼女の本名が何か、千早は知らなくてもいいと思ったけれど、子どもの名前は知りたかった。しかし、訊いて、答えが聞けても、それも偽名かもしれない。

自分にとってあの子は、弘海だ。千早はそれでいいと思い、中山良子が子どもという言い方をする度に、心の中で、弘海と置き換えた。

弘海の骨髄移植のため、中山良子はドナー探しに奔走《ほんそう》した。

しかしドナーは見つかっていない。弘海のＨＬＡは珍しい部類の型だという。

「ＨＬＡの型は、遺伝で決まることですから、血縁者に、ドナーが見つかることが多いんです」

血縁者、といったとき、中山良子は目線を下げた。

コーヒーが運ばれて来たので、話が止まる。

「プライバシーに立ち入ることをお訊きするのは申し訳ないんですが」中山良子はいった。「答えられる範囲でけっこうですから、教えてください」

千早はうなずいたが、訊きづらいのか、中山良子は視線を下げたまま、クリームを入れたコーヒーを執拗《しつよう》に搔き混ぜている。

やっと目を上げて、彼女はいった。「あなたが子どもを生んだことは、ご家族の方はご存知なんでしょうか」

「両親は知ってます」

「——ご主人は？」

「え？」

「ご結婚は——」

「ああ。してません。独身です」

中山良子はふっと短い息を吐いた。「失礼ですけど、恋人は」

「います」

中山良子は、落胆したような顔を見せた。

恋人がいるという答えに、なぜ落胆するのか、千早は想像がついていた。中山良子の頼み事は、千早の血縁者に協力を求めることではないだろうと、ここに来る前から、予感していた。

白血病の弘海のために、できることならそうしたいと千早が思っていることがある。弘海の、弟か妹を生んでやることだ。

兄弟姉妹なら、HLAの型が合う確率は、二十五パーセントある。

ドナーは身体に針を刺し込まれて、骨髄を採取される。生まれたばかりの赤ちゃんにそれをすることは、倫理的に問題がある。しかし、骨髄は、採取された分は、やがて元に戻る。それに、まだ始まったばかりで、日本では一例もないようだが、臍帯血《さいたいけつ》移植というものもある。これは、臍《へそ》の緒《お》や胎盤の中にある造血幹細胞《ぞうけつかん》を骨髄のかわりに移植するものだ。患者が成人の場合は、量的な問題で無理だが、子ども相手に移植するなら、可能だ。

その場合、生まれて来る赤ちゃんの身体には危険も害もまったくない。

千早は弘海のために弟か妹を生んでやりたいと思った。しかしもちろん、思うだけで、実際に生むことはできない……。

「その恋人」

短い沈黙のあとで、中山良子が口を開いた。

「わたしの子どもの父親ではないですよね」

弘海の父親と、今も恋人同士ではないのか──その質問に、千早は違いますと答えた。

「ですよね」と呟いたあと、中山良子は、千早と視線を合わせた。「恋人がいらっしゃるあなたにとって、これがどんなに無理なお願いかはわかっているのですが、頼みがあります」

「はい」

「子どもの父親とあなたの子どもを、もう一人──生んでもらえませんか。兄弟だけは、高い確率で、ドナーになれるんです。恋人がいらっしゃるのに、そんなことできないというのはわかります。それに、別れた相手の子どもを生むのは、おいやでしょう。でも、ほかに子どもの命を救う方法はないんです」

中山良子は千早が口を挟むまもない程早口に続けた。別れた相手にあなたが会う必要はない。わたしが話をして、人工授精のための精子を提供してほしいと頼む。場合によってはあなたのことをまったく伏せた形で、別の理由を作って精子提供を頼むこともできるだろう。人工授精なら、恋人も許してくれるのではないか。生まれた子どもは、あなたの戸籍に入れる必要はない。自分の戸籍に実子として入れる。

一息でそんな内容を語った中山良子は、グラスを持ち上げ、水を飲み干した。

ウエイトレスが近づいて来て、水を注ぎ足す。

「お願いできませんか」

中山良子はすがるようなまなざしを千早に向けている。

高本彰は、中山良子に千早の本名を教えていない。当然、父親が何者かも話していない。中山良子は、弘海の父親がすでにこの世の人でないことを知らないのだ。

千早は、目を伏せていった。

「父親は──父親は、死んだんです」

「え」

「あの子の父親は死んだんです。それで、養子に──」

「ああ」と、うめくようにいって、中山良子は天を仰《あお》いだ。

「親戚には、打ち明けます。父親の方の家族にも協力をお願いできないか、頼んでみます」

中山良子は、顔を前に戻したが、表情には、生気がなかった。

「弟か妹を生んでもらうことは、できないんですね」

失望したようにそういった中山良子の目が潤《うる》んだ。やがて涙が溢れ、彼女は顔を両手で覆った。

その夜、高本彰から千早の自宅に電話がかかって来た。

中山良子とは、どんな話になったのか訊かれて、千早は答えた。

「やっぱり、そういう話になりましたか」と、電話の向こうで高本彰がいった。

「まあ一番いいのは、一卵性の双生児なわけですがね」

高本彰はいった。「それならHLAが一致するのは百パーセント確実ですから。次が兄弟姉妹で、二十五パーセント。それ以外となると、親も含めて、血縁者でも何パーセントもないでしょう。どうしてそういう確率になるのかはおわかりですよね」

「だいたいわかっているつもりですが」千早はいった。

「大学の生物の先生相手に町医者が講釈するのもなんですが、一応、いわせてください」

高本彰は咳払いをしてから、いった。「骨髄移植のドナーになれるかどうか、一般的にはHLA型のA座、B座、DR座が一致している必要があります。で、たとえば今、わたしのHLA型っていう場合、A座、B座、DR座、それぞれに父から引き継《つ》いだものと母から引き継いだものがあるわけですが、今度はわたしの子どもが、わたしからそれをどう引き継ぐかっていうと、ばらばらじゃないんですよね。父由来か母由来か、まとまって引き継ぎます。ええっと、今手許に解説書があるんで、見ながらいいますね。今、ある人物のＨＬＡ型がＡ24、Ａ33、Ｂ52、Ｂ7、ＤＲ15、ＤＲ9だったとしますよね。で、その人物の子どもは、Ａ、Ｂ、ＤＲ、それぞれ、二つのうちのどっちかを引き継ぐわけですが、そのときにどんな組み合わせでもいいかっていうと、これは違うんですね。Ａ、Ｂ、ＤＲは父親由来のものと母親由来のものが、それぞれハプロタイプっていうセットで遺伝していくんですね。つまり、父親からＡ24、Ｂ52、ＤＲ15を引き継いで、母親からＡ33、Ｂ7、ＤＲ9を引き継いだ人の場合、その子どもが引き継ぐのは、Ａ24、Ｂ52、ＤＲ15の組み合わせか、Ａ33、Ｂ7、ＤＲ9の組み合わせのどっちかなんですね——ええと、なんだか言葉では伝えにくいですが」

「その辺のことは、理解しているつもりですけれど」

「ああ、そうですね。ええ」

高本彰はそこでまた咳払いをした。「いや、もちろんこういうことはご存知だと思いますよ。実は、あなたに説明しながら、こうやってわたし自身が、頭の中を整理してるんです。少々我慢してお付き合い願えますか」

ＨＬＡの遺伝の仕組みを説明して、そのあとはどこに話を持って行くつもりなのか——高本彰の意図が見えぬまま、千早は続きを聞いた。

「で、結局ですね、ＨＬＡの遺伝を考える場合、各人二つのＨＬＡハプロタイプを持っていて、子どもは両親から一つずつHLAハプロタイプを引き継ぐってことでいいわけです。それで今、ハプロタイプに、仮にアルファベットで名前を付けることにします。A24、B52、DR15、っていうのをa――さっきのAとまぎらわしいので、スモールa――とか呼ぶことにしておきましょう。で、たとえば一久は父からa、母からbを引き継いだとしてabの組み合わせを持っている。あなたはcdとしましょう。すると、一久とあなたの子どもは、ac、ad、bc、bdのどれかですから、兄弟姉妹なら四分の一の確率で、同じものになるわけですね。ところが、これが兄弟姉妹以外となると、血縁者でも確率は激減します。そう――HLAハプロタイプの種類が、アルファベットの数じゃ全然間に合わないぐらい、数があるからですね。子どもがacとして、一久の血縁者には、aのHLAハプロタイプを持っている人を探せばいるでしょうが、その人が同時に持つHLAハプロタイプは山程数がある中のどれかですから、それがたまたまcである確率は、極めて低い。同様に、あなたの血縁者にcの持ち主は見つかっても、aの持ち主を見つけるのは容易ではないわけです」

高本彰は一呼吸おいて続けた。「血縁者をふつうに探したところで、ドナーを探すのは、極めて困難だと思います」

そんなことは、いわれるまでもなく、千早はわかっていることだった。高本彰は、それをいうために、長々とHLAについて語ったのだろうか。

「ドナーを探すより、作るべきです。弟か妹を生むんですよ。それしかない」

高本彰が、どういうつもりでそんなことをいうのか、千早は理解に苦しんだ。できるものなら、いわれなくてもそうする。

「一久が死んだのだから、もうだめだと、諦《あきら》めていませんか？」

「え？」

「わたし、この前、いいましたよね」高本彰はいった。「彼女——中山良子ですね。とりあえず、あの彼女の子どもが、あなたと一久の子どもだと、どうして確信を持ったのか。決定的な証拠はなんだったか思い出してください」

彼女が子どもを養子にもらった時期と千早が記録上流産した時期が極めて近かったという状況証拠もあったわけだが、高本彰が確信を得たのは、血液型だった。

「つまり、わたしとあなたの子どもは、ＨＬＡが一部一致しているんですよ」

千早ははっとなった。

頭の中に、先刻高本彰が語っていたＨＬＡの遺伝の図式が浮かんだ。

一久がａｂ、千早がｃｄ、弘海は、ａｃ、ａｄ、ｂｃ、ｂｄのどれかだが、ここは、ａｃだったということにしておいていい。

すると今、同じａｃの子どもを生みたいのだが、一久はいない。どうにもならないと思っていた。しかし、重要な事実を忘れていた。

ａｃのうちｃは千早が持っているのだから、ａを探せばいい。

一久はａｂ、ここでその親の世代にさかのぼってみると、一久の父と母のどちらかがａを、どちらかがｂを持っていたということだ。

つまり、父はａｘ、母はｂｙと、とりあえず仮定できる。その子どもは、ａｂ、ａｙ、ｘｂ、ｘｙのどれかだ。一久はａｂ。では、彼らのもう一人の子ども、彰はどれなのか？

高本彰は、弘海とＨＬＡが一部一致していたといった。

弘海はａｃ。すると高本彰は、ａｂかａｙだったのだ。

「あなたとわたしの子どもなら――」

千早は呟くようにいった。

高本彰がａｂなら、それは一久とまったく同じ。ａｙでも、ｃｄである千早との間に生まれる子どもは、やはり二十五パーセントの確率で、ａｃになる。

「わかりましたか。チャンスがあるってこと」

千早の鼓動は高鳴っている。

「わたしの方は、それによって生まれて来る子どもに対して、金銭的、社会的な責任を負わなくてよいという条件が確実に保証されるなら、考えてみてもいい。それと、もちろんこちらのプライバシーも、洩《も》れないようにしてもらわないと困りますがね。いかがですか」

高本彰の提案を受けて、千早は弘海のために子どもを生むことを、恋人に相談した。

千早の一人暮らしのマンションに、恋人の嘉島良介が週に一度訪れるようになったのは、一年程前だった。嘉島に妻子がいることは、付き合う前から知っていた。嘉島は、妻とは家庭内離婚のような関係だといっている。

子どもを私立の小学校に入学させるまでは離婚できないが、それさえ果たせば、おまえと一緒になりたい。嘉島のそんな言葉を、千早はいっとき信じきっていたが、今では疑っている。

家庭は壊したくないけれど、千早をまだ手放したくもない。それが嘉島の本音だろう。

千早は、嘉島の本心を問い質《ただ》してみたいと思ったことが、ないわけではない。けれども今まで、嘉島の言葉を信じているふりを続けて来たから、二人の間に深刻な雰囲気が漂うことは、一度もなかった。

格子柄《こうしがら》のクロスのかかったテーブルを挟んで、千早は嘉島と向き合って座っている。付き合い始めてから約一年、二人の間の空気がこれほど重たくなったことは、かつてない。

いずれ、離婚を巡って深刻な場が訪れるだろうことは、嘉島も予感していたかもしれないけれど、今この場を重くした話題は、そのことではなかった。

千早は嘉島に弘海のことを打ち明けた。

自分には学生時代に生んで養子に出した子どもがいる。その子が今、白血病で、骨髄移植が必要になっているが、ドナーが見つからない。弘海の父親は故人だが、伯父にあたる人物がいて、彼と自分の間の子どもは、二十五パーセントの確率で弘海のドナーになれる。

千早は最初、高本彰の子どもを、嘉島の子どもだと嘘をついて生むことも考えた。奥さんと別れるといい続けながら、実際にはその気がない嘉島を、困らせてやろうかと思った。

しかし、そうしなかった。身ごもる子どもは、ただでさえ、弘海の命を救けるためという、ある意味の道具だ。その子を、それ以上何かのために利用したくはなかったから、嘉島にはすべて打ち明けて、許してもらおうと思った。

「子どもの伯父にあたる人は、協力してくれるといってるわ」

「いったいどんな協力だ」

「変なふうに考えないで。人工授精のための精子を提供してくれるということよ」

そういったけれど、嘉島は顔を露骨に歪《ゆが》め、テーブルに肘をつき、額を押さえている。

長い沈黙のあとで、嘉島は口を開いた。

「気持ちはわかるよ。だけどそれは、やってはいけないことなんじゃないかな」

たとえ母親でも、乳児から骨髄を採取する権利はないのではないかと、嘉島はいった。

「まだ一般には知られてないけど、臍帯血移植というのがあるの」

嘉島の表情から、どうやら臍帯血移植のことを彼は知っているようだと思ったが、説明した。「臍の緒や胎盤から造血幹細胞を採るの。海外ではもう成功してるわ。それなら赤ちゃんにはなんの負担もかからない」

「――だとしてもさ」

嘉島は倫理的な問題を指摘した。生まれて来る子どもが、物心ついて、自分の誕生にまつわる話を知ったとき、どう思うだろうか。

その点は、千早も悩んだ。

しかし、生まれて来る子どもに、それを教えなければいいではないかと、千早は自分を納得させた。生まれて来る子どもは、自分が必ず幸せにする。

テーブルに両肘をつき、目を伏せて考え込んでいた嘉島が、視線を上げた。

「生まれて来る子どもはどうするんだ？」

「どうって？」

「誰が育てる」

「もちろん、わたしが」

「その子を愛せるのか」

「当たり前じゃない」

「君は成功したときのことしか考えてないみたいだ。生まれて来る赤ちゃんがドナーになれる確率は二十五パーセント。それは逆に、七十五パーセントの確率で、その子はドナーになれないということなんだぞ。妊娠、出産が徒労に終わって、その子がもたらすのは失望のみだったとして、それでも、その子を愛せるのか。好きでもない男の子どもを、おまえ愛せるのか」

嘉島の意見は、たぶん正しいのだろう。理性ではわかっていたけれど、出産を望む千早の決意は少しもゆるがなかった。

「少なくとも、わたしの子どもなんだから、それで十分でしょう」

「俺は賛成できない。少し頭を冷やした方がいい」

「あなたが反対しても、わたしは生む」

嘉島の頰が紅潮していた。椅子から立ち上がり、部屋の中を何かぶつぶついいながら歩き回る。

立ち止まった嘉島は千早に向かっていった。

「俺は他人の子を育てる自信はない。君が子どもを生んだら、君との結婚は難しくなる」

「君との結婚」という言葉を信じることができたなら、千早は葛藤に苦しんだかもしれない……

6

千早の告白を、作間は眩暈《めまい》を覚えながら聞いていた。

様々な感情が渦巻くが、整理しきれない。話についていくのだけで精一杯だった。

千早の言葉が途切れたとき、作間は深く溜息を吐いた。

ふと時計に目をやる。午後十一時半を過ぎていた。

作間の自宅のテーブルを、四人で囲んでいる。作間の横に千早、テーブルを挟んで御子柴と詩織が座っている。

千早が緑茶で口を湿らせて、再び口を開いた。

「高本一久の兄、彰の子どもを生めば、二十五パーセントの確率で弘海が救えることがわかりました」

千早は膝に両手をそろえて、御子柴に向かって語っている。「迷いはありませんでした」

「子どもの父親は、その高本彰って人だってこと？」詩織がいった。

千早は詩織の方に顔を向けて、うなずいた。

「おかしいわ。だってその人、火事で死んだんでしょう？　計算が合わないって聞いてます」

努の誕生日は、高本彰が死んでから十四カ月後だ。

「人工授精だったってことはいったわね」

詩織がうなずいた。

「精子は、冷凍保存ができること、知ってるでしょう」

「知ってます」

「じゃあ、本人が亡くなったあとで子どもができることがあるって、わかるでしょう」

「でも、変じゃありませんか。それじゃあまるで、死ぬことがわかっていたみたい。だってそうでしょう。冷凍保存するのは、それなりの理由があるからのはずで、ふつうは、必要なときに」

詩織は一瞬言葉を詰まらせたあと、いった。

「必要なとき、協力してもらえばいいでしょう?」

「高本彰は恐妻家だったの。奥さんがとても嫉妬《しっと》深い人で。人工授精だっていっても、彼の子どもがよそに生まれることを、奥さんは許さないだろうって――それで、人工授精のことは、秘密を保つ必要があったの。彼の医院で人工授精するわけにはいかないし、一緒に病院に行くことも、避けたかったの。だから、別行動をとって、病院をそれぞれ適当な時期に訪れて人工授精することになったから、精子を冷凍保存しておいてもらうことが必要になったのよ」

詩織は口を尖らせて、何か考え込んでいた。

「納得できない？」

「ええ。納得できません」詩織はいった。「高本彰は、川名先生が借りていたアパートで焼死したんでしたよね」

千早はうなずいた。

「それって、凄く変じゃありません？　今の話と矛盾していますよ。なんのための部屋ですか？」

作間は千早の横顔を見やった。詩織のいう通り、確かに疑問だ。何のための部屋だったのか。どうしてそこで高本彰が焼死するような状況にいたったのか——作間も答えが知りたかった。

「それも説明しなくてはいけなかったわね」

千早の表情に動揺の色は見えない。

「あの部屋。名義はわたしで家賃もわたしが払っていたけど、使っていたのは高本彰なの。つまり、人工授精の報酬」

「どういうこと？」作間がいった。

千早は隣りに座っている作間の方に顔を向けた。

「彼は奥さんに束縛されていて、息苦しかったんでしょう。勝手にお金が使えなくて、お小遣いにも不自由していたみたい。それで、隠れ家がほしかったのね。彼が、あの部屋をどう使っていたのか、わたしは知らないの。ただ、羽を伸ばしていたのかもしれないし、何か趣味があったのかもしれない。ともかく、あの部屋は、彼が奥さんから自由になるための部屋だったの」

「そういう話」詩織がいった。「どうして隠してたんですか？」

「誰に？」

「うちのお祖母《ばあ》さんとか——叔父さんにも——わたしにも……」

「それはいえなかったわ。白血病の子どもを救うために子どもを生むんだってことは、絶対に隠し通したかったから」

「わたしたち——いいえ、叔父さんだけでもいいけど、信用できなかったんですか？」

「信用の問題ではないでしょう。いわなくてもすむのに、あえていうことじゃないもの。生まれて来る子どもは、世間的には嘉島が父親で通せると思ったし」

「嘉島さんは、それを納得していたの？」

作間の問いに、千早は答えた。「納得させたの」

高本彰の死は、不審な点もあったから、警察が捜査した。

アパートの名義人だった千早は、本当の事情を話す気はなかったから、高本とは愛人関係だったという当然の疑惑を受け入れた。そのために、千早の周辺の人物が調べられ、愛人である嘉島にも捜査の手は伸びた。

「嘉島の奥さんに、わたしたちの関係がばれて——嘉島はね、わたしに、別れてくれって頼んで来たの。手切れ金を準備してね。わたしは、そのお金を受け取らずに、一つだけ条件を付けたの。わたしが生む子どもが誰の子か、どういう事情で生む子なのか絶対に他言しないこと。仮に、嘉島の子どもだと誰かがいい出したときも、肯定はしなくていいけれど、否定もしないでくれって」

千早は、正面の詩織の方に顔を戻した。

沈黙が横たわった。

「ううん」と喉を鳴らしたのは御子柴だったが、喋り始めたのは、詩織だった。

「子どものためだとしても、ちょっとひどくありませんか。人を傷つけて平気だったんですか?」

千早が首を傾げた。

「傷つけてることにも、気づいてないんですか。身勝手すぎます」

詩織は続けていった。「高本彰って人——善意で精子を提供してくれたのに、川名さんの愛人だったことになってしまったんですよね。彼の人格は傷ついて、それに奥さんだって、どれだけ傷ついたか。本当のことを教えてあげようって、思わなかったんですか?」

千早は、しばし目を伏せていたが、顔を上げて、いった。「さっきはいわなかったけど

――高本彰にとって、あの部屋がなんのための部屋だったかっていえば、女との密会部屋だったの。それも複数の女を連れ込んでいたことが、警察の調べでわかってるわ。わたしも、その一人と思われているだけ。実際に、愛人はいたの」

詩織は千早の顔を凝視している。

御子柴が咳払いをした。

千早が御子柴の方に顔を向けた。

「それで、あなたの子どもは助かったんでしょうか」御子柴はいった。「骨髄移植はできたんですか？」

千早は首を横に振った。「間に合いませんでした。努が生まれる前に、病状が悪化して、亡くなりました」

「そうですか」御子柴は腕組みして溜息を吐いた。「それはお気の毒に」

千早は首を縦に少しだけ動かした。

「わたしの娘が同じ病気だということは、ご存知ですよね」

千早は今度は首を大きく動かしてうなずいた。

「ドナーが必要なんです。弟か妹を作ってやりたいが、わたしの妻は亡くなっていますし、妻は一人っ子でした。でももし妻に姉か妹がいたら、あなたがなさったような選択肢《し》も、あったわけですね」

御子柴は宙を見やった。「義理の姉か、妹に頼んで、人工授精でわたしの子どもを生んでもらうか、卵子をもらって、体外受精で代理母に子どもを生んでもらうか——いずれにしろです」

御子柴は千早に視線を戻した。「何も恥ずかしいことではないと思うんですよ。親の気持ちとしては、当然です。もしあなたのおっしゃる通りなら、どうしてそこまで事実を隠そうとされたのか、理解に苦しむ」

「そうですか？」千早はいった。

「もっと重大な秘密なのだとしか思えませんよ」

「クローンだとでもおっしゃりたいんでしょうか？」

「違いますか？」

千早は溜息を吐き、膝の上で組んでいた手を、テーブルに載せた。

「あなたは今、お嬢さんのことで頭がいっぱいだということは、わかります。わたしも、あのときはそうでしたから。だけど今、わたしにとって大事なのは努なんです。努を不幸にはしたくないんです。骨髄移植が目的で、そのために愛してもいない男との間にもうけた子どもだという事実は、今はまだわかる年齢ではありませんけど、いつか事情を知ったら、大変なショックだと思います。自分が世間の人から責められるだけなら、我慢できます。それに自分のしたことを、恥じてもいません。でも、努に対してだけは、後ろめたい気持ちでいっぱいなんです。努にだけは、秘密を知られたくない。辛い目を見させたくないんです」

長い沈黙のあとで、御子柴がいった。「あなたや嘉島さんのことが書かれたメール、警察に見せてもいいんですか？」

「それはもちろん、そうなさってください。覚悟はできています。事件と関わりがあるかもしれないんですものね。どうぞ、警察に渡してください」

7

作間は馴染みの喫茶店の窓際の席に座った。

学生の頃から通っている店だが、当時とは内装も看板も、名前までも変わっている。昔は薄暗い店内に簡素な椅子とテーブルが並び、ジャズが流れていたが、今はまったく雰囲気が違う。室内は明るく、椅子やテーブルは凝った装飾品で、音楽はかかっていない。

窓の向こうに見える景色も変わった。正面のビルには、かつては映画館があって大きな看板が見えたが、今はパチンコ店になっている。しかし、いくら様子が変わっても、作間にとってここはいつでも、ゆったりと気持ちの落ち着く場所だった。

氷の浮いた冷たい水を口に含み、目の前の原稿に目を落とす。

この三年間に、千早がいくつかの雑誌に書いた原稿だった。これを整理して、書き下ろしの原稿も加えて一冊の本にする予定だ。企画は、千早の方から持ち込んで来た。元々は、今年の秋を目処《めど》に別の出版社から上梓する予定になっていたものだ。それが、まだ準備の段階で担当編集者が突然退職してしまい、企画が宙に浮いてしまった。

作間は千早から相談を受け、企画を引き取った。

ウエイトレスがアイスコーヒーを運んで来た。作間は原稿の束を抱えて角をそろえ、横にどけた。アイスコーヒーを手許に寄せる。顔を上げ、左側にある窓の外に目をやった。交差点の信号が変わり、人波が動き出す。

そろそろ千早が現われてもいい頃だ。千早の姿を人波の間に探した。ちょうどそのときに、千早が傍らに立ったので、びくりと肩が引き攣《つ》った。

作間の正面の席に座った千早は、原稿の束に視線をやりながら、何かいいかけたようだったが、ウエイトレスが水とメニューを持って来たからだろう、口を閉じた。メニューを開いて、オレンジジュースを頼んだ。

オレンジジュースが運ばれて来るまでは、原稿に目を通して気になっていた点などを、二、三話し合った。

千早がオレンジジュースにストローを差したところで、作間は話題を変えた。

「これ、どうして僕のところに?」

「え？」と、千早が首を傾げた。

「この原稿だよ」

「いわなかったかしら？」

「企画を進めてた編集者が退職したって話は聞いたけど――」

「無理なこと頼んじゃった？」

「いや、別に」

「出すのが難しければ、そういって。エッセーみたいなのも混じってるし、出版社のカラーに合わないものね。断わられるのは覚悟してる」

「内容に問題があるっていってるんじゃないよ。ただ、突然だったろう」

「ごめんなさい。別に急いでないから、そっちの都合で――」

作間は首を横に振った。「そうじゃなくてさ。ほかに、付き合いのある編集者も出版社もあるはずなのに、どうして――もう何年も連絡してなかった僕のとこへ、話を持ち込んだのかと思ってさ」

千早は困ったような顔をして、視線をストローの先に向けた。

ずっと会いたかったから――作間はそんな返事を待っていた。

「研究の内容とは関係ないようなエッセーみたいな原稿もあるでしょう。自分で、いいのか悪いのかわからなくて――あなたなら気心もしれてるし、遠慮なく意見をいってくれるんじゃないかって」

落胆した。

「本にまとめるようなものじゃないわよね」

「いや、そんなことはないよ。いい原稿をもらえて、感謝してる」

「お世辞でもそういってもらえるとほっとするわ」

「――僕のことを思い出してくれたことにも、感謝してるよ」

作間は千早の目を見て、いった。「ずっと連絡したかったんだけど、きっかけが見つからなかった。交際の申し出を、手ひどくふられたきりだったからね」

「交際を申し込まれたことなんて、あった？」

「申し込む前に断わられたんだったな。付き合ってる人がいるって」

千早は作間の視線を避けてオレンジジュースに口を付けた。

「あのときって、君は高本の兄貴との間に子どもを作る決意をしていたんだろう？」

ストローから口を離した千早は、軽く顎を引いた。

「それがなかったら」作間は乾いた唇をなめた。「どうなってた？」

千早は首を傾げて、しばらく考え込んでからいった。

「わからない」

「嘉島さんとは、そのときもう、うまくいってなかったんだろう」

「そうだけど、努を身ごもってなかったら、嘉島と別れられたかどうか——」

千早はテーブルに置いた自分の手に視線を落とした。

「もしあのとき相談してくれたら」

作間は顔に火照りを感じながらいった。「僕は子どもの父親になってもいいって、提案していたと思う」

千早はうつむいたまま、両手の指を絡めた。

「努君の父親に」

今からでもなれる可能性はあるだろうか——作間の言葉が喉に詰まっているうちに、千早が顔を上げ、口を開いた。

「詩織さんにいわれたわ」

「え？」

喉に詰まっていた言葉が、押し返された。

「叔父さんまで殺さないで、って」

作間は顔をしかめた。「あいつ、何いってるんだ」

「裕さんも、わたしに会いに来ようとして死んだんだものね。呪われてるって——その通りよね」

「偶然が続いてるだけだよ」

「偶然でもこれだけ続いたら、気味が悪いでしょう」

「平気だよ」

「わたしは平気じゃないわ」

千早はそういうと、腕時計に目をやった。「あんまり時間ないの。仕事の話——始めましょう」

作間はふっと息を吐きながら、心の中で呟いた。

——前と同じだ。また申し込む前に断わられた。

8

水曜日の午前十一時を回った頃、作間は武智と待ち合わせてファミリーレストランに入り、早めの昼食を摂った。会社の近くに来ているからと、誘ったのは、武智だった。

「昨日、家にも刑事が来たよ」

武智はレンゲに中華粥を掬《すく》っていった。

作間はハンバーグを切っているところだった。

「川副のことを聞かれた」

武智は中華粥を啜ると、レンゲを置いて、口許をおしぼりで拭った。「牧瀬先生が、まだ川副のことを気にしていてね。彼の所在を突き止めてくれって、刑事にだいぶ強くいったみたいなんだ」

「あの小説の情報源が僕だってことは、伝わってないんですか？」

「それはもう、牧瀬先生も知ってる。あの小説の執筆過程に川副が関わってないことも、納得してる。今度は、川副もあの本を読んだかもしれないっていいだしてるんだ」

武智は頰を爪で掻いた。「あの小説の内容を鵜呑みにして、川副は、自分は陥れられたと思い込んでしまった。で、嘉島を殺したんじゃないか」

「本気でおっしゃってるんですか？」

「ああ。――わたしがじゃなく、牧瀬先生が、だけどね」

武智は顎ひげを撫でながらいった。「牧瀬先生は、本気で怯えてるよ。嘉島さん、作家と来て、次は、自分に違いないってね」

「作家って――裕も川副が殺したと？」

「牧瀬先生の考えで行けば、そうなるな。あの小説を川副が読んで、作家とコンタクトを取った」

「それはないですよ。川副と会ったのなら、裕はわたしに話してるでしょう」

「川副は、別名を称してる――牧瀬先生の説ではね。つまり、こういうことさ」

武智は続けて語った。

川副は裕に会い、小説の内容について、あれはフィクションなのかと訊ねた。裕は実際の事件をヒントにしたと答えた。

「ノンフィクションとはいわれないまでも、川副が妄想を膨らますには、十分だろう。で、復讐を始めた。作家は、今の川副を知ってる。今の名前や顔も――十年前とは、容貌も体形もずいぶん変わってるだろうからね。それを証言されないように、作家の口を塞いだ。牧瀬先生の説では、そうなる」

ありえない話とまではいえないが、今の時点では、いくらでも考えられる仮説の一つに過ぎない。

「武智さんは、その話、どう思ってるんですか?」

「そんなことはないとは思うが、万一にもそうだとしたら、ますます責任を感じるね。彼をそこまで追い詰めたのは、わたしたちだからね」

武智は首を振りながら作間の顔を見た。「わたしたちというのは、君を含んでるわけじゃないよ。牧瀬先生とわたしだ」

十年前のことでは、作間は川副に対して責任までは感じない。

しかし、もしも今度の事件が牧瀬の説通りのものだったとしたら、別の意味で自分にも責任があると思った。裕にあんな小説を書かせてしまった責任だ。

「川副の復讐なんてことは、まあ、万に一つだと思うし、まさか君まで復讐の対象になるとは思わないが――念の為ね。用心はしておいた方がいい」
作間がうなずくと、武智は再びレンゲを手にして、刻んだチンゲンサイの混じった粥を掬った。

9

御子柴がテーブルに肘をついた。

電話をかけてきたときも感じたが、威圧的な雰囲気が漂う。もともと体格からして威圧的なのだけれど、今までは、態度や言葉遣いは紳士的だった。

「証拠ってなんなんですか」

作間は紅茶を御子柴の前に置きながらいった。

御子柴は電話で、川名千早の子どもがクローンだという証拠をつかんだといって来た。

「あやうく騙されるところだった」

御子柴は鼻を鳴らした。「よくできた話だったからな」

作間は御子柴と向き合う席に腰を下ろした。

「一昨日の川名さんの話、信じてないんですか」

「信じるも何も、嘘じゃないか。それはあなたも知ってるはずだ」

御子柴は作間を睨んだ。「もう騙されない。今日こそは本当のことをいってもらう」

作間はうんざりした思いを顔に出した。

娘の命を救いたいという御子柴の心情はわかる。しかし、この思い込みの激しさは、もはや異常だろう。何をいっても聞く耳を持っていない。

チャイムが鳴った。午後十時ぴったり。

「すまないね」

玄関を開けるなり、作間はいった。

千早の顔にもうんざりした表情が覗いていた。

洋間に入ると、御子柴は挑むようなまなざしを千早に向けた。

「あなたの子どもは、やっぱりクローンだった」

千早は腰を下ろし、何もいわずに御子柴の顔を見返した。

「もういい逃れはできないよ。あなたはクローンを生んだんだ。そうでしょう」

「努のことは、一昨日すべてお話ししました」

「そう。お聞きしましたよ。作り話をたっぷり伺った」

御子柴は荒く呼吸をした。「あんな作り話をしなくてはならなかった。それこそが、真実はクローンであるという何よりの証拠だな」

「もういいかげんにしてもらえませんか」

千早の横の席から、作間がいった。「御子柴さんのおっしゃってることは、まったく意味がわからない。ただのいいがかりです」

御子柴が椅子に掛けていた上着のポケットを探っている。中から引き出したのは、時野流行からのメールが印刷された用紙だった。

「これ、警察に渡したら、努君とやらの出生の秘密を徹底的に調べられるでしょうな」

御子柴は用紙をテーブルに叩きつけるように置いた。「いいんですか、それで」

「ええ、もちろん」千早は毅然といった。「もうとっくに警察に届けられたと思ってました」

「警察を甘く見過ぎだ」御子柴はたしなめるような口調でいった。「あんたあんな嘘で、本当に通ると思ってたのか。ちょっと調べればすぐわかる嘘だ」

「嘘、嘘って、何か根拠があるんですか」作間が語気荒くいった。

「とぼけるのもたいがいにしろ」

御子柴は凄みのきいた形相を作間に向けた。「あんたも知らないはずはないんだ。そうだろう？」

「何をですか」

御子柴を睨み返していった。

「高本彰の妻に会って来たんだ」

御子柴の言葉は、予期せぬものだったから、意味がわかりかね、思わず聞き返した。

「高本彰の妻だった女というべきかな。会って、話を聞いて来たんだよ」

御子柴の眉間に寄っていた皺が消えた。一見穏やかな表情に戻っているが、虚空に向けたまなざしに、強烈な光が宿っている。

「高本彰が焼死した事件——あれが、最近起きた事件と関わってるかもしれないんで調べ直してる——そういってね、週刊誌の記者を名乗って、話を聞いたんだ」

御子柴は千早の方を向き直った。「川名努は高本彰の子どもだとあんたはいうが、俺は信じなかった。DNAとか、理屈はよくわからないが、今じゃ、親子や兄弟の関係が細胞の一つからでもわかってしまうっていうから、高本彰の臍《へそ》の緒とかね、そんなもんでも残ってないかとか——」

御子柴は両肘をテーブルに載せて身を乗り出した。「高本彰の妻は、協力的だったよ。ただの焼死じゃなかった。殺人事件だったって、今でも納得してない。だがまあ、だからといって、臍の緒があるかとか、そんな質問はうまく切り出せなかった。しかしね——もっと簡単に答えが出た」

御子柴は喉を鳴らした。失笑めいている。

「顔だよ。高本彰と高本一久。写真を見て驚いた。顔が全然違う。とても兄弟とは思えない」

御子柴が上着のポケットから今度は写真を取り出した。

初老の男女と若い男二人が写っている写真だ。

一番若い男は、卵型の輪郭に、真ん中で分けた髪、垂れ気味で二重の目、低いが形のいい鼻、薄めの唇、体格は痩せ型。高本一久だ。おそらく、彼が中学生のときの写真だ。

初老の男女が両親、もう一人の若い男——大学生ぐらいの男が、兄の彰なのだろう。

彰の方は、角刈り頭に、下膨れの輪郭、目の間が離れ、鼻が横に広がっている。

「どっちに似てるか、一目瞭然だ」

御子柴は、高本家の写真の横に努の写真を並べながらいった。「高本彰とは似ても似つかない」

その通り、努の面差しは、高本彰ではなく、高本一久の特徴を受け継いでいる。

しかし、子どもが、父親ではなく叔父に似ているということは、別に珍しくはないだろう。

「あんたの子どもは、高本一久そっくりだ。どう見たって、高本一久と血が繋がってる」

御子柴は千早の方に身を乗り出した。「これをどう説明するんだ」

「高本一久は、努君の叔父ですよ。叔父と甥が似ていても不思議じゃないでしょう」

「まだとぼけるのか」

御子柴は作間を横目で睨んだ。「あんたは高本一久と、中学のときの友人だったよな」

作間はうなずいた。

「だったら当然知っているはずだ。二人は、本当の兄弟じゃない」

「えっ？」

「兄弟の顔が似てないといったら、高本彰の妻があっさりいったよ。二人は血が繋がっていないってね。高本彰は高本家の養子なんだ。それは別に、隠し事でもなんでもない。近所の人はみんな知ってたそうじゃないか」

高本一久と高本彰は血が繋がっていない――作間は知らなかった。それがもしも真実なら、千早が話した努の出生の秘密は、根本から疑わしくなる。

千早は一久との間に生まれた子ども、弘海を救うために、彰の精子で努を生んだ。努のHLAが弘海と一致する確率は、二十五パーセントあったからだ。

その前提になっているのは、彰と一久のHLAハプロタイプに一致した部分があったということだ。彰と一久が実の兄弟であれば、それは何も驚くことではない。兄弟間のHLAはハプロタイプ二つのうち、両方一致が二十五パーセント、一つ一致が、五十パーセントだ。

しかし二人の血が繋がっていなかったとすると、半分か全部が一致する確率は、ほとんどありえない。

作間は恐々と千早の方に顔を向けた。

千早は顔色を失っていた。

「どういうことなんだ」と作間は声を絞り出した。

「もう認めるしかないんだ」御子柴がいった。「俺は秘密を暴きたいわけじゃない。教えてほしいだけなんだ」

千早はテーブルを見つめ、口許を手で覆った。

10

五年前、一九九四年の二月。千早は、嘉島の反対に耳を貸さず、高本彰の子どもを生むことを決意した。

高本彰と中山良子と千早と、三人で箱根《はこね》のホテルに集まり、今後の話し合いをすることになった。

箱根に冷たい雨が降っていた土曜日のことだった。

千早がホテルに到着したのは、午後五時過ぎ。フロントに高本彰からのメッセージが預けられていた。高本彰はすでに到着していて、部屋に入っている。部屋番号は五〇二。千早の部屋は、三〇八のシングルルームだった。部屋に入って椅子に鞄を置くと、高本彰の部屋に内線電話をかけた。

三人での話し合いができるように、自分は広めの部屋をとっているから、ここに集まりましょうと、高本彰はいった。

「中山さんは、もういらっしゃってるんですか」

「ええ、ついさっき。彼女にもここに来るようにいってあります」

中山良子の部屋番号を訊くと、ええと、何番だったかなと、高本がいう。

「フロントに訊いてみます」千早はいった。

「彼女、中山の名前では泊まってません。本名で泊まっているんです」

本名は訊かない約束だ。

「中山さんも、すぐこちらにいらっしゃるはずですから、あなたもいらしてください」

「わかりました」と電話を切ると、化粧を直してから部屋を出て、エレベータで五階に上がった。

五〇二をノックする。

高本彰がドアを開けた。派手な模様のセーター姿で、麝香《じやこう》か何かのコロンの匂いを漂わせていた。「さあ、どうぞ」

促されて、中に入った。

ソファと大理石のテーブルが中央に配置された部屋に、中山良子の姿はなかった。まだ来ていないようだ。

千早はバルコニーが見える窓に向かったソファに腰を下ろした。右側にドアがある。おそらく寝室に繋がっているのだろう。

「何かお飲みになりますか」

左側に間仕切りがあって、その向こう側から高本彰がいった。「お酒もありますが」

「中山さんはまだ――」

間仕切りの上から、高本彰の顔が覗いた。口許に笑みを浮かべている。

額が異常に狭く、鼻が大きい。顔中、どこかぎとぎと脂《あぶら》ぎっている。口許の笑みも、微笑というより薄笑《そうぼう》いという感じで、気味悪い印象を持った。

千早は彰の相貌に、一久と似たところを探そうとしたが、まったく見つからない。

間仕切りを回り込んで来た高本彰は、缶ビールと缶コーラを持っていた。

高本彰は、全体として見れば、肥満という程ではなかったが、腹は膨《ふく》れていた。セーターが隠しているが、その下では、おそらく腹の肉がベルトを隠している。

「中山さん――」

千早のその先の言葉を遮って、高本彰がいった。

「そのことなんですけどね」

高本彰は千早の正面に座り、缶ビールを千早の前に置いた。

「よろしければどうぞ。わたしはアルコールに弱いんで、こっちにしておきますがね」

高本彰は缶コーラのリングを引いて、一口飲み、プハというような声だか息だかゲップだかわからないものを吐き出してから、いった。

「中山良子は、ここには来ません」

「え？」

千早は混乱した。ここ、というのは、この部屋ということだろうか。

「中山良子は来ないんです。今日は、あなたとわたし、二人だけです」

千早は表情を硬くした。

「彼女には、そもそも今日の予定を伝えてない」

「どういうことなんですか」

高本彰はコーラをテーブルに戻した。

「今日は、あなたとわたしとの間の契約の話をしたい」

高本彰は鼻を鳴らし、続けていった。「あなたは、わたしの子どもを生みたい。そうですね？」

もちろんそうだが、千早はうなずかなかった。

「将来的には財産の問題、認知の問題、あなたはむろん、そんなものは求めないと約束してくれるでしょう。しかし、子どもには子どもの、独自の権利があるという考えもありますよね。それに、わたしの家庭の問題もある。あなたがわたしの子どもを生んだ。そのことがばれたら、大変なことになる。わたしの妻は異常に嫉妬深い性格でね。人工授精だったなんていっても、許さないでしょうね。いや、妄想癖もあるから、人工授精なんて信じないで、浮気したに違いないというでしょう」

高本彰はそういって、額を少し千早の方に近づけた。「あなたは簡単なことのように思っているかもしれないが、わたしの背負うリスクは、実はずいぶんなものなんですよ」

高本彰はテーブルにあった煙草を一本取り、銀色のライターを弾いて火を点け、煙を吐き出しながら言葉を続けた。

「それなりの見返りを要求するのは、当然だと思うんですよね」

千早は高本彰の唇を見つめていた。下卑《げび》た笑みが浮かんでいる。

「うまくすればたった一回。今日ここで一晩過ごせば、それで終わるかもしれない」

高本彰のまなざしが、千早の胸許に注がれている。

千早はジャケットの前を合わせた。

高本彰はにやにやしながら、千早の胸、膝元、顔、再び胸と、舐めるように眺めた。

煙草を灰皿に潰して、ソファから立ち上がると、テーブルを回り込んで千早の横に座る。

「弟の葬式であなたを見たときから、いつかあなたを手に入れたいと思っていました」

そういって高本彰が千早の肩に腕を回した。

千早は振り払い、弾けるように立ち上がった。

「卑劣な人ですね」

高本彰は、微笑して千早を見上げている。

「人助けですよ。本当はあなたの方から頼むべきでしょう。わたしを抱いてくださいってね」

千早は荒い呼吸をしながら、「帰ります」といった。

「いいんですか、それで」

「今、わかりました。最初から、罠《わな》だったんですね」

高本彰はポカンとした表情をしている。

「中山良子というあの人が、わたしの子どもの養母だという証拠はどこにもありません。わたしの子どもが白血病だってことも、証拠はありません」

高本彰が噴き出した。唾が飛び散る。

「自惚《うぬぼ》れすぎだ、それは。確かにあなたに魅力を感じているが、そんな手の込んだことまでしませんよ」

高本彰は、表情を引き締めた。「人の命を救うためとはいえ、あなたとわたしの子どもがこの世に誕生するんだ。その子どものために、父親と母親が愛し合うのは、いいことだと思いませんか。身も心も愛し合った男女の子どもとして生まれて来る方が、幸せというものでしょう」

「あなたみたいな人を愛することなんて、できません」

千早は高本彰に背を向けた。

「後悔しても知りませんよ」

高本彰の言葉を無視して、千早は部屋を出た。

憤りから溢れる涙を堪えながら自分の部屋に戻ると、荷物をまとめて、まもなくホテルをあとにした。


それから数日、千早は、高本彰の要求について考え続けた。

ホテルでもいったことだけれど、高本彰が千早の身体目当てで仕組んだ罠という可能性は、あると思った。中山良子は高本彰に頼まれて演技をしているだけで、弘海の養母ではなく、弘海が白血病という話も嘘。そういう考えも成り立つのだ。

しかしやはり、高本彰がいった通り、そんな手の込んだことをするわけないといわれれば、そうかもしれないと思う。

悶々《もんもん》と日々を過ごしていると、ある朝、早い時間に高本彰から電話がかかって来た。

「中山良子が上京して来る。子どもも連れてね。会いに行くかどうか、今後どうするのか、決めるのはあなただ。わたしの気持ちは、この前ホテルで伝えた通りですよ」

った。

高本彰の卑猥な口調に胸がむかついた。

これは罠だ。無視するべきだ。千早はそう思い、電話を切ろうとしたけれど、できなかった。

「いつ、どこに行けば、会えるんですか？」

その日、午後五時を少し回った時間。千早は日本庭園に囲まれたホテルのアプローチを歩いていた。風の強い日だった。

スイングドアを開けて建物に入ると、髪の乱れを手で直した。中央の螺旋《らせん》階段を上って、玄関ホールを見下ろせるフロアに行く。造花の飾られたパーティションと観葉植物の鉢植えで仕切られた喫茶スペースに入る。「いらっしゃいませ」と、コーヒーを運んでいるウエイトレスが通りすがりに声をかけた。

千早は窓側の席へと進む。

四人掛けの席に、中山良子の姿を認めていた。

中山良子が千早に気づいて視線を向けた。同時に、中山良子と向き合って座っていた子どもが、こちらを振り向く。

その顔を一目見たときに、千早の心臓はぎゅっと縮んだ。

そっくりだった。

子どもは、高本一久の容貌の特徴を見事に受け継いでいた。少し垂れた目、鼻梁《びりょう》の形、加えてもっと漠然《ばくぜん》とした、顔全体の雰囲気。

弘海。

千早は心の中でそう呼びかけながら、中山良子と子どものいる席に近づいた。

「お待たせしました」

千早は胸の高鳴りを感じながら、そう挨拶した。

中山良子は、千早に会釈をしてから、子どもの方に顔を向けた。

「お母さんたち、これから大事なお話があるから、先に部屋に行ってて」

子どもが、千早の顔を見上げている。

目が合った。

間違いない。一久の目だ。

この子は、弘海だ。

中山良子が、弘海に部屋の鍵を渡した。

弘海はオレンジジュースの残りをストローで飲み干すと、席を立ち、千早にぺこりと頭を下げる。

この三月で小学校を卒業するはずの弘海は、背はおそらく小学六年生の標準か少し高いぐらいだが、とにかく痩せている。一久も身体の線が細かったが、弘海に比べれば、全体に肉が厚かった。もっとも、小学校六年生のときの一久のことは、千早は写真でしか知らない。それに、弘海が痩せているのは、病気のせいもあるのかもしれない。

弘海。千早はそう呼びかけて、抱き締めたい思いをこらえ、ただ見つめていた。

千早のまなざしがあまりに熱っぽかったからだろう。弘海はいくらか困惑げに千早から目をそらし、急ぎ足で立ち去った。

千早は弘海の背中を見送り、たった今まで弘海が座っていた椅子に腰を下ろす。弘海の体温が、千早の身体に伝わった。

「今の子が――」

千早の言葉を遮り、中山良子がいった。

「ええ。わたしの子どもです」

きっぱりとした口調だった。自分と子どもとの間に、本当は千早を一歩だって踏み込ませたくはないのだ。そんな思いが伝わって来る。

「小池さん」

そう呼ばれて千早は一瞬戸惑った。小池というのが、中山良子と会うときに使う、自分の偽名だったと思い出す。

「高本先生から、聞きました。この前の話、あなたの方から断わりの連絡が入ったと」

中山良子が聞いたのは、どの話までだろうかと、千早は思いを巡らす。

弘海の亡くなった父親に兄がいたこと。その兄が協力を申し出ていること。そこまでは、当然中山良子にいってある。しかし、兄というのが高本彰であることは、千早の口からはいっていない。

　高本彰は自分からそれをいっただろうか——もしいっていたとして、あの卑劣な要求のことも、中山良子に打ち明けているのだろうか。

「確かに、わたしの望みは一方的に過ぎました」中山良子はいった。「あなたにばかり負担を強いて、わたしの方は自分の都合ばかり優先させてました。間違ってますよね。フェアじゃないです」

　中山良子は続けていった。「あなたがわたしの子どものために生む赤ちゃんのこと、わたしが引き取ってもいいと思っていることは、高本先生からお聞きですよね」

　中山良子のそういう申し出は聞いている。しかし千早には、仮に新しい命が誕生したとして、その子を中山良子に渡すつもりは毛頭なかった。

　生まれて来るのは、自分の子どもだ。父親が誰であれ——たとえあの高本彰でも、千早はその子を愛せると思った。きっと幸せにできるし、幸せにしなくてはいけない義務があると思っていた。

「だけどあなたは」と、中山良子がいった。「子どもは自分で育てるとおっしゃった。高本先生からそう聞いています」

　千早はうなずいた。

「あなたは、自分が生んだ子どもを簡単に手放すような人じゃない。——わかります」中山良子はいった。「前は、よほどの事情があったのですね」

中山良子はふうっと息を吐き出した。「あなたの要求、非難はできません」

「わたしの要求？」

千早には心当たりがない。

「それをわたしが呑むなら、考え直していただけるんでしょう？」

高本彰は、中山良子に何をいったのだろうか？

「赤ちゃんが生まれて、骨髄移植が成功したら、そのときはあなたの要求通り、子どもに、養子であると事実を告げます」

千早はそんな要求はしていなかった。高本彰の捏造《ねつぞう》だ。しかしそういう前に、中山良子が話の先を続ける。

「でも、あなたに子どもを返すという約束はできません。ただ、事実を知った子どもが、あなたを選ぶなら、そのときは、諦めます」

中山良子の真剣な表情に演技めいたところを見つけ出すことはできなかった。

それに、さっき会った子ども。あれが弘海でなくて、誰だろう。

高本彰は嘘はついていなかった。ただ、卑劣なだけだ。

あんな男に抱かれることは、考えただけでも、おぞましく、悔しいと思った。しかし、そうせざるをえない。

理性ではどうあれ、もはや自分の気持ちは決まっているのだと千早は思った。

第三章　奇妙な相似《そうじ》

1

千早の新たな告白を、作間は膝の上で拳を握り締めて聞いていた。

御子柴は椅子の背に寄りかかり、目を閉じて腕組みしている。

「二人が血が繋がっていないなんて、思ってもみませんでした」千早がいった。

高本彰のやったことに、作間は反吐《へど》が出そうな程の嫌悪感を覚えている。

「一度高本彰を疑ったときは、弘海のことや白血病のことも嘘だと思いました。でも、確かにあれは弘海だったし、養母の態度もとても演技には思えませんでした。だから信じたんですけど——高本彰は、弘海の養母のことも、騙していたんですね」

沈黙が横たわった。

風を送り出すクーラーの羽が、軋《きし》ったような音を立てている。

御子柴が目を開き、腕組みをほどいた。

「そこまでの話は、わかった」御子柴はいった。「高本彰は、あんたの身体が目当てで、弟の一久と血が繋がっていないことをいわなかった。そういうことにしておきましょう」

御子柴はテーブルに肘をついた。「で、その先は？　あんたは子どもは、人工授精で生まれたといった。だから、高本彰が死んだあと妊娠することも可能だったとね。ところが、実際は違ったわけだよな」

御子柴は千早の方に身を乗り出した。「あんたは高本彰が一久の兄だと信じていた。それで高本彰との間に子どもを作れば、弘海君を救えると思ってたわけだ。あんたは、そのためなら嫌いな男に身をまかせることも平気だった」

千早は平気だったとはいっていないと、作間は反論しかけたが、御子柴の言葉が続いた。

「あんたは必死だったんだ。その気持ちはわかる。痛いほどわかる。あんたのやったことは責められるようなことじゃない。母親として当然のことだ。子どもを救うためなら、なんでもやる。あんたは決心していたんだ。そうだろう」

御子柴の勢いに圧《お》されたのか、千早はうなずいた。

「高本彰が死んで、あんたは、もうチャンスがなくなったと思った。ところがそこで、嘉島良介が、思わぬことをいいだしたんだろう。クローン人間を作ればいいって」

御子柴は血走ったまなざしで千早の顔を凝視した。「そうだね」

千早はゆっくりと首を横に振った。

「まだ認めないのか」御子柴は怒気をあらわにいった。「あんたが生んだのは、クローン人間だ。ほかにどう説明できる。いってみろ」

「努は、高本彰の子どもです」

「まだそんなことをいうのか」

御子柴は顔を真っ赤にしていた。

作間は千早の横顔を見ていた。努が弘海のクローンとは思わないが、高本彰の子どもだと言い張るのは無理がある。

千早が妊娠したのは、高本彰が亡くなってから数ヵ月後のはずだ。妊娠は人工授精で、高本彰の精子は冷凍保存してあった——先日、千早はそう説明したのだが、実際は高本彰は、人工授精を拒否した。精子が冷凍保存されていたはずがないのだ。高本彰の死後、高本彰の子どもを妊娠することができるはずがない。

「わたし、高本彰が死ぬ前に、妊娠していたんです」

「なんだと」御子柴は、眉間に皺を寄せた。

「妊娠がわかったのは、彼が亡くなったあとでした」

千早は溜息混じりにいった。「そのときは、神様がついていてくれたんだ、って思いました。高本彰が亡くなって絶望していたのに、最後の最後、間に合ったんだ、って。――結局、努が生まれる前に弘海は亡くなってしまいましたけど」

「あんたねえ、冗談もたいがいにしろ。じゃああんたの子どもは、いったい何ヵ月あんたのおなかにいたんだ」

「努の誕生日、届けを偽ってるんです。弘海のために子どもを生むと決めたあと、わたしは当時の職をやめています。そのときは、出産の時期を偽るつもりなんてありませんでしたけど――生まれて来る子どもが、あの高本彰の子どもだとは、誰にも知られたくなかったんです。彼の奥さんとは、もう関わりたくありませんでしたし、将来努自身が、自分の父親は誰だったのか知ろうとするときが来るかもしれないわけですよね。それに、わたし自身の気持ちとしても、努は高本彰の子どもだと思いたくなかった――それで、人目を避けて海外で出産して、届けを遅らせたんです」

御子柴は鼻を鳴らした。

「よくもまあ口からでまかせを思いつくもんだ。そんないい逃れが通るわけないだろう」

御子柴は拳を振り上げ、テーブルを叩いた。「この写真はどうなんだ。あんたの子どもは、一久にそっくりなんだよ。あんたと彰の子どもが、なんで一久に似てるんだ。おかしいじゃないか。彰と一久は血が繋がってないんだぞ」

千早は手許のティーカップを見つめている。

「誰がどうみたって、こっちが父親だ」

御子柴は写真の高本一久を指で叩いた。

千早が顔を上げた。

「わたし——子どもの頃、憧《あこが》れていた従兄《いとこ》がいるんです」

千早の唐突な言葉に、御子柴の口がポカンと開いた。

作間も似たような表情だ。

「海水浴のとき溺れて亡くなったんですけど」

「なんの話をしてるんだ」

御子柴が声を荒らげていった。

「一久は、その従兄に外見がよく似てるんです。付き合ってるときは気づかなかったけど、あとで、そう思いました」

「何がいいたいんだ」

「従兄とわたしには、同じ血が流れているんです。努が一久の血を引いてないのに一久に似ているように見えるとしたら、それは、実際はわたしの方の血なんだと思います」

御子柴の喉からくぐもった声が洩れた。

「まったく次から次、言い訳が浮かぶもんだな。よく見ろよ。高本彰とあんたの子どもと、似たところがまるでないじゃないか。それをどう説明するんだよ」

「父親と似ていない子どもは珍しくはないでしょう」

「ここまで似ていないのはおかしい。嘘に決まってる。あんたの子どもは、川名努は、高本一久の子どもなんだよ。弘海のクローンなんだ」

作間は高本彰と一久と努の顔を見比べていた。

御子柴が、努は一久の子どもだといいたくなる気持ちはわかる。少なくとも、高本彰と努が親子だとは、信じがたいものがある。

作間はむろん、努は弘海のクローンだなどとは思わない。しかし、千早はまだ何か隠しているような気がした。

「御子柴さんの思いつめた気持ちは十分理解しているつもりです」千早はいった。「でも、違うものは違うとしか――」

「いいかげんにしろ」

御子柴が勢いよく立ち上がった。両手が千早の方に伸びる。

作間は腰を上げて御子柴の腕をつかんだ。

御子柴は目を吊り上げ、突き飛ばすように作間の腕を振りほどいた。

千早が「あっ」と声を上げた。

作間はバランスを失い、椅子で身体を支えようとしたが、その椅子が倒れた。激しい物音と共に、作間は床に転がった。胸が椅子に当たり、息が詰まった。喉から潰れた声が洩れた。

作間は胸を押さえながら立ち上がった。

立ち尽くしていた御子柴が、眉根を寄せた険しい表情のまま、作間に向かって頭を下げ、腰を下ろした。

作間は椅子を起こし、座った。まだ少し息苦しい。深く呼吸すると胸の痛みが強くなった。千早が心配そうに作間を見ている。大丈夫というつもりでうなずいた。

千早の顔が正面に戻ると、御子柴がいった。

「もういいかげん認めてくれないか」

口調はいくらか穏やかになった。「あんたがどんなに頑張ろうと、そんな思いつきの言い逃れが通用するわけがないんだ。警察やマスコミがその気になって動けば、あんたの話が嘘だってことは簡単にばれる。あんたの息子がクローンだってことも、あんたがどういうルートでクローンを作ってもらったのかってことも、すぐにわかることなんだ。あんたが今ここで話さないなら、俺は警察に行くよ。もちろんマスコミにも話す。時野からのメール、高本彰の妻から聞いた話、この写真——クローン人間誕生の証拠をつかむために、世界中のマスコミが大騒ぎを始める。俺はね、できればそんな騒ぎは起こしたくない。あんたがやったことは非難されるようなことじゃない。あんたやあんたの息子を傷つけたくはないし——そう、もちろんそんな綺麗事ばかりじゃない。俺自身のためだ。俺自身が今、クローン人間を必要としてる。騒ぎは望んでない。クローンの秘密組織と、密かに接触したい。しかしだ――」

御子柴の口から飛沫《しぶき》が散った。語気が再び荒くなっている。「しかしそれもあんた次第だよ。そうさ、クローンの技術は、今や秘密組織だけのものじゃないんだ。倫理的な問題を棚上げしちまえば、クローン人間を作れる科学者は山程いるんだよ。クローン人間がすでに生まれてるってことを世間に知らしめればだな、秘密組織に頼らなくても、クローン人間を作ろうという科学者がいくらでも現われるはずなんだ」

御子柴は顎についていた唾を掌《てのひら》で拭った。「息子と二人、世界中の新聞の一面を飾りたいか、それとも俺と取り引きするか。決めてくれ」

「どういわれても、わたしにはどうすることもできません。そんなクローンを作る秘密組織なんて、仮にあるとしても、わたしは全然知らないことですから」

御子柴は真っ赤な顔で立ち上がった。また千早につかみかかろうとするのではないかと、作間も腰を上げた。

御子柴は、拳で机を叩いた。「どうしてわかってくれない。あんたも同じ気持ちだったはずだ。俺の気持ちがわかるだろう。なんで教えてくれない。なんでだ」

千早は強張った表情で御子柴を黙って見ている。

「後悔しても知らないぞ。俺は諦めない。困るのは、あんたなんだぞ」

「気持ちは、わかります。でも、わたしにはどうしようも――」

「もういい」

御子柴はテーブルの上にあった写真やメールを集めると、上着を羽織った。

「どうなっても知らないからな」

御子柴はそう捨て台詞《ぜりふ》を残し、憤然と出て行った。

助手席に千早を乗せて、車を発進させた。路地を抜けて幹線道路に出たところで、作間は口を開いた。

「努君は、誰の子どもなんだ？」

千早は作間の方を向いて、目を見開いた。

「もちろん、僕はクローンだなんて思ってないさ。だけど――君のいう通りだとは思えないんだ。努君は、高本の兄貴より、高本に似てるよ。それは、誰も否定できないんじゃないかな」

「そうね。似てるわね」

「どうしてなんだ」

「さっきいったでしょう」

「君の従兄と一久が似てるって？」

「ええ――おかしい?」

「おかしいとはいわないけど――なんだか、すっきりしないな」

「わたしだって、それはすっきりはしないわ」

「え?」

「だってわたしも、今日まで、一久が兄と血が繋がっていないなんて知らなかったんだもの。一久は努の実の叔父だと思っていたのよ。父親より叔父さんに似たんだろうって、そう思ってたわ。それが二人が血が繋がっていないっていわれて――思い当たったのが、従兄のこと。それは、さっきいった通りよ。憧れていた従兄――初恋の相手なんだけど、その人と一久って、似てるの。無意識だったけど、それで好きになったってところもあるの。努の顔、一久に似てるっていえば、その通りだけど、写真を並べれば、その従兄に似てるってこともわかってもらえると思うわ」

赤信号で車を止めた。

作間は千早の顔を見た。

「信じてない?」

作間は首を横に振った。さっきは御子柴がいたが、車の中は二人きりだ。御子柴にはいえないことでも、ここではいってくれるはずだ。

「信じるよ」

信号が変わった。

「写真」作間はアクセルを踏んだ。「その従兄の写真を、御子柴さんに見せた方がいいかもしれないな」

「そうね」

フロントガラスに細かい雨滴がつき始めた。

ワイパーを動かす。

「血が繋がっていない兄弟だってこと、一久から聞いてなかったのか?」

「家庭内の事情なんて――お兄さんがいることぐらいは知ってたわよ――でも、血が繋がってるとかいないとか、そんな話になったことはないわ」

血の繋がっていない兄。隠し事ではなかったとしても、あえて触れる機会というのは、なかったのだろう。作間自身、中学のとき、高本一久とは親友という程ではなかったにしろ友達だったのに、兄のことは、私立の医大に通っているというぐらいのことしか聞いた記憶がない。

「それにしても酷《ひど》いやつだ」作間は眉間に皺を寄せ、前方の車を睨んだ。「生きてたら今すぐ殴り込んでやるところだ」

卑劣極まりない男。子を思う母親の気持ちに付け込んで、千早の身体を自由にした。許せない。生きていたら――殴るぐらいではすませない。

「辛かったろうね」

作間は千早を一瞥した。

千早は膝に置いたバッグに視線を落としていた。

「そんな辛い思いまでしたのに、弘海君を救えなかったなんて――」

そういったとき思い当たった事実に、作間は愕然となった。

高本彰が一久の実の兄ではなかったという事実を、千早は今日まで知らなかった。しかし、高本彰の卑劣さは、前から知っていた。努を身ごもる前からだ。

嫌悪している男の子どもを妊娠し、生んだ。しかもその子は、弘海のドナーにはなれなかったのだ。

作間は胸が潰れそうな痛みを感じた。先刻椅子で胸を打ったせいではない。千早の気持ちを思ったからだ。

千早はなぜ子どもを生んだのだろう。

弘海が亡くなって、ドナーはいらなくなったのに――

弘海のためではない。ではなんのためか。

もうおろせない時期になっていたのだろうか。もしそうだったとしたら、あまりに残酷すぎる。

千早は憎しみしか持っていない男の子どもを出産した。その瞬間、男、千早には、なんの希望もなかった。喜びなど欠片《かけら》もない出産――男である自分の考えは間違っているかもしれないが、そのとき千早が感じていたのは、ただ痛みだけだったのではないか。

愛していない男の子ども、唾棄《だき》すべき男の子ども――そんな子どもを、果たして愛せるものなのか――

作間は千早の気持ちが知りたかった。しかしむろん訊けることではない。作間は乾いた唇を引き締め、黙り込んでいた。

千早が不意に口を開いた。

「努を授かったことだけは、救いだったと思ってるわ」

「え？」

作間は千早を横目で見た。

千早は顔を上げて前を向いていた。

「弘海を失ったかわりに、努がやって来たの。確かにいやな思いもしたけど、そのことだけは、よかったと思ってるわ。父親がどんな人間かなんて大したことじゃない。努はわたしの子どもよ」

千早は微笑を浮かべた。

作間はその笑みを信じられなかった。千早はきっと自分にそういい聞かせているだけだと思う。

2

作間は布団に寝たまま伸びをした。顔を左に傾けて時計を見ると、午後二時過ぎだった。

寝たのは朝四時。今日からは夏休みで、目覚ましはかけなかった。それにしても十時間は眠りすぎだ。身体を起こそうとすると、頭の芯に痺れを感じた。

少しふらつきながら洋間に行った。部屋は蒸している。顔を洗いに行く前に、クーラーのスイッチを入れた。欠伸をしながら振り向いたところで、留守番電話のボタンの点滅に気がついた。

ふだん眠りは深くないので、小音量に設定したコール音でも目覚めることが多いのだが、今朝は気づかなかった。熟睡していたということだろう。その割には、頭がすっきりしない。やはり寝過ぎだ。作間は頭を軽く叩きながら留守番電話の録音を聞いた。

「武智です。ええと、うん、やっぱり直接話した方がいいね。連絡をください。携帯電話を買ったんで、番号をいいます」

作間は電話台にあったメモに番号を書き留め、すぐに電話した。

「武智さんですか」

「はい」

「作間です」

「ああ、うん。なるほどこれは便利なもんだね」

「は？」

「携帯だよ。いや、牧瀬先生にね、無理矢理持たされたんだ。何かあったときのために持ってた方がいいってね。川副が狙うのは、次はわたしか牧瀬先生だっていうんで――それで持ったんだけど、いってるそばから襲われた」

寝惚《ねぼ》けていた頭が、すっきりとなった。

「わたしじゃなく、牧瀬先生が襲われたんですか」

「牧瀬先生なんだけどね」

「うん、いや、かもしれない、ってとこかな」

武智が事情を語った。

牧瀬は昨夜、娘夫婦の家に遊びに行った。牧瀬は、川副を恐れボディガードを雇っているのだが、娘を心配させたくなかったので、そのことを娘夫婦にはいっていない。ボディガードは、家から少し離れた路上に停めた車の中で待たせていた。牧瀬が娘夫婦の家を出て車に向かう途中、男が足早に近づいて来た。教授は大声を出し、ボディガードが飛んで来て、男は逃げた。

「男は川副だった。牧瀬先生はそういうんだけどね。急に大声を出されていかつい男が走って近づいて来れば、それは誰でも逃げ出すだろう。本当に先生が狙われたのか、相手が川副だったのか──確かなことはいえないな。しかし、用心しておくに越したことはないだろうって、警察からもいわれた。川副の所在が、依然未確認らしくてね。警察が探せば、すぐ見つかると思っていたんだけどな」

武智の声のトーンが低くなった。「行方不明といわれていたけどね、それは父親から聞いただけのことだったから、実のところ父親が外聞を憚《はばか》ってどっかに隠してるんじゃないかと思ってたんだ。それが、父親までが今は行方不明になってる」

「川副の父親がですか？」

「うん。会社が潰れてね。借金を背負って、雲隠れだそうだ」

武智は乾いた咳をした。「牧瀬先生の錯覚だと思いたいが、一応ね、川副の可能性もあるってことで、万一を考えて君も用心してくれ」

3

作間は窓の外を眺めていた。

青々と繁った葉叢《むら》がたわんだ。見ると、カラスが枝を渡っている。

うるさい程の蝉時雨《せみしぐれ》が不意に意識に上った。ぼんやりして聞き逃していたのか、あるいは今いっせいに鳴き始めたのだろうか。

パーティションの向こうで人影が動いた。

立ち上がった千早が、窓の方に移動した。ブラインドを下ろすと、眼鏡を外しながら振り向いて、作間が座っているスペースにやって来た。

「忙しいところ、急に来てすまないね」

作間の言葉にうなずきながら、千早は秘書の席に座る。

「今日は秘書の子は、休み？」

「ええ、夏休み」

「そう。僕も今日から夏休みなんだ。——君は夏休みは？」

「来週取る予定。——ごめんなさい。このあと約束があるから、手短にお願いしたいんだけど」

「ああ、ごめん」

椅子を回して千早と向き合った。「実はね、嘉島さんと裕の事件の犯人なんだけど——川副純太かもしれないんだ」

千早は当惑した表情を見せた。

昨夜、牧瀬が川副らしき人物に襲われかけたと、千早に告げる。

「前からね、牧瀬先生は、川副犯人説をいっていた」

川副純太がなぜ嘉島と裕を殺すのか、なぜ牧瀬を襲うのか、牧瀬の推理を伝えた。

「牧瀬先生は、過敏になってる。川副純太に襲われるに違いないって、思い込んでるんだ。だから、見間違いって可能性も高いと思うけど」

「十年も前のことでしょう」千早はいった。「今更そんなこと、あるかしら」

「ありえない話じゃないよ」作間は膝に手を置いて、身体を前に傾けた。「裕の小説がきっかけで、再び妄想の世界に落ち込んだんだ」

作間は椅子を千早の方に少し寄せた。「もちろん、そうだっていいきれるような話じゃないよ。でも一応ね、可能性はある」

千早はつと視線を泳がせたあと、うなずいた。

「警察は、どう思ってるのかしら」

「その線も追ってるみたいだよ」

「川副純太さんって、今はどこで何を?」

「十年前から行方不明なんだ」

「行方不明」と、千早は呟いた。

「今度の事件の犯人が川副だとすると、君も危険だ」

「わたしが?」

千早は意外そうな顔をした。

「裕を殺した犯人は、部屋を物色してる。もともとの探し物がなんだったかはともかくとして、あのメール——時野流行からのメールを目にしたと思うんだ。犯人が川副純太だったとしたら、クローンの話を読み逃しはしないだろう。きっと、君がクローン人間を生んだと思い込む。もちろん、そう思い込んだとして、君を復讐すべき相手と考える理由にはならないわけだけどね。妄想となると、どんな形をとるかわからないから、杞憂《きゆう》かもしれないけど、用心した方がいい」

千早は不安げに宙を見やった。

「君だけじゃなく、努君の方も注意した方がいいよ。念のためだけど」

「——そうね。両親の方にもいっておくわ」

千早はうなずいてから、いった。「いろいろ心配してもらって、ありがとう」

「礼をいわれるようなことじゃないよ。もしも本当に川副が犯人なんだとしたら、僕には責任がある。川副のことを裕に話したのは、僕なんだからね」

作間は千早の顔を見つめていった。「とにかくなんでもいい、細かいことでも、気になることがあったらいって来てほしいんだ。僕には君たちを守る義務がある」

「ええ」と、千早はうなずいた。

ノックの音がした。

千早が返事をすると、ドアが開いた。眼鏡をかけた女子学生が顔を覗かせた。

「じゃあ、とにかく何かあったら遠慮なく、ね」

作間はそう念押しして席を立った。


東都大のキャンパスを歩いているときに、携帯電話が鳴った。携帯電話を耳に当てながら、雑踏を避け、木立の中に歩を進めた。

「仕事中だったかな？」

電話は武智からだった。

「いいえ」

銀杏《いちょう》の木の下に立ち、木漏《こ も》れ日を浴びながらいった。「今日は休みです」

「御子柴雄広って人間、知ってる？」

「――ええ、知ってますけど」

「何者？」

「甥の婚約者の父親ですけど――御子柴さんが何か」

「牧瀬先生のところに押しかけてね。君の名前を出して、先生と話をさせてくれって、来たらしいんだ。君が行かせた？」

「いいえ」作間は呆れた口調でいった。

「そう」

武智は咳払いをした。「牧瀬先生は当然怪しんで、会おうとしなかったんだが、引き下がらずにね、勝手に門を開けて敷地に入って来た。で、ボディガードと小突き合いから、最後は取っ組み合いまでやったそうだよ」

「なんて人だ」

「先生が警察を呼んで――その人、引っ張って行かれたそうだ」

「警察にですか」

「うん。牧瀬先生が、川副の仲間かもしれないから厳しく調べてくれとかいったそうだから、一晩ぐらいは泊まることになるかもしれないな」

無法な行為を働いたのだから、お灸を据《す》えられてもしかたない。焦る気持ちはわかるが、同情は感じなかった。

「その人、牧瀬先生のところには、なんで行ったんだろう？」

川副純太が十年前所属していた研究室は、牧瀬研究室だった。そのことは、たしか時野からのメールにも書いてあった。作間は牧瀬のことを御子柴に何も話した覚えがない。が、少し調べれば住所ぐらいはすぐにわかるだろう。

裕の小説で、牧瀬に当たる人物――主人公の所属する研究室のボスは、クローン人間を作る秘密組織の最高幹部の一人だ。御子柴は、現実の世界も同じと考えて会いに行ったのだろう。

そういう考えを話すべきかどうか迷い、しばらく考え込んでいた。

「もし時間があるなら、今晩でも会えないかな」武智がいった。

「ええ。じゃあ、御子柴さんのことは、そのときお話しします」

「場所は新宿でいいかな」

「そっちに行きますよ。武智さん——あんまり出歩かない方がいいですよ。身体にも障《さわ》るし、それに川副のこと、一応本気で用心した方がいいですよ」

「もしも川副が犯人ならね、次はわたしにしてほしいと思ってるんだ。どうせ長い命じゃない。ああもちろん、ただ殺されようってわけじゃない。これ以上罪を重ねさせないように、最悪でもわたしが最後になるように、彼と話がしたいんだ」

4

待ち合わせ場所は、武智の自宅に近い和食の店になった。

川副に狙われることを恐れてはいない。むしろおびき出したいぐらいだといって、武智は出かけるのは平気だといった。しかし川副に襲われることよりも、武智の体調が心配だった。自分の方に時間がないならともかく、今日はほかに予定はない。

作間は駅前から続いた商店街を抜けた。

広い通りを渡るため、陸橋に上る。そのときに、携帯電話が鳴った。

武智からだった。

七時という約束の時間まで、あと十五分程ある。

今どこにいるか訊かれて答えた。

「ちょっと止まってくれ」

陸橋の下り階段を二段降りたところで足を止めた。

「こっちはもう、店に来てるんだけどね」武智はいった。「つけられてた気がするんだ」

背筋に寒気を感じて、作間はいくぶん背中を丸めた。

「川副ですか」

「ただの気のせいかもしれないがね。尾行されるとしたら、そのぐらいしか思い当たらない」


三十分後、作間は喫茶店の窓から、通りを挟んだ向こうを眺めていた。

スナックとラーメン屋、和食海鮮の店の看板が並んだ雑居ビルがある。和食海鮮の店は地下にあり、そこに出入りする人々はビルの右側の階段を利用する。

作間がカップに残っていたコーヒーを喉に流し込んだとき、武智が、肩を組んだカップルと入れ違いに階段を上がって来た。スエット姿で、紺のキャップを深めにかぶり、タオルを首にかけて垂らしている。口に爪楊枝《つまようじ》をくわえているようだ。

作間はゆっくりと腰を上げ、レジに行った。支払いをすませると、表に出て、横目で武智の姿を確かめた。ポケットに手を突っ込み、肩をほぐすように上下させ、無理に欠伸を一つした。

武智の方を見ないようにして、ゆっくりと歩き出す。

小さな飲食街を離れ、住宅街に入る。街灯の淡い光が通りを照らしている。

武智の後ろや前には、数人の人影がある。すれ違う人間もいる。彼らの中に、川副がいるのだろうか。もしそうなら、完璧な扮装だ。作間には、どれも帰宅を急ぐサラリーマンにしか見えなかった。

武智が、小湊《こみなと》医院と看板の出た建物の横の小道に入った。それに続く人影があれば走るつもりでいたが、誰も続かない。作間はゆっくりと小湊医院の前まで来ると、そこで少しだけ足を速めた。坂道を上がって、電信柱の陰にしゃがんだ。そこで靴の紐を直すふりをしながら、背後の気配を探る。

尾行者が、自分の後ろから来ているかもしれないと思ったからだ。

十秒程しゃがんでいたが、誰も上がって来ない。腰を伸ばし、小走りに武智を追った。

坂道を上りきったあと、右に折れる。街灯の光が、さっきまでの通りよりも暗い感じがする。武智の後ろ姿が見えた。武智は自宅の門の前に到着し、振り向いた。作間と目が合う。

武智は呼び寄せるように手招きをした。

作間は小走りに近づく。

そのとき急に武智が目を剝《む》いた。

「後ろ」

武智がいった。

靴音がすぐ後ろに聞こえる。作間はぎょっとなりながら振り向いた。右肩に何か固いものが当たった。

「ぐっ」と、うめくような声がした。

ブルゾン姿の男が顎を押さえて作間を見やっている。

作間は何が起きたかわからず、男から離れた。男の左手が、作間の上着の袖をつかんだ。作間はそれを振りほどく。川副純太の顔が、作間の脳裡に閃光と共に現われた。目の前の男は、あの川副の十年後の姿なのか。その判断は先送りされた。男が顎から右手を離し、作間の身体を巻き込むようにつかみかかって来た。身体を引いた作間の眼前を右手がかすめた。

「やめなさい。やめるんだ」

武智がよたよたと走って来る。

男がボクサーのようなポーズで作間に向かって身構えた。

「勘違いだよ。どっちも勘違いしてる」

武智が両手を広げて近づいて来た。

「友人の作間君だ」

立ち止まった武智は、荒い息を吐き出しながらいった。「こっちはたしか——木島《きじま》さん、でしたよね」

男は武智を横目で見ながら、僅かに顎を引いた。

武智の妻が、西瓜《すいか》と麦茶をテーブルに置いて部屋を出て行った。座椅子の肘掛けに凭《もた》れていた武智が身体を起こし、右手をコップに伸ばす。左手には、コードレスフォンを持っている。

「ええ、ええ」といいながら、武智は前にいる作間に目配せをした。

「それじゃあまた」と、電話を切ると、武智は作間に向かって苦笑した。

武智が電話で話していた相手は、牧瀬だ。

「犯人は川副に間違いないっていうんでね。そうなると、次は、先生かわたしだろう。で、わたしの方にもボディガードをつけてくれたんだそうだ」

先刻表で会った木島という男は、牧瀬が雇っているボディガードだった。

「ボディガードなら、もっと近くにいてくれてもよさそうだがね」武智は麦茶を口にした。「本当に襲われてたら、あれじゃあ間に合わん」

木島は牧瀬に頼まれて武智のガードをしていた。木島の方は、作間を尾行者と勘違いした。木島の方は、作間を尾行者と思った。しかし、そのことを武智は知らず、尾行者と勘違いした。そういうことらしい。

「まあ、わたしが殺されても、犯人を捕まえればそれでいいって考えだったんだろうな。要するにこっちは、囮《おとり》ってわけだ」

武智は詰まった鼻を鳴らしながら笑った。「御子柴さんだっけ——その人のこともあって、牧瀬先生は、かなり神経質になってる。もはやノイローゼ寸前だよ」

武智に促され、作間は西瓜を齧《かじ》った。

「まあ、囮になることには全然不満はないんだがね、こっそりやられては気分が悪いよ。怯《おび》えきってる牧瀬先生のこと、かわいそうだと思って、いろいろ励ましたりもしてやってたんだがね。なんか裏切られた気分だな」

武智は三角に切った西瓜の先を手で折って口に運んだ。

「こうなってみると、昨日のもあれかもしれないな」

首を傾げた作間に向かって、武智は続けていった。「昨日襲われたって話だよ。そいつは狂言なのかもしれない。警察が本気で川副を探してないといって怒ってたからな。考えてみるとさ、あれだけ怯えていて、娘夫婦のところにしろ外出するのは不思議だよ。――牧瀬先生の話、あんまりまともに聞かない方がいいのかもしれないな。今朝の暴力沙汰も、果たしてどこまで本当か」

武智は種を皿に吐き出した。「御子柴って人と連絡取った？」

「いいえ、まだ」

「そう。ええと、君の甥御さんの――」

「婚約者の父親です」

武智はうなずいた。「で、その人、牧瀬先生にはどんな用だったんだろう」

作間は御子柴が裕の小説の内容を鵜呑《うの》みにしてしまっていることを話した。

「困った人だな」

そういって武智は、首を傾げた。「で、なんなんだ。小説を信じて、どうだっていうんだ」

「実は彼の娘さん――甥と婚約していた女性ですが、白血病なんですよ。骨髄移植しか助かる道がないそうで――」

武智が表情を固くした。

「裕が書いたのは、ただのフィクションだといっているんですが、納得してくれなくて」

「クローンを作ってドナーにしようってわけか」

作間はうなずいた。

「そうか」武智は目を細くして宙を見やった。「そういうことなら、気持ちは、わからんでもないな」

作間の顔に視線を戻して武智が語り始めたのは、癌の再発がわかってから通った湯治場の話だった。

「医者に見放された癌患者が何人も湯治で奇跡的に治ったっていう温泉でね。わたしはまあ、気休めぐらいのつもりだったけど、まだ若い人間、それも幼い子どもがいたりするような人間が、奇跡を夢見てやって来てる。わたしは自分も癌だってことを忘れて、若者たちの不幸に同情してしまった。彼らを見てるのが辛かったよ。あれが自分の息子や娘だったら、たまらんね」

武智は顎ひげを撫でた。

「神に頼ったり、奇跡を信じたり、それに比べれば、クローンの方がまだ現実味はあるからな」

武智はどこか遠くを見やった。「しかし、今はまだそれは見てはいけない夢だ」

5

作間は手に持っていたスーパーの袋を肘に掛け、ハンカチを出した。額から汗がしたたり落ちている。坂道を上り切って、郵便局のところで角を曲がると、直線の平らな道が続く。作間はポストの横で立ち止まり、ハンカチで汗を拭ってから、再び歩き出した。そのときに、数十メートル前方の人影に気づいた。男が、電柱の脇に立って、作間の部屋があるマンションの方を眺めている。電柱から離れた男は、マンションの前を通り過ぎたが、すぐに折り返し、再び電柱の傍らに立った。

グレーのキャップに光沢のある青のブルゾン、色落ちしたジーパンという格好の男で、左肩にバッグを引っかけ、右手はポケットに入れていた。

背後からクラクションを鳴らされ、心臓がギクリとなる。作間は男の様子に不審なものを感じて、そちらに意識が集中していた。車に気づかぬまま、道の中央に寄って歩いていた。

左側の塀に身体を寄せて車を避ける。横を通り過ぎた白い車が男の方に進む。男は、車の方に顔を向けた。そのときに、作間の姿が目に入ったようだ。

男は、作間に背を向けて歩き出した。ゆっくりとした足取りだが、その動作にどこか不自然なものを感じた。

やがて作間はマンションの前に到達したが、止まらずに男のあとをついて行った。一度振り向いた男が左に折れた路地に入る。

作間は急ぎ足で追って角を曲がる。

男の姿が見えない。路地は十メートル程先で大通りに抜けている。作間は小走りに大通りに行くと、左右に視線を巡らせた。が、やはり男の姿が見つからない。

どこに消えたのか——作間が立っている位置の、すぐ左に、コンビニエンスストアがある。

雑誌の並んだスタンドの向こうに、グレーのキャップが見えた。

作間はそのキャップの方は、あえて見ないようにして、何食わぬ顔でコンビニエンスストアに入った。ジュースの並んでいる方にまっすぐ歩いた。オレンジジュースの紙パックに手を伸ばしながら、後ろを振り向く。グレーのキャップの男の後ろ姿が見えた。

作間は両手に提げていたスーパーの袋を右にまとめ、オレンジジュースを左手に持つと、パンの棚の前を通って男の横へと移動する。

グレーのキャップの男は、バッグを足元に置いて雑誌を眺めていた。作間の動きに気がついている様子はない。

作間は間を詰めた。男の横顔を間近に見る。さっきから思っていたが、見覚えがある顔だった。

やっと気配を感じたのか、男がはっと作間の方を振り向く。その正面の顔を見て、作間は男のことを思い出した。名前も覚えている。諸角透——詩織がアルバイトをしている予備校の生徒だ。前に見たときには、縁の太い黒い眼鏡を掛けていた。それが今は、メタルフレームのものに変わっていて、印象が少し違うが、間違いない。彼の方も、作間の顔を覚えていたようだ。あっ、というような表情を一瞬浮かべるやいなや雑誌を乱暴に棚に戻し、鞄を持ち上げた。

「君」と、作間が呼びかけたとき、彼は背を向けて、コンビニエンスストアから飛び出した。

作間はすぐに追いかけようとしたが、手にオレンジジュースを持っていた。レジに行き、慌《あわ》ただしく支払いをすませて表に出た。

左右に続く道を見渡す。

男の姿は、見えなくなっていた。

6

詩織が部屋に来たのは、午後八時過ぎだった。

不意の来訪に、作間は戸惑った。八時半に御子柴と約束があったからだ。千早も来ることになっている。昼間御子柴から、話があると電話がかかって来た。詩織も呼んでおいてほしいということだったが、御子柴の話は、どうせまた妄想めいたクローンの話題であることは想像がつく。これ以上、詩織まで巻き込んでほしくなかったから、作間は詩織に連絡しなかった。

時間前に帰そうと思いながら、とりあえず部屋に上げた。

「なんで連絡くれなかったの？」詩織がいった。「仲間外れにするつもり？」

作間は詩織の顔を見て、溜息を吐いた。

「御子柴さんから連絡があったのか」

詩織はうなずいた。デイパックを机に置いて、窓に向かった席に座る。

「話って何かしら」

「さあな」

作間はうんざりした気分を表情にあらわにしながら、首を横に振った。

「集まってもらうのは、これが最後だっていってたけど」詩織がいった。

「最後？」

そんなことは、聞いていない。

「うん。そういってたよ。どういう意味？」

「わからないな。こっちが聞きたい」

詩織はいっとき作間の顔を見つめていたが、口を尖らせると台所に立った。

麦茶を入れて戻って来た詩織に、作間はいった。

「予備校のバイト、どうした？」

「やめた。急だから向こうも困ってたみたいだけど、場合が場合だし」

「そうだな」

兄が殺されてまもないのだ。アルバイトなどしている気分ではないだろう。

「前、生徒の写真を持ってたよな」

詩織は怪訝な顔をしながら椅子に座った。

「あれ、どうした？　予備校に返したのか？」

「家にあるけど、なんで？」

作間は昼間、諸角透らしき人物を見たことを話した。

「ここを見張ってたの？」

「そうとは限らないが、そう見えた」

「で、叔父さん見て逃げたわけ？」

「最初は、誰かわかってなかったみたいな感じもしたが、最後は、明らかにこっちの顔を見て、逃げ出した」

「それ本当に諸角君？」

「だったと思うけど、確信はないから、写真を見たいんだ」

「今度持って来てもいいけど――でもなんで諸角君が？」

「なんでかな。まあその前に、実際彼だったかどうかが問題だけどな」

電話が鳴った。

作間は棚の充電器に載っていたコードレスフォンを手にした。

「今、お宅のマンションまで来てるんですけどね」

電話は御子柴からだった。「変な男が玄関の前にいるんです」

最初に頭をよぎったのは、さっきの男――諸角透とおぼしき男のことだった。

しかしすぐに、もう一つ別の顔、川副純太の顔も浮かんだ。

「どんな男ですか」

「帽子をかぶった男――学生みたいな若い男です」

諸角透のようだ。

電話を持ったまま立ち上がった。

「どうしたの」詩織がいった。

作間は口の前に指を立てた。

足音を忍ばせて玄関に行く。覗き窓から、外を見た。しかし、人影は見えない。

「誰もいませんけど」作間は小声でいった。

「え、そうですか。さっきはいたんですけどね」御子柴がいった。「今、外の公衆電話なんです。こっちに来る間に消えたのかな。いや、お宅の玄関を見張ってるような感じだったんですが、違ったかもしれませんね。じゃあ、今行きます」

電話が切れた。

作間は改めて覗き窓から外を見た。やはり誰もいない。

「どうしたの？」詩織が後ろからいった。

作間は振り返り、今の電話の内容をいった。

怪訝そうに聞いていた詩織が表情を強張らせた。作間もはっと振り向く。玄関の向こうで物音がしたのだ。

作間は息を止めて耳を澄ました。ガサッと靴音めいたものが聞こえた。作間は詩織の方を向いて、奥に行っているように手で指示した。詩織は洋間に下がり、顔だけ出して玄関の方を覗いている。

作間はコードレスフォンを靴箱の上に置いた。ドアノブを握る。しばし躊躇《ちゅうちょ》したが、勢いよくドアを押した。廊下の右側で何かが動いた。見ると、黒い帽子をかぶった男が、はっとした様子で立ち尽くしている。男の顔に見覚えがあった。くっきりとした目鼻立ちが印象深い。東都大の学生、袴田伸治だった。

袴田が階段の方に走り出す。

「待ちなさい」

作間はサンダルを履いて廊下に出た。と、袴田の向こうに御子柴の姿が見えた。御子柴が袴田の前に立ち塞《ふさ》がる。袴田は御子柴を突き飛ばして脇を通り過ぎようとした。が、袴田の方が跳ね返された。「わっ」と叫んで尻餅をつく。

袴田は振り向いて作間を見上げると、慌てて立ち上がり、今度は身体を横にして御子柴と壁の間を通り過ぎようとした。御子柴が身体を寄せて袴田を壁に押し潰す。

「何すんだよ」

袴田はそういって御子柴を押しのけようとしているが、どうやら無駄な抵抗のようだった。

作間は袴田の肩に触れていった。

「いったい君は、ここで何してたんだ」

「関係ないでしょう」

「何やってるの」

作間のうしろから詩織がいった。

袴田の動きが止まる。

洋間の椅子に座った袴田伸治は、右腕の肩の近くを左手でさすっている。御子柴と壁の間に挟まれていた部分だ。

作間はテーブルに置いたコップに麦茶を注いで、袴田の方に押しやった。

袴田は、会釈のつもりか、顎を突き出し、左手をコップに伸ばした。たった今まで、ひどく緊張した顔をしていたが、喉を鳴らして麦茶を飲み干すと、安堵したような息をふっと吐いた。

袴田は東都大学の理学部物理学科の学生。まだ三年生だが、大学院は千早の研究室を志望していて、今から卒業研究の四年生や大学院生に混じって勉強を始めている。千早は生物学科の助教授だが、千早の研究は、生物そのものを扱うより、生命現象を抽象化した数理モデルの解析が主だ。求められる素養は、生物学よりも数理的なもので、千早自身も大学院までは物理学を専攻していた。千早は、自分の研究に、物理学科の学生にも興味を持ってほしいと積極的に呼びかけている。その呼びかけに応じた一人が、袴田だった。

作間がそんな事情を知っているのは、袴田が千早に進路相談しているところに偶然居合わせたことがあるからだ。

その彼が、詩織の恋人だったとは、今の今までまったく知らなかった。

二人は、まだ詩織が千早を慕っている頃、研究室で出会い、付き合うようになったらしい。

この夏、二人は予備校で一緒にアルバイトをしていた。しかし詩織は兄が亡くなったことでアルバイトをやめた。

今日の昼、久しぶりに会ったのだが、そのときの詩織の態度に、袴田は不審を抱いた。

「尾行したの?」

詩織の問いに、喉を鳴らして麦茶を飲んでいた袴田が、むせて咳き込んだ。

「心配だったんだ。噂も聞いていたし」

袴田は肩をすぼめていった。

「噂って?」詩織がいった。

「君が中年の男とデートしてたって」

「誰がいったの?」

「バイト仲間からも、生徒からも聞いた。まさか相手が叔父さんだなんて思わないから」

袴田は作間を見やった。「さっき作間さんを見たときには驚きました。詩織さんの恋人が作間さんだったのか、って――まさか叔父さんだなんて」

「わたしのこと信用できなかったの」

袴田はうろたえた様子で詩織に視線を戻す。

「だって、今日の君は、ずっと上の空だった」

「兄さんがあんなことになったから――デートなんて気分じゃなかっただけよ。その気持ちわかるって、いってくれたじゃない」

「わかるよ。わかるさ。ただ——噂のことがあったからさ……」

袴田はうつむいた。

詩織が棚の置き時計に目をやってから作間にいった。

「もういいでしょう、彼を帰して。事情はわかったんだからさ。もう時間だし」

作間がうなずくと、詩織は袴田に向かっていった。

「さあ」と、詩織は袴田を引っ張って立たせた。

袴田は立ち去りたくない様子だった。作間と詩織との関係をまだ疑っているわけではないと思うが、追い出すような詩織の態度に合点《がてん》がいかないのだろう。

「あとで電話するから、帰って。これからお客さんが来るの」

袴田は作間と御子柴に挨拶をすませると、詩織に追い立てられ、渋々という感じで出て行った。

7

ほとんど袴田と入れ違いに千早が現われた。

「どうもお呼び立てしてすいません」

洋間に入った千早を迎えると、御子柴は立ち上がってそう挨拶した。先日と違って、態度も言葉遣いも丁寧だ。

「今日は、どんな話ですか」

千早と並んで腰を下ろしながら、作間がいった。

「一昨日のこと、お聞きになってますか」

御子柴は作間の方を向いていった。

思い当たることがないではないが、作間は黙っていた。

「実は」と、御子柴は千早と詩織を順に眺めてから続けた。「牧瀬という人のところで、ちょっと一暴れをしましてね」

川副が所属していた研究室の長であった牧瀬は、クローン人間を作る秘密組織の幹部に違いない。御子柴はそう考えて押しかけ、ボディガードともみ合いになったのだと語った。

「敷地に勝手に入っていたもんで、警察に連れて行かれました。夜には帰してもらえたんですがね」

御子柴は髪の毛を押さえ、一度テーブルに目をやってから、作間の顔を見た。「迎えに来た貴美恵に、叱られました」

御子柴は首を何度か振った。「貴美恵には何もいってなかったんですが、わたしが裕君のあの小説を信じてクローン人間の秘密組織と接触しようとしてること、知ってたんですね」

御子柴は溜息を吐いて詩織を見ながらいった。「何を考えているんだと、貴美恵がね、もっとほかにやることがあるだろうって。何より一番やらなくてはいけないことは、裕君の事件の捜査に協力して一刻も早く犯人を逮捕してもらうことなんだよね。貴美恵にいわれるまで、それを忘れていた」

御子柴は詩織から作間へと目を移し、自分の頬を叩いた。「今日、時野流行からのメールを刑事に渡しました。今まで、あれを読んだ警察がクローンの秘密組織を探し出したら、組織との接触が難しくなるんじゃないかなんて、渡せずにいたんですがね」

御子柴は背筋を伸ばし、頭を深く下げた。「どうかしてました。クローン人間を作る秘密組織なんて、そんなのあるわけないんだ」

御子柴は顔を上げた。「娘のいう通りなんですよ。裕君もそういっていたんだ。あれはフィクションなんだって」

「待って」詩織がいった。「いったい、どうしたんですか」

「どうもしないよ。目が覚めたんだ。クローン人間が生まれているなんて、そんなはずないんだよ」

詩織は作間の方を見やった。

これは、どういうことなのか——そんな問いかけを感じさせるまなざしだ。しかし、作間にも、御子柴がどうして急に考えを変えたのか、わからなかった。

娘にいわれたとしても、そんなに簡単に考えが変わるものなのか。

作間の怪訝なまなざしを見返して、御子柴がいった。

「近々、アメリカに行くことになると思います」

御子柴は、笑みを浮かべていった。「家内——亡くなった家内ですが、一人っ子だとばかり思っていたのに、幼い頃、養子にやられた妹がいることがわかったんです。しかもその妹の居場所がね、わかるかもしれないって、アメリカにいる家内の親戚から連絡があったんですよ。もし見つかれば、もし家内の妹が見つかれば——彼女の卵子をもらって、貴美恵とHLAの一致する子どもが作れるかもしれないんです」

御子柴の急な変心の理由に納得がいった。

現実の世界に貴美恵を救う方法が見つかったのだ。

「今までずいぶん失礼なことをいいましたが、許してください」

御子柴は千早の方を向いた。「あなたの息子さんがクローンだなんて、なんてひどいことをいってしまったのか。本当に申し訳なかった」

御子柴はテーブルに擦りつけるように、深く頭を垂れた。

8

「川副純太じゃなかったよ」

電話の向こうの声は、武智だった。

作間は寝惚けた目をこする。

「は」と、作間はぼんやりとしたままいった。

「もしかして、まだ寝てたのか」

時計を見ると、午前十一時二十分だった。

「いいえ」といったが、目覚ましのかわりになったのは、紛《まぎ》れもなくこの電話だった。

「起こしてすまんが、ちょっとでも早い方がいいと思ったんだ」

「どうなさったんですか」

「川副じゃなかったんだよ。川副は犯人じゃない。川副は今度の事件とはなんの関わりもない。見つかったんだよ」

作間は意識を鮮明にしようと鼻の付け根をぎゅっと押さえた。

「どこにいたんですか」

「病院だよ。精神病院に入院していた。父親は、川副がどこにいるかわからないといい続けていたがね、実はやっぱり入院させていたんだよ。外聞を憚《はばか》って、偽名で入院させていたんだ。父親が行方不明なんで見つけるのに手間取ったみたいだがね。警察がその気になれば、簡単だったんだな。牧瀬先生も狂言をしたかいがあったってもんだろう」

「襲われたっていうのは、狂言だったんですか」

「本人は認めてないが、結局そういうことだろう」

「病院にいるのは、川副に間違いないんでしょうか」

「ああ、絶対に間違いないよ。たった今、わたしがこの目で確認したんだ。警察から、本人かどうか確認してもらえないかって頼まれたんだよ。牧瀬先生が会いに行くのを嫌がったんでね。たった今、会って来た。話もしたよ」

鼻を啜《すす》ったような音が聞こえた。「哀れなもんだよ。彼はまだ、母親が生きていると思っている。母親を連れて来てもらえないかって泣かれたよ」

「——川副が、病院を抜け出したってことは——」

「ないな。ない。病院側もそういってるしね。会ってみればわかるよ。母親が死んだこと、知らないふりをしてるんじゃない。本当に、わかってないんだ。それにわたしを恨んでるなんて様子はまったく窺えない。違うよ」

武智の声が、微かに震えていた。「彼は人を殺せるような人間じゃあないんだ。優しい男なんだよ」

作間が千早を待っている部屋には、コの字型に並んだテーブルとホワイトボードがある。大学院の講義室だ。

作間はクーラーの冷気を首筋に感じながら、窓の外を眺めた。さっき外を歩いていたときには空には雲一つなく、風もそよとも吹いていなかった。しかし今は煙のような雲が見えた。風も僅かに吹いているようだ。木の葉が時折小さく騒ぐ。

ノックの音がした。応えると、千早が入って来た。

「ごめんなさい。すぐっていったのに」

「いや、急に来たこっちが悪いんだ」

川副純太が見つかったという報告は、電話でもすませられたのだが、休みでほかに予定があるわけでもなかったから、直接話しに来た。もちろん、それを口実に千早の顔を見たかったというのもある。

来たのは三十分程前。千早の部屋に行ったのだが、学生が数人集まっていた。すぐ行くからといわれ、千早の居室のちょうど真上に当たるこの部屋で待っていた。

「忙しいとこだったんだろう。電話にすればよかったかな」

「いいえ。来てもらってよかったわ。わたしも会いたかったの」

会いたかった――その言葉が耳の奥に響く。

作間は横に座った千早を見やった。

「脅迫状が届いたの」

浮《うわ》ついた気分が吹き飛んだ。

「今朝、これが」

千早が差し出したのは、白い幅広の封筒だった。

川名千早様と宛名はあるが、住所はなく、切手は貼ってなかった。川名千早という文字は、定規《じょうぎ》を当てたような直線で書かれている。

「自宅の郵便受けに、誰かが直接入れたんだと思う」

「中、見ていい？」

千早がうなずく。

作間は、封を開けた。糊《のり》はすでに剝がしてある。

封筒の中には便箋と写真が入っていた。

写真を見る。エスカレータに乗った頭の禿《は》げた老人と幼い子どもが写っている。老人は子どもの手を引いていて、後ろ姿。子どもは、カメラの方を振り返っている。しかし、目線は、どうやらカメラにまっすぐ向かっているわけではない。

「努と父」

ピントが合っていない写真だが、子どもが努であることは、いわれる前から作間にもわかっていた。老人の方は——作間は千早の父親と、かつて何度も会っているのだが、見てもわからなかった。後ろ姿だし、頭の様子が以前とはずいぶん違っている。

「昨日、実家の近所のスーパーで写されたものだと思う」

作間は便箋を開いた。ワープロで書かれた文章に目を通す。

『当方は、クローン研究がいつどんな形で始まったのか。誰の業績であるのか。川名千早による勇気ある告白がマスコミに向けて発せられることを期待する。近日中に当方の期待に対する応えなき場合、なんらかの強硬手段に訴える覚悟であることも、併《あわ》せて申し添える』

そのあとに続く署名は『J・K』

作間は便箋から目を離した。千早が作間の手許を険しい表情で見つめている。

「これって、脅迫状よね」

うなずいた。

「J・K」千早がいった。「ジュンタ・カワゾエってことよね」

「どういうことだ」

作間は呟いた。混乱している。武智から報告を受けていなければ、素直に、手紙の主は川副純太と考えただろうが、川副純太は事件とは無関係だったのだ。武智が確認している。

「川副のはずないんだ」作間は千早の顔を見ていった。「実は今日は、それをいいに来たんだ」

千早は当惑した顔になった。

朝、武智から聞いた話を伝えた。

千早の顔に浮かんだ当惑の色が濃くなった。

「病院にいるのは本当に川副純太？」

「間違いない」

約十年ぶりの再会で、武智が別の人間を川副と間違えていることは、ありえないとはいえないが、可能性は薄い。

「じゃあこれ――どういうことかしら」

二人、顔を見合わせてしばらく考え込んだ。

「誰かが」千早が口を開いた。「川副純太を犯人に見せかけようとしているのね」

「そういうことになりそうだな」

「実をいうと――最初から、ちょっとそんなふうにも考えていたの。J・Kの署名、これじゃあ名乗ってるも同然よね。なんだか露骨すぎる気がして――」

「これ、いつ投げ込まれたのかな」

千早は首を傾げた。「今朝見つけた」

「昨日の夜は？」

「夕方はなかったわ」

「牧瀬先生かもしれないな」

川副純太が犯人に違いないと思い込んでいた牧瀬は、早く彼を探してくれと警察を急《せ》かしていた。川副らしき男に襲われたというのも、もしかしたら狂言かもしれない。川副純太は、今日午前中に所在が確認された。しかし昨夜の時点では、未確認だった。牧瀬は、警察が川副探しに本気で取り組んでいないと思っていた。

「こうやって川副から脅迫状が届けば、警察が捜索に本腰を入れてくれるだろう。そう思って、やったのかもしれないな」

「それ、確認できる？」

「ん？」

「川副純太が見つかったのなら、牧瀬先生はもう狂言なんてする必要はないわけでしょう」

牧瀬は狂言を認めるだろうか。

「その手紙のこと、武智さんにいってみるよ。武智さんから、牧瀬先生に訊いてもらう」

千早はうなずいたあと、何かいいかけたが、口を噤《つぐ》んだ。

「何？」

「――この手紙のこと――努に危害を加えることをほのめかすような内容だから、一応警察には届けるつもりなんだけど――」

「うん。それはそうした方がいい」

「でも、牧瀬先生がやったのかもしれないんだったら、ちょっとそれが確認できるまでは待った方がいいわね」

「そんな遠慮はいらないだろう」

「届けたあとだと、認めるものも認めないと思うの。警察沙汰になったあとでは謝りづらいでしょう」

「それはそうかもしれないけど、自分が襲われたっていう狂言とは違って、こっちは性質《たち》が悪いよ。警察に絞られるぐらいでちょうどいいんじゃないか。自業自得だよ」

「そうね――でも、少し待ってみるわ」

千早はそういって手紙と写真を封筒に戻した。

「――御子柴さんってことは、ないわよね」

そういわれるまで、作間はまったく考えもしなかった。

「今更それはないだろう」

貴美恵の叔母が見つかるかもしれない――御子柴はそれを理由に、努がクローンに違いないという思い込みを捨てたはずだ。

「ポーズってことは？」千早がいった。

作間ははっとなる。

クローンの秘密組織について、千早も作間もいくらいっても教えてくれない。そこで、警察やマスコミを動かすように作戦を変えたのかもしれない。貴美恵の叔母の話は、そのことを隠すための偽装工作……

「努が、写真を撮った人間を見てるの。子どものいうことだから、あてにはならないけど──黒い帽子をかぶったお兄ちゃんだったって──御子柴さんをお兄ちゃんというとは思えないけど、ズボンを穿いてれば、女の子のことも──」

千早が何をいいたいのかは、わかった。

手紙を届けるのを少し待つといったのは、詩織のためを思ってのことだったのだ。

ノックの音がした。

千早が応じると、顔を出したのは、大学院生だった。

大学院生は作間に会釈してから、千早に向かっていった。

「先生──ちょっとだけ」

大学院生の向こうに、袴田の姿が見えた。

袴田は作間に軽く頭を下げたが、すぐに千早を見やった。袴田の手に、コンセントのようなものがある。

千早が近づくと、大学院生が小声で何かいった。千早の肩がビクッと動く。

戻って来た千早は、机にあった封筒を手にした。

「ごめんなさい、急用なの。明日にでもまた、電話するわ。とりあえず、それまではこれ、警察に届けないから」

9

作間は夕刻、実家を訪れた。二階に上がり、詩織の部屋をノックする。

ドアを開けた詩織は、嫌そうな顔で「なあに？」といった。

「ちょっといいかな」

「パソコンは今、使用中」

実家にいるとき、作間は詩織のパソコンを借りることがある。

「話があるんだ」

数秒の沈黙のあと、通された。

詩織はパソコンの前の椅子に座った。作間はカーペットに腰を下ろす。

「なんの話？」

作間は千早の元に届いた手紙のことを話した。

最初、背凭れに深く寄りかかっていた詩織だったが、次第に身を乗り出して聞いている。

「川副純太からの手紙のように思えるが」作間はいった。「それはありえない」

川副純太は事件と無関係だとわかっていることを告げた。

「つまり誰かが、川副純太を犯人に見せかけようとしているってことね」

「そうなるな」

作間は詩織の表情の変化を読もうとする。話し始めたときとは違う表情なのは確かだが、どんな感情が含まれているのかは、はっきりしない。

「事件の話――川副純太のこととか、研究室で話したことある？」

質問の意図がわかりかねたが、うなずいた。

「じゃあやっぱり、盗聴器は犯人が仕掛けたってことなんじゃない」

「ん？　盗聴器？」

なんの話だかわからず、作間は首を傾げる。

詩織は怪訝そうに作間の顔を覗いている。

「川名さんから聞いてないの？」

「何をだ」

「部屋から盗聴器が見つかったって――」

「いつのことだ」

詩織が何もいわないうちに、次の質問も浴びせた。「どこで」

「今日——研究室で……」

作間は昼間のことを思い出した。大学院生と袴田と千早がひそひそと話をしていた。学生たちも千早も、どこか困惑した様子だった。それにそういえば、たしか袴田がコンセントを手にしていた。あれが盗聴器だったのではないか。学生たちは、こんなものが部屋に見つかったと報告に来たのではないか。それで千早は、急用だといって研究室に戻って行った——

いやしかし、それなら僕にいってくれてもいいんじゃないか……作間はそんなことを思いながら、詩織の方に身体を傾けた。

「盗聴器のこと、誰から聞いたんだ？」

詩織は視線を泳がせ、口を尖らせた。

「袴田君か」

「もちろんそうよ」

ふて腐れたみたいな口調だ。「叔父さんも聞いてると思ってた」

詩織は険のあるまなざしで作間を見る。

「なんでいわないのかしら。事件に関係あることかもしれないのにさ」

詩織のいう通りだと思ったが、作間は千早の立場になって、言い訳を考えていた。

「研究室の学生がやったいたずらって可能性もあるだろう。身内の恥になることかもしれないんだ。迂闊には口にできなかったんだろう」

「じゃあ伸治は迂闊なんだ」

詩織は挑発的に顎を出した。「ふつういうよ。信頼してる相手になら、そのぐらいのこと」

言葉は返さなかった。が、心の中で呟いていた。急なことだったから判断がつかなかっただけだろう。今度話す機会があれば、いってくれるはずだ。

「川名さんにはいわないでよね」

詩織は椅子から降りて、床に膝をついた。「伸治が喋ったってこと、いわないで」

「なぜだ」

「だってスパイみたいに思われちゃうじゃない」

「その言い方だと、まだ川名さんを敵だと思ってるわけだな」

「向こうがそう思ってるんでしょう。叔父さんのことだってそうよ。あの人、叔父さんを味方だなんて思ってない。兄さんの事件のことだってさ、絶対まだなんか隠してるよ」

「それを、吐かせようってことなのかな」

「え？」

「J・Kからの手紙だよ」

詩織は血相を変えた。

「わたしが送ったっていってるの？」

「そんなことはいってない。誰がってことじゃなく、J・Kからの手紙は、川名さんに知ってることを喋らせようという目的で送られて来たんじゃないかなって、そういってるだけだ」

「嘘よ。叔父さん、わたしだと思ってるんだ。そうよね——そうだわ。叔父さんがその手紙のこと、わたしに教える理由ないもんね。敵に教える理由ない。叔父さん、わたしを疑ってるから、それで——」

「手紙を警察に渡すのは、少し待ってもらってる」

「冗談よしてよ。なんでわたしがそんな脅迫状出すのよ。クローンなんて——そりゃあ、貴美恵のことは助けてあげたいけど——わたしは父親じゃないのよ」

詩織は、唇を歪めてからいった。「写真、昨日撮られたんだったよね。下行って、お母さんに訊いてみてよ。わたし昨日、ずっと家にいたから」

「努君が見た人間は、帽子をかぶったお兄ちゃんだったそうだ」

「お兄ちゃんって」

詩織は目を丸くした。「——伸治だと思ってるわけ？」

千早は写真を撮ったのは詩織ではないかと考えているようだったが、お兄ちゃんと聞いて、作間は袴田を思い浮かべた。

「信じられない。本気でそんなこと思ってるの？」

「どうなんだ」

「まさかそんなこと、川名さんにいってないよね」

「いってない。詩織と袴田君が付き合ってることもいってない。今ならまだ取り返しがつく」

詩織は首を横に振りながらいった。「仮によ、仮にわたしが、川名さんにそんな手紙送ること考えたとしても、彼を巻き込んだりするはずないでしょう。彼、川名さんの研究室に行く予定なのよ。そんな彼の将来に関わるようなこと、頼むはずないし、彼だって引き受けるはずないじゃない」

詩織は眉を吊り上げている。

「違うんだな」

「当たり前でしょう。そんなことして、わたしになんの得があるの。わたしは、兄さんを殺した犯人を知りたいだけよ。クローンのことなんてどうだっていい」

「そのクローンの件が事件と関わってると思ってるんじゃないのか。いや、川名さんが、犯人と繫がってると疑ってるんだろう」

詩織は唇を噛み締めている。

「警察に届けてからじゃ、手後れだぞ」

「ひどいよ。ひどすぎる」

詩織の目が潤んでいた。「いくらなんでも、わたしはそんなことしないし、そんなこと——川名さんのこと、犯人だなんて本気で思ってるはずないでしょう。あの人の敵じゃないよ。敵になんてなりたくない。味方になりたいのに——力になりたいのに——わたしのこと——わたしたちのこと、どうして信じてくれないのか、それが悔しいだけよ」

10

作間は遮光ガラスの窓辺に並んだベンチの一つに座って、袴田伸治を待っていた。予備校のロビーでは、学生たちが黙々と自習に励んでいる。作間は腕時計を一瞥《いちべつ》し、文庫本を広げた。袴田が来るまでには、まだ少し時間がある。

J・Kの署名で千早の元に送られて来た手紙——詩織は、関わりを否定した。詩織の言ったことは本心だと思えたが、やはりお兄ちゃんというのがひっかかっていたので、袴田にも一応確認してみようと思った。

袴田は今、五階第一ホールで行なわれている数学の講義のアシスタント講師を務めている。

午後零時二十分。館内にチャイムが鳴り響いた。数分後、エレベータのドアが開き、ロビーに人が溢れた。

作間は椅子から立ち上がってエレベータの方を眺めていた。

スーツ姿の袴田が、小走りにやって来る。

「どうもお待たせしました」と、袴田が頭を下げる。

「うん。――どっか出ようか」

「はい」

「お昼、ご馳走するから」

そういって出口の方を向いたとき、作間は一つの視線を感じた。

外に向かう人の流れの中に、作間の方を振り返って見つめている人間がいた。グレーのキャップに、薄手の青いブルゾン姿の男。この前、作間のマンションの近くをうろついていた男と同じ格好だ。

あのときは、諸角透に似ているとは思ったものの、本人との確証はなかった。しかし今、確信を持った。作間と目が合うと、諸角透は逃げるように外に出た。

作間は人込みを掻き分け、諸角透を追いかける。

マンションの前をうろつき、目が合うと逃げ出す――どういう理由かはわからないが、不審な行動だ。声をかけて質すに十分な状況だと思う。

表に出ると、諸角透が交差点で信号待ちをしていた。作間は足を速めた。

作間の方を振り向いた諸角透は顔を引き攣《つ》らせている。信号が変わると、諸角透は走って横断歩道を渡った。ますます怪しいと思い、作間も走って追いかけた。

しかし追いつけなかった。通りを渡った諸角透が、路上に停まっていた車に乗り込んだからだ。

メタリックグリーンの車が走り出し、あっという間に見えなくなった。

洋食屋に入ると、作間はオムレツを注文した。袴田はハンバーグ定食を頼む。

従業員が席を離れると、袴田がいった。

「諸角が、どうかしたんですか？」

作間はコップを手にして、上目遣いで袴田を見る。

「さっき、諸角を追いかけたでしょう」

「諸角君っていうのか」と、とぼけた。「ちょっと知ってる子に似ていたんでね——追いかけたわけじゃないんだが、そう見えたかな」

「ええ。なんか諸角の方も逃げてるみたいでしたけど」

「君、彼とは親しい？」

「後輩なんで、いろいろ話しますよ」

「後輩って——高校の？」

「高校じゃないですけど」

「中学？」

「いや、実は僕らは大検組なんですよ」

「大検って、大学入学資格検定試験とかいうやつ？」

袴田がうなずいた。

「じゃあ君、高校行ってないの？」

「こう見えても中学のときは、学校でも有名なワルだったんです」

袴田は自嘲めいた笑みを浮かべた。「それで親からも教師からも見放されて、自分でも、学歴なんかあほくさいとか思ってましたから、進学しなかったんです。だけどそれは、若気の至りってやつですよね」

袴田は喉を鳴らした。「通信制の高校で勉強を始めて、大検と両方の単位を合わせて大学受験の資格を取ったんです」

「それで東都大に行くとは、大したもんだな。で、さっきの彼も同じだって？」

「事情は違いますけどね。諸角は病弱なんです。さっき車で来てたの、お母さんなんですよね。マザコンみたいで嫌だって、本人も嫌がってるんですけどね。親の方が、なかなか子離れできないとか——実際は、どっちがどうか知りませんけどね。とにかく身体弱くて、中学のとき一年休学になって、それで一個年下の人間と机を並べてたんだけど、屈辱だったみたいですね。で、今は通信制高校に籍を置いて、大検の単位と合わせて、来年は晴れて元の同級生と一緒に受験です」

ハンバーグ定食が来た。

作間は先に食べるよう促しながら水を飲んだ。

袴田はフォークでハンバーグを切った。

「住んでるのは新潟で、お父さんはもう亡くなってるんですけど、お祖父《じい》さんがホテルを経営してるそうで」袴田はいった。「名前なんだったかな——ただにするから泊まりに来いっていわれたんだけど」

そういって袴田は、しばらく首を捻っていたが、作間の方に顔を戻していった。「あれ？ で、結局、諸角は、作間さんの知り合いなんですか？」

「ん、ああ、いや」

なぜ諸角透のことを気にしているのか——袴田に理由を明かす気はなかった。

諸角透の行動には不審を覚えているが、思い過ごしの可能性もある。

「知り合いに似てるんだけどね——知り合いといっても、単に顔を合わせたことがあるって程度なんで——さっきの彼がそうだったかどうか」

袴田は疑わしげなまなざしを作間に向けている。

ちょうどオムレツが運ばれて来て間があいたのをきっかけに、作間は話題を変えた。

「アルバイト、どのぐらいやってるの」

「え、ああ。ほとんど毎日です。親とは今もうまくいってないんで、生活かかってますから」

「一昨日も？」

袴田はフォークを動かす手を止めて、首を傾げた。

「一昨日もアルバイトだった？」

「――一昨日は、休みでしたけど」

「その日何か、詩織から頼まれなかったかな」

「え？」と首を傾げた袴田の顔に、動揺の色は見えなかった。

「いや、頼まれてないんなら、それでいいんだけどね」

作間はオムレツを口に運んだ。

袴田は怪訝そうにして、何か訊きたがっている様子だった。作間はあえて無視する。袴田がもしも詩織に頼まれて努の写真を撮ったのなら、今のほのめかしで十分伝わったはずだ。その件で、二人は話し合うことになるだろう。あとは詩織か袴田が何かいって来るのを待とうと思う。

「そういえば昨日」作間は口の中のものを飲み込んでからいった。「研究室から盗聴器が見つかったそうだね」

「それって――もしかして詩織さんから聞きました？」

「ああ」

「まずいな」

袴田は困ったような顔をした。「口止めされてたのに」

「わたしにはいわないように？」

「いいえ、誰にってことじゃなく、外には洩らさないように、って」

「盗聴器は、どこに？」

「昨日、コンピュータとかプリンターの位置を変えてたときに、見覚えのないコンセントがあって、それが盗聴器だったんです。あったのは、川名先生の机の下でした」

11

作間が実家に戻ると、物音を聞きつけたのか、詩織が二階から降りて来た。

「伸治から電話があった」

詩織は冷たい口調でいった。

居間に入り、ソファに向き合って座る。

「アリバイを確かめに行ったのね」

「そうじゃないよ。盗聴器の件を訊いておきたかったんだ」

「川名さんに訊けばいいじゃない」

「彼女にも訊くよ」

詩織は口を尖らせている。

作間はソファに深く凭れた。

「袴田君、どういってた？」

「一昨日何か頼まれなかったか、っていったんでしょう」

「ああ」

「何のことだろうって、不思議がってた」

詩織は口を尖らせたままいった。「本当よ」

「わかった。その件はもういい。あとは警察の仕事だろう」

J・Kは詩織ではない。作間は詩織の言葉を信じることにした。J・Kが牧瀬なら、彼が警察に絞られても知ったことではない。もしも御子柴だとしたら――そのときも、詩織が関わっていないのなら、警察沙汰にすることに躊躇《ためら》いはない。

「さっき諸角君とも話した」

「え、なんだって？」

詩織の言葉は意外だったから、聞き違いかと思った。

「諸角君、叔父さんから逃げたんでしょう」

「――ああ」

「気になるから、電話して訊いたの」

詩織はシャツの襟を触りながらいった。「この前、マンションに諸角君に似た男がいたっていってたでしょう」

うなずいた。

「それ諸角君本人なんだって。認めたわ」

作間は背凭れから身体を離した。

「なんでうちのマンションに？」

「あの子、前にわたしを尾行したんだって。ちょうど、叔父さんのとこに行くときだったのね。それで、叔父さんの部屋をわたしの部屋だと勘違いしてた」

「詩織を張ってたってことか？」

「予備校のアルバイト、急にやめたでしょう。それで、いいそびれたことがあるからって、マンションに行ったんだってさ。――叔父さんとは、前、レストランで一緒のとこ見られてるでしょう。同棲してるのかなんて、訊かれたわ。恋人だと思ったみたい」

「理由は？」

「なんの？」

「詩織に会いに来た理由だよ。いいそびれたことって――」

「大学に合格したら、一度会ってほしいんだって」

「それだけか」

「そうよ」

「逃げたのは、なんでだか、いってたか？」

「それは、やましいことがあったからでしょう」

「どんな」

「だって傍《はた》から見れば、彼のやってることはストーカーだもの」

諸角透の不審な行動には、これで説明がついた。疑問が消えて、その意味ではすっきりしたが、別の心配が生まれた。

「それで、その子とは、どんな話になったんだ」作間はいった。「つきまとわないようにいったのか」

「志望の東都大学に合格したら、会いましょうっていって終わり」

「大丈夫なのか、そんな約束して」

「その頃には、向こうが忘れちゃうんじゃない。お母さん以外の女と喋ったの初めてって感じの子だもん。大学生になって女の子いっぱい見たら、気も変わるでしょう」

詩織は冗談めかしていった。

12

作間は千早の実家に向けて車を走らせた。

この道を行くのは、約六年ぶり。周囲の様子はずいぶんと変わっているはずだが、元が漠然としか覚えていない景色だからか、変わった部分よりも、変わっていない部分に目が行った。

白亜の大きな建物は、総合病院。その先に見えたのは、薬品メーカーの研究所。それを目印に、幹線道路から脇道に折れ、住宅街に入る。

建ち並んだ家並みを眺めながら、車をゆっくりと走らせた。

ブロック塀に水色の建物——千早の実家は、たしかそうだったと、作間は記憶をたどる。

分譲販売中と書かれた幟《のぼり》と、不動産会社の名前などが書かれた看板の立っている空き地が広がっている。ここに元は何があったのか、覚えていない。

どれが千早の実家だったか、わからぬままに路地を抜け、先刻とは別の大通りに出た。

ここは初めて通る道だが、さっきかけた電話で、千早から聞いていた目印のスーパーマーケットが、すぐに見つかった。その前を過ぎて、最初の交差点を右に折れると、聞いていた通り、飲食店が並んでいた。中に『パンプキン』という名の喫茶店がある。

喫茶店の並びに駐車スペースがあるが、そこは数台しか車が駐められず、すでに満杯だった。

別の駐車場の案内が出ている。案内に従って裏道に回った。五十台ぐらいは駐められそうな駐車場がある。一番手前のスペースが空いていたので、そこに車を駐めた。

車を降りて、パンプキンまで歩く。

空模様が怪しくなっている。

パンプキンは、赤を基調にした内装で、照明は暗め。千早が先に来ていて、入り口から見て左奥のスペースに座っていた。客は千早のほかには若いカップルが一組。カップルは右奥の席で、話に夢中な様子だった。従業員は注文を取ると、カーテンの向こうに消えた。

「電話でもよかったんだけどね」作間はいった。「顔を見て話したかった」

「わざわざこんなとこまで来てもらって、ありがとう」

「J・Kからの手紙、警察に届けた？」

「さっきちょうど刑事さんが来たから、渡した——よかったんでしょう？」

「うん。詩織は違うといってる。信じてやっていいと思う」

「牧瀬先生じゃないかって、刑事さんはいってたわ」

「その可能性もあるけど、ひょっとしたら、手紙を出したのは、殺人事件の犯人かもしれない」

作間はテーブルに肘をついて、千早の方に額を近づけた。「今日考えていて、思いついたんだ。あの手紙、送ったのが川副じゃないことははっきりしてる。じゃあ、あんな手紙を送る動機があるのは誰か、牧瀬先生と御子柴さんぐらいしか思いつかなかった。――もちろん詩織の可能性もあるわけだけど、詩織がやったとしたら御子柴さんに頼まれた場合だろうから、それは一緒に考えていいね」

千早が曖昧にうなずく。作間がどこに向かって話を進めているのか、まだ見えないからだろう。

「手紙の送り主は、J・Kと署名した。君はそれを読んで川副純太を連想した。送り主は、君が当然その名前を思い出すと考えている節がある。だけどそれって、当たり前のことかな」

千早が首を傾げた。

「嘉島さんと裕の事件の犯人は川副純太かもしれない。川副純太が、十年前の出来事を逆《さか》恨《うら》みして、今になって復讐を始めた。それって、牧瀬先生の推理にすぎないんだ。君も、僕が話すまで考えてもみなかったろう」

千早がうなずく。

「J・Kと署名することに意味があると知っている人間は、そう多くない——そう思ってたんだけど——もしも僕らの会話が盗聴されていたら、話は違う」

千早は口許に手をやった。

アイスコーヒーが運ばれて来る。

作間は上着を脱いで椅子に掛けてから、ストローの袋を破った。

「誰かから聞いた?」

千早はいった。「盗聴器のこと」

「人の口に戸は立てられないっていうだろう」

千早は顎に手をやって首を捻った。喋ったのが誰か考えているのだろうか。

「なんでいってくれなかったんだ」

「誰か学生のいたずらかもしれないでしょう。できれば内々に処理したいし」

「僕が誰かに話すと思った?」

「そうじゃないわ」

「事件と関わりがあるかもしれない」

「そうね。今までそんなこと考えなかったけど、確かにいわれてみればそうだわ」

「研究室に盗聴器を仕掛けるのは大変かな？」

「コンセント型で、電源に差し込むだけの簡単なものだったし、不用心だったって反省してるけど、昼間とか短い時間なら鍵閉めずに空けてることもあるから、その気でやれば忍び込むことも簡単だと思う」

「誰か心当たりはないのか——盗聴器のことだけじゃないんだ」

作間はストローを挿したグラスを脇にどけて身を乗り出した。「時野流行——裕にメールを送って来た人物——その人物が、犯人かもしれない」

千早は戸惑った表情を浮かべている。

「ここに来る途中、ずっと考えてたんだけどね。それだとすべて辻褄が合う」

作間は千早に近づきすぎていた姿勢を直し、咳払いを一つした。「まず時野流行は、なぜあんなメールを出したのか。メールを素直に読めば、クローン人間を作って金儲けしている連中に義憤を抱いたってことになるけど、もちろんそんなはずはない。じゃあ何が目的か。——おそらく、時野は、嘉島さんや君に恨みを抱いているんだ。クローンスキャンダルが真実だろうとなかろうと、マスコミが騒げば、君たちにはダメージだ。時野自身はクローン人間の話なんて信じてない。裕を煽って、スキャンダルをでっちあげるというのが目的だった。ところが——時野は、スキャンダルに巻き込むって形で恨みを晴らす前に、もっと直接的な行動を起こしてしまった。つまり、嘉島さんを殺してしまったんだ」

千早は作間の視線を避けた。下を向き、何か考え込んでいる。

作間は続けていった。

「時野は、裕にメールを出したことを後悔しただろう。時野というのは本名ではないし、アドレスも不正に取得したものだとしても、身許につながる手がかりには違いないんだからね。それで裕を殺して、パソコンまで持ち去った」

その後、事件の捜査がどうなっているのかなど気になった時野は、千早の部屋に盗聴器を仕掛けていた──作間の話はそう続くはずだったが、千早が遮った。

「時野流行は、嘉島なの」

作間は自分の耳を疑った。

「時野流行は嘉島良介だったの」

千早はそう繰り返した。

作間は当惑のあまり何をいっていいのかわからない。

「さっき刑事が来たっていったでしょう」

「ああ」

「時野流行のメールのことで、いろいろ訊かれたの。そのときに、メールの差出人がわかったっていわれたわ」

裕の部屋のゴミ箱から見つかったメール文書には、差出人のアドレスが載っていた。しかしそれは、匿名でも取得できるもので、アドレスの所有者が誰か、身許は不明だった。しかし、そのアドレスを取得するための手続きが、インターネットで行なわれていたので、その際、時野が使用していた別のアドレスがプロバイダーの記録に残っていた。

千早はそんな意味のことをいい、続けていった。

「そのアドレスの所有者が誰か、刑事はまだいうつもりはなかったみたい。探りを入れに来たのね。それがわかったから、こっちからいってみたの。アドレスは、嘉島良介のものだったんじゃないか、って——それで向こうも認めたわ。時野流行は、嘉島良介だったの」

「ちょっと待ってくれ」

作間は頭の中を整理した。「時野流行が使ったアドレスは、嘉島良介のものだった——それはつまり、時野が嘉島さんのアドレスを盗んで使っていたってことだな」

「その可能性は残されてるけど、違うと思う。嘉島が時野なの」

「いや、そうはならないだろう。時野はメールに、盗んだアドレスを使ったって書いてた」

「それは、裕さんに対してそう書いてただけよ。身許を詮索するなって意味で。警察が出て来ることなんて、メールを送ったときには思いもしなかったでしょうから、匿名のアドレスを使えばそれで十分身許を隠せると考えたのね。実際、もしばれても大したことじゃないし」

「訳がわからないな。じゃあ、嘉島さんは、自分で自分のスキャンダルを告発したってことか？」

「彼のスキャンダルなんて、書いてなかったでしょう？」

千早は髪を掻き上げ、しばし虚空を見やった。「クローンスキャンダルなんて、もちろんどこにもないんだから、いくら調べられても、嘉島は困らない。でしょう？」

「それはそうだろうけど――なんでわざわざ騒ぎを起こすんだ。事実でないにしても、告発文書まであれば、書き立てるマスコミは出て来るだろう。君との愛人関係一つとったって、書かれれば困るんじゃないか」

「わたしと嘉島は、確かにかつて、不倫関係にあったわ。当時だったら、それが公になることを嘉島は恐れたでしょうね。彼の奥さんの父親は、恵沢大学の理学部の学部長を務めた人だったし、嘉島は教授になるかならないかという時期だった。でも、今では、奥さんの父親は他界されてるし、奥さんとは離婚の話が進んでた。もちろん、教授っていう立場や、今後の出世も考えれば、どんな些細《ささい》なスキャンダルでも、望ましくはないはずなんだけど、もう過去になった不倫のことなんて、そんな大したことではないでしょう」

「それは、そうかもしれないけど。でも、だからって、なんであんなメールを出すんだ？」

千早は溜息を吐いた。

「『クローン人間が生まれた日』っていうあの小説のことで、嘉島は裕さんに抗議してるでしょう？」

作間はうなずいた。

「あれね、嘉島のポーズなのよ」

「え？」

「嘉島は、モデルにされたことを怒っていたんじゃないの。怒ってるふりをして、事を大げさにしようとしていたの」

「どういうこと。全然わからないよ」

「嘉島が、執拗に復縁を迫ってたことは、前にいったわよね」

「ああ」

「結婚を申し込まれていたの。奥さんとは、今度は本当に別れるからって——それは、嘘じゃなかったみたい。でも、わたしにはそんな気はなかったから、断わってた。そんなときに、嘉島は裕さんのあの小説を見つけて——喜んだのよ」

喜んだとは、どういうことかと作間が問う前に、千早が言葉を続けた。

「嘉島は、小説家を煽って、川副純太のクローン事件にますます興味を持たせて調べ回らせようと考えたの」

「なんのために、そんな」

「わたしは、努を骨髄移植のドナーにするつもりで身ごもった。そのことを、嘉島は知ってた。わたしがその秘密を守り続けたいと思ってることも、嘉島は知ってた。もし、努がそういうことがわかる年齢だったら、努にそのことを話すって脅したと思うんだけど、努は、まだ四歳でしょう。嘉島は、わたしが彼との交際を拒み続けるなら、努の出生の秘密を、職場や近所にビラでも作ってばらまくっていったわ。だけど、そんな卑劣なことをいう男に、今更愛情が戻るはずないでしょう。わたしは脅しに屈しなかったわ」

千早は眉間に皺を寄せた。「だから嘉島は、証拠をつかもうとした。努は骨髄移植のドナーにするつもりで身ごもったんだってことの証拠を手に入れようとしたの。嘉島には当時、そのことを打ち明けたわけだけど、会話の録音があるわけじゃないし、高本彰は亡くなっているし、弘海や養母がどこの誰かは、わたしだって知らない。それに、そもそも弘海の存在自体、そんな子が生まれたっていう証拠はないでしょう。嘉島が努の出生についてあれこれいっても、それはふられた男があることないこといってるんだ、って、それで通せるわ。ビラ配ったり、そんなことをやれば、社会的信用を失うのは嘉島の方だもの。やるはずないってわかってた」

千早は両手で後頭部を押さえた。「それで嘉島は、マスコミを動かそうとしたの。実際動かせると思ってたかどうかは、わからないけど、マスコミを動かすっていって、わたしを脅したのよ」

嘉島は、『クローン人間が生まれた日』という小説の中に、自分をモデルにしたとおぼしき登場人物を発見した。中で、その人物は、クローン人間を使った臓器移植の秘密組織に関わっていることになっている。

嘉島は、フィクション中の出来事が、現実をいい当てているかのように裕に思わせ、クローンスキャンダルを追わせようとした。

「あの作家は、本気でクローン人間が生まれたと信じてるみたいだ、って、嘉島はそういって来たわ。あの作家が、努の出生を巡る疑惑を知ったら、どうなるだろうって」

千早が息を継いだときに、作間は口を挟んだ。

「ちょっと待って」

千早が、いいかけた言葉を呑み込んだ。

「君が僕に仕事の話を持ち掛けて来たのは、そんなときのことだってことになるね」

千早は躊躇《ためら》う表情を見せたあと、うなずいた。

「あなたに打ち明けて、裕さんの行動を止めてもらいたかったの」

「なんで今まで黙ってたんだ」

作間は唇が震えていた。時野流行は嘉島良介だった。その事実にも衝撃を受けたが、作間は別のことに、より大きな衝撃を受けている。

先月千早が作間に連絡をして来たのは、仕事のためではなかった。仕事を口実に会いたくなったからでもなかった。裕の動きを封じるため、利用しようとしていたのだ。

「どう切り出していいかわからなかったの。嘉島との関係もいってなかったし、努の出生に関わる出来事も、本当は口にしたくなかったし――でも、嘉島の思惑通りになるのは嫌だったから、話すつもりだった。だけど、なかなかきっかけがなくて、ぐずぐずしているうちに、嘉島が今度は、変な誤解をしてしまったの、あなたのこと。わたしが嘉島との復縁を拒む理由は、あなたが原因だと思ったみたい。わたしは否定したけど、嘉島の態度は、そのときから、いっそう性急になって、努の出生の秘密を守りたいなら、自分との結婚を承知するしかないんだ、って――そのことを、もっとはっきりわからせようとして、あのメールを出したんだと思う」

作間はうつむいて、唇を噛み締めた。

13

作間と千早がパンプキンを出たとき、小雨が降っていた。

「それじゃあ」と、千早が点滅する青信号を見ながらいった。

作間は返事もしないで歩道を歩き出した。足取りが重い。身体の疲れもあったが、それ以上に、精神的な疲労を感じていた。

作間は今日まで、なんとか千早の力になろうとして来たつもりだった。何をして来たのか——千早のために何をやったのか——そう改めて問われると、何もできていない気もするけれど、少なくとも気持ちの上で、ずっと千早の味方をして来たつもりだ。

千早の信頼を得ていると、自分では、そう思っていた。千早は作間に対して、いろいろと秘密の話を告白して来た。それは、信頼ゆえにだと思っていた。だが冷静に考えると、状況がそうさせただけだ。千早は必要最小限のことしか、作間に打ち明けて来なかった。何かの疑惑が持ち上がり、それを否定するために必要なことだけを話している。それは——実は告白ではなく、ただの言い訳なのかもしれない。千早のいうことを、今まですべて真に受けて来た。しかし、考え直さなくてはいけないのかもしれない。

今日の話にしたところで、どこまで真実なのか、まだほかに何か隠しているのではないか。

雨粒が次第に大きくなるのを首筋に感じながら、駐車場に着いた。入り口からすぐのスペースに駐めてある車の方に歩く。そのときに、奥に駐まっていた車のドアが開く音がした。ふと目をやると、レインコート姿の女が胸の辺りにバッグを抱えて作間のいる方に歩いて来る。作間のすぐ後ろが出口だから、別に不審な動きではなかったのだが、レインコートのフードをかぶり、大きなサングラスをかけている女の姿に、少しだけ異様な雰囲気を感じた。しかし、じっと凝視していては、こちらの方が不審人物と思われてしまう。作間は女から目を離し、自分の車に近づいて、錠を開けようとした。そこで作間が振り向いたのは、一つの光景が頭の中をよぎったからだった。

車の中で死んでいた裕の姿が脳裡に蘇《よみがえ》っていた。裕は、駐車場でこうやってドアを開けたところを襲われたのだ。そんな思いから、唐突に恐怖感を覚え、背後が気になった。振り向いた作間の目の前に、レインコートの女がいた。作間は驚きから、うっ、と喉を鳴らした。

駐車場の出入り口にある照明が、女の姿を淡く浮かび上がらせている。サングラスの黄色いレンズの向こうの、見開いたまなざしと、口許の歪《ゆが》みを作間は見ていた。女の顔に、作間は見覚えがある気がした。けれども誰なのかは、思い出せなかった。

顔が正面から向き合い、一瞬足を止めた女が、かすれた奇声を発し、作間に向かって突進して来た。

さっき胸の前に抱えていたバッグを肘に提《さ》げ、かわりに両手で握り締めていたのは、何か鋭利な刃物だった。

作間は咄嗟《とっさ》に、身体を後ろにずらしながら、車のドアを引いた。開いたドアが、女の突進の障害になる。

女から見て、左は車体、右は、植え込み。開いたドアと植え込みの隙間に身体を通すスペースはあるが、勢いをつけたままでは回り込めない。

女は車のドアが開いたと同時に足を止めていた。

作間と女は、ドアを間に対峙《たいじ》した。どのぐらいそうしていただろう。しばし二人とも凍りついたように動かなかった。

先に動いたのは、女だ。

彼女は作間に背を向けて、自分の車の方に走って行った。

追うべきではないか。しかしそうしたら、女は再び刃物を向けて引き返して来るのではないか。

躊躇《ちゅうちょ》しているうちに、車のエンジン音が響いて来た。

作間は彼女の車のナンバーを見ておこうと、出口の方に身体を動かした。と、奥からセダンが、急発進して来た。

作間は呆然とメタリックグリーンの車体を見送った。つい最近、同じ色の車を見たことを、思い出していた。


車のシートを倒し、天井を見上げた。

メタリックグリーンのセダンを見た一瞬、脳裡に様々な想念がいちどきに押し寄せ、混乱した。

今、ゆっくりと頭の中を整理し、順に考えを巡らせている。

メタリックグリーンの車――先日予備校近くの路上で、諸角透が乗り込んだ車も、同じ色だった。形も、同じセダン。同じ車種かどうかまではわからないが、それをいえば、色も、まったく同じといいきることはできない。

しかし作間は、今夜見た車と、諸角透が乗った車は、同じものだと確信している。

レインコートの女の顔――前にどこで見たのか、作間は思い出していた。

彼女は、イタリアンレストランで、諸角透と一緒にいた。

遠くから見ただけだったし、強い印象を受けたわけではないから、その顔をはっきり覚えているわけではない。けれども、間違いないだろう。車のことと考え合わせれば、確信を持っていえる。

レインコートの女は、諸角透の母親だ。

しかしなぜ、彼女に命を狙われなくてはならないのか、作間には、まったく心当たりがなかった。

彼女の息子を追いかけたから――思い当たるのは、それぐらいだ。

息子の身に危害を加えそうな相手とでも思い込んだのか――しかしまさかそれだけで、殺意までは抱くまい。

何か理由があるはずだ。

命を狙われる理由があるはず――

以前にどこかで、会っているのだろうか。

そういえば、東都大で諸角透を初めて見たとき、奇妙な既視感を覚えた。どこかで会ったことがあるような気がした。しかし諸角透という名前にも、新潟という土地にも、脳裡に浮かぶ記憶はなかった。

諸角透とは初対面。会ったことがあると思ったのは、錯覚。そう納得していたのだが、今、確信が揺らいだ。

改めて考えてみる。

諸角透と、どこかで会っているのか。新潟の通信制高校に通っている学生。会ったとしたら、どこだろう。

天井の染みを見ながら、あれこれ思いを巡らせた。が、やはり記憶にはない。

諸角透のことは、知らない。

作間は顔を前に向け、フロントガラスを伝い落ちる雨滴を見つめた。

そうか、と思いついたことがある。顔を見た瞬間に襲われたあの既視感は、諸角透本人とかつて会ったことがあるからではなく、そっくりな誰かを思い起こしたからではないのか。

たとえば、諸角透の父親だ。

彼の父親を知っているのかもしれない。作間は宙を睨み、眼鏡を押し上げた。

たしか袴田が、彼の父親は早くに亡くなっているといっていた。諸角という知り合いはいない。しかし諸角は、母方の姓かもしれない。

父親は誰だろう。

諸角透のあの顔に似た人間——

作間は、はっと目を剝いた。

脳裡に火花が散った。

今、僕は何を考えた?

作間は自分に問い掛けた。

眼鏡を外して、顔を両手で擦った。

脳裡に、諸角透の顔が浮かんでいた。その隣りに一つの顔を並べた。

二つの顔を頭の中で重ね合わせる。作間は衝撃におののいた。

諸角透の顔は、子どもの頃の千早に似ているのだ。

なぜ似ているのか。

錯覚か。他人の空似か。

作間は悪寒を感じながら、ある計算を始めた。

今生きていたら、弘海は何歳なのか。

高本一久の事故のとき、作間は一浪して大学に入り、一年生だった。あのあと数カ月後に、弘海は生まれた。

指折り数えると、弘海は今、高校三年生。

諸角透は来年の受験のために予備校に通っている。

千早と会った五年前の二月に、弘海は小学校六年生だった。

諸角透は病弱で中学を一年休学しているという話だった。彼の病気とはなんだろう。慢性骨髄性白血病だったのではないか。

諸角透が弘海。

そんなことがあるだろうか。

弘海は生きている。

なぜ。

骨髄移植を受けたから。

ドナーは?

——努。

諸角透の母親が、中山良子。

中山良子が犯人。僕を殺そうとした犯人というだけではないだろう。嘉島も裕も、彼女が殺した。

なぜか。

秘密を守るため。

どんな秘密か。

努は弘海のクローン――

「そんな馬鹿な」

そう呟きつつ、努の顔を思い浮かべた。

高本一久と千早の顔の特徴を併せ持っている努の顔――

「ありえない、そんなこと」

第四章　光と影の交錯《こうさく》

1

作間は、フロントガラスに滲《にじ》んだ外灯の光を眺めながら、考えを巡らせていた。

諸角透が弘海――

弘海は、生きていた。

なぜだろう?

弘海は五年前の二月の時点で、骨髄移植しか助かる道がないと宣告を受けていたが、ドナーは見つからなかった。唯一の希望は、千早と高本彰の血を引く子どもが誕生することだった。実母と伯父の間にできた子どもならば、弘海とHLAが一致する確率は高い。

ところが、高本彰は、弘海にとって実の伯父ではなかった。血縁ではないのだ。千早と高本彰の子どもが弘海のドナーになれる確率は、ほとんどない。

弘海は、努の誕生を待たずに亡くなった――千早のその言葉が、仮に偽りだったとしても、弘海が努の骨髄を移植されて命を取り留めたということは、まずないと考えていい。

諸角透が弘海――それがそもそも間違っているのだ。そう考えようとするが、諸角透と千早の顔の相似は、どうしても否定できない。写真で見た努の顔を思い起こす。努と透も他人とは思えぬ程似ている。

努は諸角透のクローン――一瞬本気で疑った。

しかし、やはりそれはありえないと思い直す。クローン人間が生まれたのは、裕の小説の中だけの話だ。将来は生まれるだろうが、今はまだフィクション。

努は弘海のクローンではない。努が弘海のドナーになれたはずはない。

しかし弘海は生きている。諸角透が弘海だ。

いったいなぜ、弘海は助かったのか。現実的な答えを求め、作間は組み合わせた手を額に当てて、いっとき考え込んだ。

おぼろげに答えが見えて来た。

意識を凝らして、ようやく答えに到達した。

クローンなど持ち込まない現実的な解答があった。

弘海の病状が悪化を免《まぬが》れていると考えればいいのだ。

慢性骨髄性白血病は骨髄移植以外では完治はしないらしいが、悪化を免れて、医師の予想を遥かに超えて長生きすることは、ないとはいえないはずだ。

もう一つ、骨髄移植のドナーが見つかったと考えることもできる。

高本彰と高本一久は実の兄弟ではなかった。努が弘海のドナーになれたとしたら、よほどの奇跡。そんな偶然は信じられない。しかし、骨髄バンクの登録者の拡大で、多数の新規登録者の中に弘海のドナーが現われた——それならば、奇跡ではなく幸運と呼べる程度にはありうることだ。

弘海は生きていた。そう考えることは、決して常軌を逸したことではない。

諸角透が弘海なのだ。そして諸角透の母親が、中山良子。

作間は眼鏡を外して、左手で顔を覆った。

さっきのレインコートの女は、中山良子だ。

中山良子が、殺人事件の犯人。

——しかしそうなると、動機はなんだろう。

作間は眼鏡をかけ直した。

中山良子に、嘉島や裕を殺す動機があるだろうか。いや、その前に、二人と接点があるだろうか。

努の出生には、秘密がある。努は愛情から生まれたのではなく、骨髄移植のドナーとして望まれて生まれて来た存在だ。千早はその事実を隠したいと思い、嘉島はその証拠をつかもうとしていた。裕は、クローン事件という誤った考えからだが、やはり事実を明らかにしようとしていた。

努の出生の秘密を、千早は守りたかった。しかし、その秘密を守るために千早が人を殺すとは思えない。そうまでして守らねばならないような秘密ではない。

ただ、千早と嘉島、千早と裕には接点が見出せるのは事実だ。千早が語っていないだけで、もっと深刻なトラブルが生じていたかもしれない。特に嘉島との関係は、かつての愛人——二人の間にもつれた感情があったとしても不思議はない。

ところが中山良子には、嘉島や裕との間に接点がない。中山良子が二人を殺したのだとしたら、間を繋ぐ誰かがいるはずだ。

作間は息苦しくなっていた。

視界の端に何かが動く。胸がぎくりとなった。

傘をさした人間が、駐車場に入って来る。

先刻のレインコートの女かもしれないと、目を凝らした。しかしフロントウインドウの向こうを通り過ぎたのは、傘をさした男だった。男は、白い車の方に足早に進み、傘をたたむと運転席に乗り込んだ。まもなく、その車は駐車場から出て行った。

作間は遠ざかるエンジン音を聞きながら、助手席に置いてあった鞄を開いた。携帯電話を取り出す。手が細かく震えていることに気がついた。動悸もしている。

肩を二度上下に動かしてから、千早の実家の番号を押した。

今日の昼間、千早の実家に電話をしているが、そのときは千早が受話器を取った。今度もそうならいいと思ったが、電話に出たのは、千早の母親だった。

「作間ですが——英俊です」

相手が息を呑んだのがわかる。

「どうもご無沙汰しています」

「ええ。こちらこそ。お久しぶりです。——お元気ですか」

千早の母親の口調には、戸惑いがあらわだった。

「千早さんが、そちらにいらっしゃると思うんですが、かわってもらえますか」

「少々お待ちください」

思ったよりもあっさりと、母親は千早を呼びに行った。

最近作間と会っているということは、母親に伝えてあったのかもしれない。

雑音が入り、それからすぐに千早が電話に出た。

「ちょっと、もう一度、出て来てくれないか」

「どうしたの？」

「話し忘れていたことがある。さっきの喫茶店で待ってるから、来てくれ」

それだけいうと、電話を一方的に切った。

喫茶店の前に、作間は車で移動した。雨が降っていたからというのもあるが、歩いて行くのが恐いという気持ちもあった。メタリックグリーンのセダンが、途中で待ち構えているような、そんな予感を覚えていた。

店の前が見通せる路上に車を停めて、ワイパーの向こうに、先刻千早が渡った横断歩道を眺める。

二分程で、傘をさして歩いて来る千早の姿が目に入った。

クラクションを鳴らすと、千早はすぐに作間の車に気がついて、近寄って来た。

助手席のドアを開けると、千早は傘をたたみながら車に乗った。

千早は困惑したまなざしを作間の横顔に向けている。

「どうしたの?」千早がいった。「真っ青よ」

作間はそれには応えずに、上半身を捻って千早の方を向いた。

「中山良子って、今、どこにいるんだ?」

千早は困惑した表情のまま首を傾げた。

「中山良子だよ。弘海君の養母の」

「それはわかるけど——急にどうしたの?」

「質問に答えてくれ」

「今どこにいるかっていわれても——」

「連絡、とってないのか？」

「いわなかったかしら。わたし、彼女の本名を知らないの。最初は、高本彰が仲介して——わたしの方は途中で自分の本名や連絡先を教えたけど、向こうは最後まで教えてくれなかった」

「よくそれで納得できたな」

「納得はしてなかったわよ。でも、彼女は子どもをわたしにとられたくないって気持ちが強かったんでしょう。どうしても教えてくれなかった」

「相手の気持ちは別として、君の気持ちはどうだった？　知りたくなかった？」

「知りたくないわけないでしょう」

「君が知りたいといえば、彼女は抵抗できなかったと思うんだ。君の協力がなければ、弘海君は助からないんだよ。弘海君がどんな暮らしをしているのか、この目で確かめるまで協力はしないって、そういえば、君は中山良子や弘海君の本名を知ることができたはずだ」

「——そうね」

「どうしてそうしなかったんだ？」

「そうする前に、終わってしまったのよ」

「どういうことだ？」

「わたしはまだ、弘海のために、何一つ母親らしいことをしてあげていなかったの。生んだだけの母親。弘海の母親は、中山良子。わたしはそれを認めていたの。ただ、弘海のことを救うことができたら、そのときは、教えてもらう約束になっていたわ――だけどその前に――」

「弘海君は本当に亡くなったのか？」

「え？」

「弘海君は、生きているんじゃないか？」

千早の双眸に、動揺が浮かんだような気がした。千早は視線をそらさない。しかし、どこか無理しているような印象がある。

「どうしてそんなことを？」

「君は、臨終の場面に居合わせたわけでもなければ、葬式に出たわけでもないんだろう」

「ええ」

「亡くなったっていうのは、中山良子がいっただけだね」

「そうよ」

「言葉だけで信じた？」

「ええ」

「弘海君の命を救うために、嫌いな男の子どもを妊娠までしたわりには、最後はあっさり受け入れたんだな」

「何がいいたいのかわからない」

「亡くなった子どもを君に奪われる心配はない。線香の一つぐらい、あげさせてくれてもいいじゃないか。本名を教えないなんて、変だと思わなかった？」

「亡くなっていても遺骨があるし、それ以上に、精神的な意味で、彼女は、子どもに自分以外の母親がいることを望まなかったんでしょう。子どもの命を救えるかもしれないと思ったからこそ、もう一人の母の存在を渋々認めていたのよ」

「——弘海君は、間違いなく亡くなっているんだね」

「そう思うわ」

「思う？」

「あなたがいう通り、臨終のときに傍《そば》にいたわけじゃないから、思うとしかいえないでしょう。だけど、中山さんが嘘をついたなんて、考えられないわ。わたしはあのとき妊娠していたのよ。子どもは、弘海のドナーになれるかもしれなかった。弘海が生きているのなら、わたしとの縁を切るはずないじゃない」

視線がぶつかり合う。

作間が先に目をそらした。

「弘海が生きてるかもなんて」千早がいった。「どうしてそんなことを？」

「君に――君の子どもの頃の顔にだけど」作間は顔を上げた。「よく似た高校生がいるんだ」

千早は戸惑った表情を浮かべた。

「諸角透っていう子でね」

千早の表情に、変化は見えない。

「先月、君のところの学科の見学会があっただろう。あのとき、いたんだ。そのときから、誰かに似てると思ってたんだけどね。さっき思いついた。君とそっくりだ」

「そんなに似てるの？」

「顔が似てるだけじゃない。彼は来年大学受験だ」

千早の表情が僅かに強張った気がする。

「弘海君も、来年受験だよね」

「ええ――生きていればだけど」

「弘海君が、実の母親を慕って東都大学受験を考えるってことは、ありそうだ」

「わたしが嘘をついてると思ってるの？」

「嘘をついていても、おかしくはないと思ってる。弘海君のことを君がいったのは、嘉島さんや裕の事件があったあとだからね。弘海君が君のすぐ近くにいたとなると、余計な疑いを招きかねない。そう思って死んだっていってるんじゃないか」

「高本彰は一久の実の兄じゃなかったのよ――仮に弘海が生きていても、努はドナーになれなかった。弘海が今も生きてるなんて、ありえないでしょう」

「そうとは限らない」

作間はさっき思いついたことをいった。

奇跡的な延命か、幸運にもドナーが現われたか。

千早は溜息を吐いた。

「もういった通りよ。弘海の臨終を見届けたわけじゃないけど、わたしは中山良子のいったことを疑ってない。弘海や中山良子の本名は知らないから、確かめる方法はないけど、中山良子には、あのとき嘘をいう理由なんてなかった」

千早から信頼されていると思っていたのは錯覚だったと、先刻よくわかった。だから今の言葉も、疑念を持って受け留めるべきかもしれない。しかし、信じたかった。

作間はうなずいて、それ以上問い詰めなかった。

2

作間は眠れない夜を過ごした。

頭蓋の底に軽い痺れを感じながら、朝から諸角透が講習に通っている予備校に行った。

昨夜のレインコートの女は、本当に諸角透の母親だったのか。それをまず確かめたいと思った。

あの女は、諸角透の母親——そこからすべての誤解が始まっているのだと思いたかった。

作間は予備校のロビーで、午前中の講義が終了するのを待った。諸角透が出て来たら、あとを追うつもりでいる。

チャイムが鳴り始めた。

作間はエレベータホールと階段が両方見通せる場所に立った。学生たちがぞろぞろと姿を現わす。人が多すぎて、これでは見つけるのが難しいと思った作間は、建物の外に移動した。裏口もあるだろうが、正面から出て来ることを期待しよう。騒々しく流れて来る人の群れを眺める。

見知った顔が一つ、現われた。袴田伸治だ。この前会ったときとまったく同じスーツを着ている。

袴田の方も作間に気がついた。あれっというように首を傾げて、作間の方に近づいて来る。

「どうも」と袴田が会釈した。

「諸角君を見かけなかったかな」

「あいつ」袴田がネクタイの結び目を触りながらいった。「詩織さんを尾行してたそうですね」

「うん。そうらしい」

「なんてやつだ。見損なったな」

「詩織は心配ないというんだけど、一言ちゃんと釘を刺しておこうと思ってね。心配しすぎだと笑われるかもしれないが」

「いいえ、そんなことないですよ。僕も一言いってやりたい」

作間は建物から出て来る人々に視線を向けたまま、うなずいた。

「だけどあいつ、もうここには来ませんよ」

「え？」と、袴田の方を振り向く。

「あいつがとってたコースは、昨日が最後だったんで」

諸角透のあとをつければ母親にも会えるはずだと思っていたのだが——

「住んでる所——わからないかな」

「電話なら知ってますけど」

諸角透を電話で呼び出せば——母親もついて来るかもしれない。

「それ、教えてくれ」

「手許にはないんで——取って来ます。この前の洋食屋で待っててもらえますか。僕の分は、オムライスを注文しておいてください」

窓際に席を取り、二つ注文したオムライスが運ばれて来たときに、袴田が息を切らして店に入って来た。

「これです」

袴田は椅子に座るなり、システム手帳を開いた。

作間は自分の手帳を広げ、電話番号を書き留めた。都内の番号だった。

「でももう、ここは引き払ったかもしれないんですよね」

袴田はいった。「詩織さんから尾行のこと聞いて、昨日の夜に電話したんですけど、誰も出ませんでした。リースマンションかなんかだと思うんで、講習終わって、もう帰ったんじゃないかな」

「実家の電話番号は、わからない？」

「そこまでは——でもお祖父《じい》さんのやってるホテル」

袴田は頭を指先で叩いた。「名前なんだったかなあ——」

眉間に皺を寄せていた袴田が、上目遣いに作間の顔を覗いた。「ちょっと出て来ないですけど」

「思い出したら教えてくれないか」

「はい」

袴田は表情を緩めた。「もしどうしても必要なら、実家の住所、探り出しますよ。事務にはあるはずですから。プライバシーの問題とかあって、すぐ教えてもらうってわけにはいきませんけど、何か適当に理由をいって――個人指導のときに間違ったことをいったから訂正したいとか――聞き出す方法はありますよ」

「無理はしなくていいけど、できたら頼むよ。とにかく一度、きちんといっておきたいんだ。二度とストーカー行為なんてするなとね」

そういうと作間は、携帯電話を手にした。いるかいないかだけでも確かめようと、たった今書き留めた番号を押す。

コール音が延々と続いた。

3

作間は自宅に戻ると机の抽斗《ひきだし》を開け、中学の同窓会名簿を探した。

帰り道で考えていたことがある。

高本一久と高本彰のことだ。

作間は高本一久と中学三年のとき同じクラスだった。家に遊びに行ったこともある。当時彼の兄が、医大生だということを知っていた。しかし、彰という名前は記憶していなかった。聞いていないか、聞いたことがあったとしても印象に残らなかったのだ。兄とは、血が繋がっていない。そんな話を聞いた記憶はない。

高本一久は、兄は実兄ではないのだと、作間には語らなかった。

御子柴は作間に、知らないはずがないと決めつけたいいかたをした。

二人が実の兄弟ではないことは隠し事ではなかった。近所の人は皆、知っていることだ。御子柴はそういった。実際御子柴は、高本彰の妻だった女と、たった一回会っただけでそれを聞き出して来たのだ。

しかし、知らないものは知らない。嘘はついていない。それは自分が一番よく知っている。

問題は、千早だ。

一久と婚約していたのに、本当に知らなかったのか。

作間は知らなかったという千早の言葉を信じていた。無理に信じようとしたわけではない。千早の言葉を裏付ける根拠があった。もし高本彰が一久の実兄でないと知っていたなら、千早は高本彰に騙されるはずがないのだ。

千早は、二人が義理の兄弟であることを知らなかった。それは間違いない。

ただし、五年前の二月の時点では、と付け加えねばならない。先刻車の中で、そう思った。

高本一久と親しかった人間に電話をかけよう——作間は名簿を眺める。中学のときだけなら、作間も高本と親しかった。作間にいっていないことを、ほかの誰にいっただろう。同じ高校に進んだこいつか——いや、まずはこっちだ、と作間が指で押さえたのは、担任教師だった上岡の電話番号だった。

高本兄弟は血が繋がっていない——その事実は、本当に御子柴がいうほど知れ渡っていたことなのだろうか。作間は知りたかった。そこに、今度の事件を解くヒントがあると思った。

作間はコードレスフォンを手にし、上岡の自宅の番号を押した。

コール音が途切れ、女の声が聞こえた。

若い声。上岡の娘だろう。

「上岡先生、ご在宅でしょうか」

作間は続けて、出身中学の名前と卒業年度、自分の名前をいった。

保留音のメロディがしばらく鳴ったあと、上岡が電話に出た。

「作間か」

「どうもご無沙汰しています」

「同窓会以来かな」

三年前、上岡の定年退職に合わせて開いた同窓会で会って以来のことだった。

「今日はちょっと、お訊きしたいことがあって——高本一久のこと、覚えてますよね」

「ん？　ああ、うん」

学力が飛び抜けていた高本一久は、上岡にとって自慢の教え子だった。彼が東都大学に合格したときは、そこら中で吹聴していた。

上岡の曖昧な返答は、高本一久の記憶があやふやだからではなく、質問の唐突さに戸惑っているのだろう。

「実はですね、今になって、高本の子どもが現われたんです」

「ほう」

「——驚いていませんね」

上岡の反応が予想と違っていたので、作間は思わずそう訊いた。

「高校生のときから、いろいろあったからね」

「高校？」

「ああ。彼が高校に入ってからも母親から何かと相談を持ち掛けられていたんだ。成績は抜群だったけど、素行の方は、良かったとはいえないみたいだからね。まあ、そういうことがあっても別に驚きはしないね」

「高本の母親と親しかったんですか？」

「うちの次女が高本医院で生まれてるからね。こっちは子どもの担任教師で向こうは子どもを取り上げた産婦人科の医師。まあ何かの縁だろうとね。家族ぐるみの付き合いもあった。もっとも、特別親しい付き合いだったわけでもないが——」

「高本の子ども——」

「ちょっと待てよ。おまえは、どういう立場なんだ？」

「子どもの母親と知り合いなんです」

「高本の子どもを生んだ母親ってことか？」

「そうです」

「俺も——知ってる人間かな？」

「え？」

「高本とおまえと、両方の知り合いってことは——中学の同級生だったりするのかと思ってさ」

「いや、違います。たまたま知り合いで」

「そう」

それ以上詮索されないうちに、話を進めた。

「実は、その高本の子どもっていうのが、白血病で、骨髄移植が必要なんです。それでドナーを探してるんですけど——患者とドナーはHLAっていう白血球の型が合わないと移植できないことは、ご存知ですよね」

「うん」

「白血球の型は遺伝で決まるんで、血縁者に同じ型を持つ人間がいる可能性が高いんです。それで、高本の家族のことを先生にお訊ねしたいと思って」

「高本の家族か——みんな亡くなってしまったなあ」

上岡は溜息まじりにいった。「一久は、ご両親が四十半ばになってからの子どもだったからね。両親とも、もう亡くなってる」

「高本には兄がいたはずですけど」

「うん。だけど彼も——五年ぐらい前かな、火事で逃げ遅れてね。亡くなってるんだ」

「お兄さんには、お子さんはいらっしゃらなかったんでしょうか」

「二人いるな。だけど、その子たちは、一久とは血が繋がってないぞ」

「——どういうことですか」

「一久の兄さんは、高本家の養子だからな」

作間は唾を呑んだ。

「一久の母親は、産婦人科の医師だったのに、皮肉なものでね、長いこと子どもができなかったんだ。それで一度は諦めて、養子をもらったそうだ。ところがその後、不妊治療の成果でね、一久が生まれた」

「本当なんですか?」

「ああ。あいつの母親から聞いた話だからな。間違いないよ。あいつ、医学部に行かずに理学部に行ったろう。兄さんに気を遣ったらしいんだよ。自分も医者になったら、どっちが家を継ぐかってことになるだろうってね。もっとも、あいつの頭なら、医学部に行っても、小さな医院を継ぐなんてことになったはずはないんだけどな」

作間は、高本一久が東都大学に合格したと上岡から伝えられたときのことを思い出していた。あのときと同じように、上岡は高本一久の頭がいかに優秀だったか、愉《たの》しげに語る。

「あいつなら間違いなく医学部の教授になってた」

作間は上岡の言葉を遮るように、かぶせていった。「一久の兄さんが養子だってこと、知ってる人はたくさんいるんですか?」

「ん? ああ。赤ん坊をもらったんじゃなくて、小学生のときに養子にしてるからな。いいふらしてたわけじゃないにしろ、近所の人や付き合いがあった人なら、たいがい知ってるんじゃないか」

電話を切ると、作間は頭を抱え込んだ。

嘉島と裕を殺したのは、中山良子。信じたくないが、共犯は千早――

今の電話で、二人の動機に確信が持てた。

二人は、五年半前に起きた事件のことを、今更暴き立てられたくないと思っているのだ。

千早が隠していたのは、努の出生の秘密だと思っていた。しかしそれは殺人の動機としては弱い。しかも、中山良子にとっては、秘密にする必要さえない。動機にならない秘密だ。

真の動機、真の秘密は、ほかにあった。

二人は、高本彰を殺したのだ。

火災は、失火に見せかけた放火だった。千早は容疑者然として振る舞いつつも、確固たるアリバイを作っていた。実行犯は中山良子。中山良子に関しては、千早が口を噤《つぐ》んだとすれば、おそらくその存在自体が捜査員の目を引かなかった。

高本彰は一久の実兄ではないことを隠し、千早の身体を手に入れた。弘海のため、千早はいいなりになるしかなかった。しかし、知ってしまったのだろう。高本彰は、一久の兄ではない、と。近所には知れ渡っていたことだ。偶然知ってしまう機会があったのだろう。

弘海の命を救うためだと、我慢していた千早。最後の望みを生まれて来る子どもに託していた中山良子。二人の母にとって、高本彰の卑劣極まりない欺瞞《ぎまん》は、とても許せることではなかっただろう。

二人は、高本彰を殺した——

もしその通りだったとして、作間は二人のやった行為を責める気にはなれない。高本彰のやったことは、死に値する。

しかし、今度の事件はどうか。嘉島、裕——そして……

中山良子が僕を襲うことを、千早は知っていたのだろうか——

携帯電話が鳴った。

思考が途切れる。

電話は詩織からだった。

「どういうことなの？」

いきなりそう切り出されて、作間は「は？」と間が抜けた返事をした。

「諸角君のことよ」

「袴田君から聞いたのか」

「彼、わたしがレイプでもされたんじゃないかと思ってるみたいよ」

「なんだって？」

「いったい何いったのよ」

「連絡先を訊ねただけだ」

「叔父さん、凄い顔で、とにかく諸角君と会いたいっていい続けたそうじゃない。尾行したぐらいのことで、あんなふうに血相変えるわけないって、何かもっとひどいことがあったはずだって——彼がそう思うのも、当然よね。いったい何があったのか、わたしも訊きたいわ」

作間は溜息を吐いた。

「袴田君が大げさにいってるんだな。血相を変えてなんかいないよ。ただ、人を尾行するなんて恥ずべき行為だろう。つけ上がらないように、今のうちに一言釘を刺しておこうと思ってるだけだ」

「そんな変な子じゃないよ。この前、ちゃんと話して、もう終わったことよ」

「詩織がいっただけじゃなめられる。こういうことは、きちんといっておく方がいいんだよ」

「実家がどこか調べろっていったそうね」

「わかったら教えてくれといっただけだ」

「実家まで押し掛けるつもり？」

「どこの誰か、一応知っておいた方がいいと思っただけだ」

「むちゃくちゃなことしないでよね」

詩織は厳しい口調でいった。「わたしの方が変に思われる」

「——わかった。じゃあもう放っておくよ」

「約束してよ」

「ああ」

作間はそういって電話を切った。が、食事を終えると、諸角透の家に電話をかけた。

しかし電話には、誰も出なかった。


ノックの音がしたのは、それから一時間程あとだった。

訪れたのは、袴田伸治。ワイシャツ姿で、スーツの上着を鞄と一緒に左手に抱えている。

「諸角の住所、調べて来ました」

そういう袴田を部屋に上げた。

袴田は、硬い表情で椅子に座った。

「昼間のこと、詩織にいったそうだね」

袴田は困ったように眉毛を動かしたあと、表情を引き締め直して、うなずいた。

「何があったのか、心配だったんです。僕も、諸角には文句いってやりたいけど——高校生の男ですよ。好きな女のあとをつけるぐらい、誰でもします。もちろんいいことだとは思わないし、詩織と——詩織さんと僕が付き合ってるって、もうつきまとうなって、もし今度会ったら、なんかいってやろうと思いますけど——実家までいいに行こうなんて思いませんよ。そこまでおおげさなことだと思わない。作間さんの様子は、そんな程度には見えませんでした。なんかほかに理由があるとしか思えないんです」

袴田がテーブルに一枚の紙切れを置いた。

「諸角の住所です」

作間はひったくるようにメモを手許に寄せた。

「やっぱりなんかあったんですね」

「いや、昼間いった通りだよ。ちょっと釘を刺しておきたいだけだ」

作間は平静を装って、メモにある住所を眺めた。

渋谷区のマンション。

「さっき行って来たんですけど、留守でした」

袴田はそういうと、折りたたんだ紙をポケットから取り出した。「もう引き払ったのかもしれません」

袴田は手に持った紙をひらひらさせながら、肘をテーブルについた。

「新潟に帰ったのかもしれませんね」

「それ」と、作間はひらひら動いている紙の方を指差した。「もしかして、新潟の方の——」

袴田は紙を持った手を膝に落とした。

「教えてください。諸角のやつ、詩織さんに何をしたんですか」

「誤解だよ。別に、何かがあったってわけじゃない」

「じゃあ、新潟に帰った諸角に連絡する程のことではありませんよね」

作間は諸角透の家の住所が知りたかった。しかし、詩織が何かされたように嘘をいうわけにもいかない。といって、なぜ諸角透に会いたいのか――実際には母親に会いたいのだが――事情を打ち明けるわけにもいかない。

とりあえず東京の住所はわかったし、そこを引き払ったのかどうか、まずはそちらを確かめよう。作間はそう考えて、袴田にいった。

「すまなかったね。君に変な想像をさせてしまったようだ」

作間は東京の住所を書いたメモを袴田に返した。もちろん住所はすでに記憶している。

「さっき詩織に怒られた。みっともないことするなってね」

袴田は、テーブルに視線を落とし、しばらく黙ったあと、顔を上げて、膝に置いていた手を作間の方に差し出した。

作間は袴田の手にあった紙を取って、開いた。中には、何も書いてなかった。

「諸角と親しかった生徒に訊いたんですけど、そいつも実家までは知らなかったんです」

袴田はいった。「だけど、どうしてもっていうんなら調べますよ」

「いや、もういいんだ。新潟に戻ったんなら、心配ないだろう」

「あいつ、すぐまた、来ます。志望は東都大学なんですから」

東都大学は、高本一久と千早の母校だ。むろん千早が勤める大学でもある。

「それにあいつ、高校は通信制ですから、東京の予備校で、秋からの講習に参加することだって考えられます」

「そういえば、彼は病気で一年休学してるっていってたね」

「ええ。白血病だったそうです。中二のときに、一年休学して、アメリカで骨髄移植を受けたんだそうです」

袴田の言葉が、作間の胸にずしりと響いた。

作間は表情を読まれないように、口許を手で覆いながら袴田から視線をそらした。動揺を顔色に出さないようにするのが難しかった。

「病気が何か関係あるんですか」袴田はいった。「病人だから許してやろうってことですか」

袴田は泣きそうな顔になっている。

「何があったのか、教えてください」

袴田は執拗に食い下がったが、作間には「何もない」という以外、返事のしようがなかった。

やっと袴田を追い返して、作間は部屋を出た。

渋谷に向けて車を飛ばしながら、思いを巡らせた。

五年前の二月に、千早は弘海と会っている。そのときの弘海は小学六年生。

四月に高本彰が死んで、翌年六月が、努の誕生日。

諸角透が休学してアメリカで骨髄移植を受けたその年に、努が生まれている。

これが偶然のはずはない。

諸角透は、弘海なのだ。それはもう間違いがない。

4

袴田から手渡されたメモにあった渋谷区のマンションの住所は、作間にとって土地鑑《かん》のある場所だった。近くに常連として通う焼鳥の店があるし、ある知人の家に行くときの通り道でもある。

マンションの名前は、敷地の入り口のアーチ状の門に大きく出ていたから、車に常備してある地図を広げるまでもなく、探し当てた。

路上に車を駐めて、マンションの敷地に入った。

門と建物の壁にある常夜灯が、コンクリートを淡く照らしている。左側が駐車場で、右側に建物がある。植え込みの枝葉が、風に騒いでいた。

メモの住所に、二〇二号室とあった。

作間は二階を見上げた。

二〇二は、右から二番目か、あるいは左から二番目だろう。窓の明かりを見ると、左から二番目の方には明かりが点《つ》いていた。

作間は建物の玄関に歩み寄った。ガラスと鉄格子でできたドアは閉じ、錠がかかっている。中と連絡を取るためのインターフォンがドアの左側にあった。

作間はすでに、昨夜襲って来た女は諸角透の母親だったと確信を持っている。彼女に面会を求めるつもりで、ここに来た。不審者として追い払おうとされても、退《しりぞ》くつもりはない。警察を呼ぶといわれれば、そうしたければすればいいと応じるつもりだ。

作間は数字パネルに202と打ち込み、返事を待った。しかし、応答はなかった。

二度、三度、四度と繰り返す。

明かりが消えている右から二番目の部屋が、二〇二なのだろうか。

作間は一度玄関から離れ、部屋数を数えた。横に十五個。単純に考えて、明かりが点いている左から二番目の部屋の部屋番号は、二〇二か、二一四のどちらかだろう。

作間は玄関前に戻り、今度は214とパネルを押した。明かりの点いた部屋が二一四号室であれば、その部屋の住人が応答するはずだ。作間は三度コールした。けれども反応はなかった。

やはり明かりの点いた部屋は二〇二なのではないかと思い、作間は改めて202をコールした。

トイレだったり風呂だったり、うたた寝していたり——それなら、もういいかげん応答があるだろう。すると居留守か。あるいは明かりを消し忘れて出かけているということも考えられる。泥棒が入らないように防犯のため、外出するとき明かりを点けたままにする人もいる。

どういう状況かわからないが、一ついえるのは、部屋を引き払ってはいないということだ。

実家に戻るなら、電気は落として出るだろう。

窓明かりに人影が動かないか見やりながら、作間は門の方へと後ろ向きに歩いて引き返す。ふと足を止めたのは、エンジン音が聞こえたからだった。

駐車中の車の列を見やると、ワンボックスカーの向こう側に止まっていた車がけたたましい音を響かせてバックした。常夜灯の光の中、作間は、眼前に現われた車のボディに視線を吸い寄せられた。仄《ほの》かな明かりに浮かんだ車体の色は、最初黒と思ったが、よく見ると、黒よりはかなり明るい。

メタリックグリーン——断言はできないが、たぶんそうだ。車の型にも見覚えがある。

作間は目を瞠《みは》った。次の瞬間、車が向きを変えた。ヘッドライトの光芒《こうぼう》が作間の目を焼く。エンジンが唸りを上げた。

首だけ左に向けた状態だった作間は、身体ごと向き直る。正面から、車が突進して来た。

頭の中が白くなった。左に走ったのは無意識だった。腰に風圧を感じて、意識が戻った。すぐ後ろを、車が高速で通過する。

半歩遅れていたら、跳ね飛ばされていた。

駐車中の二台の車の間に、倒れるように滑り込み、車体に手をついて身体を支えた。遠ざかるエンジンの音を聞きながら、作間は膝からコンクリートに崩れ落ちる。悪寒《おかん》に襲われ、息が苦しくなった。

5

作間は喫茶店に入り、詩織の姿を探した。

詩織は水槽の傍に座っていた。前に座った作間を一瞥《いちべつ》して、詩織は熱帯魚に視線を向けた。

水を持って来たウエイトレスに、アイスコーヒーを頼んだ。ウエイトレスが去ると、詩織がやっと作間の方を向いた。詩織の表情は、憂いを帯びている。

「諸角君のことなら、袴田君がおおげさに受け取りすぎてるだけだよ」

作間はいった。

詩織の用件は、おそらくそれだろうと思っていた。

諸角透が、詩織に何かとんでもないことをしたと、袴田は誤解してしまっている。

「昨日、彼、叔父さんの部屋まで行ったんだってね」

詩織はグラスの中の氷をストローでつつきながらいった。「予備校のコンピュータにアクセスしてでも実家がどこかつきとめろっていったんだって？」

「そんなこといってないよ」

「彼が嘘いってるの？」

「嘘というより、鎌《かま》をかけてるんだろう。詩織に喋らせようとしてるんだ」

「そう」

詩織はあっさりといって、口に氷を含んだ。

アイスコーヒーが運ばれて来た。

「貴美恵のお父さん、どうして急に態度を変えたんだろう」

ストローの袋を破きながら、詩織を見やる。

「なんでクローンを諦めたんだろう」

「いってたじゃないか。貴美恵さんに叔母さんがいることがわかった、って」

貴美恵のＨＬＡ型は父親と母親からハプロタイプをワンセットずつ受け継いでいる。母親の妹が貴美恵と同じハプロタイプを持っている確率は五十パーセントある。

そして叔母が、貴美恵と同じハプロタイプを持っていた場合は、父親と叔母の子どもは、二十五パーセントの確率で貴美恵とＨＬＡが一致する。

千早が高本彰の子どもを生んで弘海を救おうとしたのと同じだ。

「賭けてみるには十分な確率だろう」

「叔母さんが、もう見つかってるんならね。――これから探すっていうのよ」

「クローン人間を作る秘密組織だって、まだ見つかってないだろう。しかもそっちは妄想で、叔母さんの方は現実だ。それなりの手がかりもあるんだろうし」

「貴美恵はね、お母さんの妹のことなんて、全然聞いたこともなかったんだって」

「御子柴さんもそういってたじゃないか。最近わかったって」

「アメリカの親戚っていうのも、初めて聞いたんだって」

「付き合いの浅い親戚だってあるさ」

ストローをアイスコーヒーに挿し、吸い上げる。

「貴美恵のお父さん、仕事やめたんだって。アメリカに行く準備のために」

「――そうか」

「向こうに住んで、叔母さんを探すんだって。——貴美恵も一緒なの。一人残すのが、心配だからって……なんか、急すぎる」

「急がなければ、意味がなくなるだろう」

貴美恵のドナーにするつもりなら、貴美恵が生きているうちに子どもを作らなければ意味がない。

「移植のドナーにするつもりで子どもを作るってやり方、叔父さんはどう思う？　それって、許されるのかな」

「これが生まれた子どもから心臓を取り出すって話なら、許されない。でも骨髄は元に戻るし、臍帯血って方法もある。倫理的な問題はあるし、生まれて来た子どもがどう思うかも気になるが、これが他人事《ひとごと》ならともかく、自分の身内なら、許すも許さないもない。今生きてる人間を救いたいと思うよ」

「川名さんのやったことは認めるってわけね」

「彼女のことがなくても、意見は変わらない」

「じゃあさ、クローンならどうなの？」

「前にもいったことがあるんじゃないかな。クローン人間自体を否定はしない。ただ、今の知識や技術では、生まれて来たクローン人間の健康が危ぶまれる」

「そういう問題が解決されたら、あり？」

「うん。個人的には、そうだ」

「クローンはタブーだ、って、世間からバッシングを受けても、やる?」

「やるだろうな」

「わたしもやると思う」

詩織は、グラスの底に残っていた薄いオレンジ色の液体を飲んだ。「でも、人には知られないようにするわね、きっと。騒がれたら、生まれて来た子どもがかわいそうだもの」

「詩織」作間は眉を寄せていった。「もしかして、努君のことをクローンだとか、本気で思ってるんじゃないだろうな」

「貴美恵の叔母さんって、本当にいるのかしら」

詩織は質問に答えたくなくて、話題を転じたのだと思った。

「わたし――思いついてしまったの。叔母さんなんていなくても、貴美恵のドナーを誕生させることができるわ。タブーを犯す覚悟さえあれば」

続いた詩織の言葉に、作間は衝撃を受けた。

6

千早のマンションの玄関はオートロックになっている。けれども今日は、どこかの部屋の引っ越しが行なわれているらしく、ドアは開いた状態で固定されていた。作業着姿の男二人が、箪笥を抱えて玄関を出て行く。車寄せのスペースには、トラックが停まっている。

エントランスホールに入ってすぐのところに、管理人の部屋があるが、小窓にはカーテンがかかっていた。勝手に入っても、おそらく誰からも咎《とが》められなかっただろうが、作間はインターフォンで千早の部屋を呼び出した。

千早が応答する。

作間が名乗ると、千早は沈黙した。当惑しているようだ。

「突然ですまないけど、話があるんだ」

返事がなかったので、続けていった。「ちょっと出られないかな。近くの喫茶店にでも」

「どうぞ――上がって来て」

灰色のタイル貼りのホールに入り、エレベータの前に行った。テレビを抱えた男と入れ違いにケージに入り、六階に上がる。

作間は千早の部屋のドアをノックした。掌《てのひら》が汗ばんでいる。これから千早と話す内容を思うと、胸が苦しかった。

ドアを開けた千早は、作間の表情を見て、異変を感じたのだろう。千早の表情も、暗鬱《あんうつ》なものになった。

フローリングの玄関ホールのスペースから、応接間に通された。ベージュ色の石のテーブルがあり、それに寄せて、L型にソファが置かれている。

作間は、黒と白の格子柄のカバーがかかったソファに座った。カーテンに隙間ができていて、バルコニーの鉢植えが見えた。赤と白の花が咲いている。

千早が、トレイにカップとポットとティーバッグを載せて現われ、作間と斜めに向き合う位置に腰を下ろした。

「どこか出かけるところだった?」作間はいった。

黄色いコットンのパンツは部屋着のようだったが、きちんと化粧をして髪も整っていたし、刺繍《ししゅう》入りのブラウスは外出用に思えた。

「うん。でも、まだ時間あるから」

千早は硬い表情でそういいながら、紅茶を入れる。

作間は千早を凝視した。視線を感じたのか、ポットの湯を注いでいた千早が顔を上げ、視線が絡んだ。

作間は目をそらし、口許を引き締めた。

「どうぞ」と、千早が紅茶の入ったカップを作間の前に押しやった。

作間は千早の方に顔を向けて、いった。「弘海君の命は、助かったんだね。努君が救った」

「また、その話を蒸し返すの?」

「わかったんだ。どうして、努君がドナーになれたのか。いったい何が、秘密だったのか。──ドナーとして生まれたことが秘密なんじゃない。もっと重大な秘密だった」

「クローンだっていってるの?」

「違う」

弘海が持つ、二つのHLAハプロタイプ。その一つは、千早から受け継いだもので、もう一つは、高本一久から受け継いだものだ。仮にそれをXとYとする。

千早はXを持っている。Yを持つ誰かとの間に子どもをもうければ、弘海と同じXYの子どもが生まれる可能性がある。

Yを持っている誰か──

高本一久は、間違いなく持っていた。しかし彼は亡くなっている。兄の高本彰は、一久と血が繋がっていなかった。彼がYを持っていたとは、思えない。

ほかに誰か──

「探しているHLA型の人物は、君のすぐそばにいた。それが、努君の父親なんだろう」

千早の顔が蒼白になった。

7

五年前、一九九四年の三月最後の土曜日――

千早は、雨戸の閉じた窓に向かって立っていた。ガラスを鏡がわりにして、ブラウスの襟元《えりもと》を直す。背後で、シーツが擦《こす》れる音がした。

千早はガラスに映る高本彰を見やった。彼は布団の上にあぐらをかいて座り、気味の悪い笑みを浮かべて煙草《たばこ》をふかしていた。上半身は裸で、毛の生えたでっぷりとした腹を左手で掻いている。

ガラスの上で、千早と高本彰の目が合った。千早は視線をそらし、ジャケットの前を直すと、腰を屈《かが》めて座卓の上からバッグを拾い上げようとした。その手を、高本彰がつかんだ。千早は手首にまとわりつく汗ばんだ感触に鳥肌が立った。

「今日はね、友達にアリバイ作りを頼んである。友達の家に泊まりってことになってるんだよ」

「だからなんですか」

「たまには、ゆっくり一晩過ごすのもいいんじゃないかと思ってね。毎回やることやったら、すぐにさよならで――実はあなたも、寂しかったんじゃないかな」

千早は全身に溢れた不快感を示すように、高本につかまれた手を強く振ったが、高本は離さない。

「泊まるんだ」

「帰ります」

さっきの行為が最後になることを、千早は祈った。すでに妊娠していることを、強く願った。

「明日は休みだろう」

「手を離してください」

高本彰は手を離したが、その前に、左手で千早のバッグを取り上げていた。

千早は腰を伸ばし、高本彰を睨《にら》んだ。

「なあ、せっかく時間を作ったんだ。あなたに帰られては、わたしはどうしたらいい」

「ほかの女を呼んだらいいじゃないですか」

「ん？」

高本彰は、眉を寄せた。

「恋人はたくさんいらっしゃるでしょう。掃除をしてるのはわたしなんですから、わかります」

「へえ」と、高本彰はにやけた。「嫉妬してるんだ」

「笑えない冗談ですね」

高本彰は、ふんと鼻を鳴らした。

「ともかく、今日は泊まってもらうよ」

「いやです」

「いいのかな、それで。困るのは、あなただと思うけどね」

「我慢にも限度ってものがありますから。あなた、自分がなさっていることに自覚がないようですね。あなたがあまり図に乗ったら、わたし、奥さんやあなたのお子さんに、このこと、お話ししますよ」

高本彰は灰皿に置いていた煙草を摘んで、くわえた。千早に向けて、煙を輪っかにして吐き出す。

「それは困るんだよな。妻を愛し、子を愛し、幸せな家庭生活を営んでる」

「でしたら、あまり調子に乗らないでください」

高本彰の鼻から煙が流れ出た。

「あなたは、中山さんに金銭を要求しているそうですね」

「なんでもない端金《はしたがね》だよ。彼女の家の資産からすればね。それも、あくまで成功報酬を要求してるだけなんだから、良心的だろう」

高本彰は、中山良子に対して、弘海の父親は自分の弟だと打ち明けた。

千早との間に子どもを作ることに協力するに当たっては、その見返りがほしいと、高本彰は千早には身体を、中山良子には金銭を要求している。
千早は、高本彰との交渉が、人工授精ではなく性行為であることを中山良子にいってい
ない。
中山良子の方も、最初は金銭の要求を隠していた。
しかし千早は、高本彰が中山良子に何かを要求していないはずがないと思った。高本彰
には、自分が子どもの伯父であると中山良子に打ち明ける必要性はない。打ち明けたから
には、意図があるはずだった。ただの誠意のはずはない。
千早は中山良子を問い詰めて、話させた。
子どもの命が救われたときには、一千万の謝礼を支払うことになっている。
安いものです、そんなお金。大事なのはお金じゃないでしょう。中山良子はそういっ
た。
「あなたの甥でもあるんですよ。子どもは」
「わかってるさ。だからこそ、わたしは子どもを助けようとしている。子どもを助けるた
めに、あなたを愛してあげてるんじゃないですか」
千早は顔をしかめた。
「しかし考えてみたら、わたしたちの契約には、事が終わったあとのことがありませんで

したよね。すべてがすんでしまったら、どうなります？」

「もう二度と会わない。それだけでしょう」

「あなたは一つの結末しか考えてない。妊娠して、子どもが生まれて、その子と一久の子どもとＨＬＡが一致して、骨髄移植が行なわれる。移植は成功して、一久の子どもは未来を手に入れる。しかし、実際には、そんな喜ばしい結末に至るかどうか、可能性は高くはないんですよ。妊娠する。出産する。ＨＬＡが適合する。そこまでには数々の障害がある。そしてもちろん、骨髄移植は患者にとって多大なリスクがある。それに、一久の子どもの病気は進行が遅いといっても、急に悪化することだって考えられる。何も始まらないうちに終わってしまうことも、あるわけでしょう。そうなったとき、わたしに八つ当たりされても困るんですよね」

「そんなことはしません。あなたが、今以上の要求をなさらない限りは」

「その保証が、どこにあります？　あなたは今、恐いことをいった。女房に話すってね」

「あなたが無茶なことをいうからです」

「いや。今のままでも、あなたはわたしを憎んでるでしょう」

「そうせずにいられますか。自分のしていることを考えてください。人の弱みにつけこんで」

「弱みにでもつけこまないことには、あなたとこういう関係にはなれなかったでしょう」

高本彰は、灰皿に煙草を押し潰した。

「あなたの思い通りにならなかったときのことを考えると、恐くなる」

高本彰は千早の顔を見上げた。

「そんな心配はいりません」

千早は決然といった。

「きっと、すべてうまくいきますから」

そういうと千早は、高本彰の方に手を差し出した。「バッグを返してください」

「うまくいかなかったときが、問題なんだ」

千早は眉を吊り上げ、語気荒くいった。

「そのときでも、心配はいらないでしょう。誰があなたとの関係を吹聴したりしますか。そんな恥ずかしいこと。あなたの奥さんにでも、いったりしません」

千早はバッグの端をつかんで引っ張ったが、高本彰は放さなかった。

「いいかげんにしてください」

千早は高本彰を睨んだ。

高本彰が身体を後ろに倒し、手を伸ばした。

彼がつかんだのは、リモコンだった。

押し入れの横のスペースに置いてあるテレビのスイッチが入る。一瞬、テレビタレントの顔が映ったが、すぐに切り替わった。ビデオ画像であることを示す表示が画面の右上に出ている。

千早は最初、映っているのがなんの画像かわからなかった。カメラが引いて、それが女の下半身であることがわかった。裏ビデオ――そんなものを千早は見たことがなかったけれど、これがそうかと思った。次の瞬間、画面には女の腿《もも》を這《は》う男の手が映った。見たことのある手だった。そして身体は――

千早は声にならない悲鳴を上げた。

テレビ台の前に行き、スイッチを消し、ビデオテープを吐き出させた。

磁気テープを露出させ、狂ったように引き出してから、高本彰の方を振り向く。

高本彰は薄笑いを浮かべていた。

「それは、ダビングしたやつなんでね」

「元のテープはどこ？」

高本彰は煙草をくわえ、ライターを手にした。

「ねえ、どこ？」

千早はこの前ここに来たときのことを思い返していた。行為のあと、一刻も早く高本から離れるのがいつものことなのに、なぜかあのときは不覚にも眠ってしまった。疲労と心労が重なっていたせいだと思ったが、その前に飲んだアルコールに、何か入れられていたのだろう。酔ってでもいなければやりきれないという思いが、こんなことに——

不覚だった。

隠しカメラなど仕掛けられていないかは、いつも来てすぐに部屋の掃除にかこつけて、確認していたのに……

「誰にも見せやしませんよ。社会的信用を失うようなことをする気はない。保証ですよ、これは。あなたがわたしを裏切らないためのね」

千早は唇を噛み締めた。

意識の中に、不意に自分の顔が浮かんで、千早は目を凝らした。電車の窓に顔が映っている。ひどい顔だと思った。生気のない、疲れきった表情。姿勢もだらしがない。肩が落ち、猫背で、足を開いて立っている。

泊まって行けという高本彰を撥《は》ね付け、どうにかバッグを奪い返して逃げて来た。けれども、一週間後にはまた、あの部屋に、あの男のところに行かねばならない。

妊娠するまで、あの男から逃げることはできない。

いや、そのあとも——

千早はビデオテープのことを思い出し、身震いした。

あのテープがある限り、わたしはずっとあの男のいいなりになるのか。

まさか、と千早は自分に強くいい聞かせた。あれをばらまくといわれても、そんな脅しには決して屈するつもりはない。弘海を助けるために、子どもを身ごもるまで、そのときまでのことだ。あといっときのこと、いいえ、もう終わりかもしれない。

千早は、おなかに軽く手を当てた。そのときにふと、脳裡に浮かんだのは、高本彰の顔だった。

身ごもるのは、高本彰の子ども。千早は悪寒を覚えた。いけないと思う。そう考えてはいけない。わたしの子ども、わたしだけの子ども。そう思わなくては――

電車が止まった。人の波に揉《も》まれながら、ホームを歩いた。

改札口を出て、階段を降りる。繁華街の喧噪《けんそう》を避けるように、家まで回り道になることを承知で、人通りの少ない路地を歩いた。

高本彰のことを、千早は会う度に嫌いになる。いや、もはや彼に対する感情は、憎しみと呼んだ方がいいかもしれない。子どもが彼に似ていたらどうしよう。

千早は脳裡に浮かぶ思いを振り払おうと、首を振った。

おぞましく思うのは、決して彼の姿形ではない。心だ。子どもは、見かけは彼に似るかもしれない。けれども心まで似たりはしない。決してあんな人間には育てない。

わたしの子ども、わたしだけの子ども。千早は歩きながら、そう呟いていた。声に出さないと、子どもを生むという決意が揺らいでしまいそうだった。

生まれて来る子どもは、弘海とＨＬＡが一致する保証はないのだ。確率は、二十五パーセント。

子どものＨＬＡが弘海と違っていたら、それでもその子を、愛せるだろうか――

ふと、意識が外に向いた。

理髪店の角で曲がるはずが、気づかないまま通り過ぎて、新聞販売店の前まで来ていた。くるりと身体を回した。そのとき、こちらに向かって歩いていた男が、はっとしたように、足を止めた。

明かりが消え、シャッターが降りた理髪店の前に立ち尽《つ》くしている男は、ジャイアンツのマークの入った野球帽を深くかぶっていた。

外灯の光が浮かび上がらせている、小柄で、痩《や》せた男――いや、男というより、少年の姿を見て、千早は呆然と立ち尽くした。

物陰から、猫が飛び出して来た。千早は驚いて後ずさり、それで身体の硬直が解けた。

少年の方に、近づく。少年が、踵《きびす》を返す。

「待って」

遠ざかろうと歩き出した少年に、走って追いついて、腕をつかんだ。

少年は立ち止まった。

千早は少年の前に回り、顔を間近に見た。それは、弘海だった。先月、ホテルのラウンジで見た、あの弘海に間違いなかった。

どうして弘海が、ここに——夢の中にでも迷い込んだのだろうか。高鳴る胸に軽く手をやりながら、千早はいった。

「おばさんのこと、覚えてる？」

千早は弘海の横顔、特に目許を見ていた。一久の目だ。

弘海は目線だけ千早の方に動かし、顎を引いた。

「どうしてあなた、ここに？」

「ごめんなさい」弘海は頭を深く下げた。「ごめんなさい」

「どうしたの。なぜ謝るの」

「電車の中でおばさんのこと、偶然見かけて、この前、ホテルでお母さんと会ってた人じゃないかって」

「そうよ。あのときのおばさんよ。でも、なぜ——」

千早はふと周囲を見渡してから、続けていった。「あなた一人？　お母さんは？」

「一人で親戚の家に遊びに行ってて、ホテルに帰る途中だったんです」

弘海は顔を半分だけ、千早の方に向けた。

「ほんとに偶然なんです。あのときのおばさんに似てると思って」

「それでどうして、ついて来たの？」

「お母さん、おばさんに会った頃から様子が変で……。あのとき、おばさんのこと誰かって訊いたら名前も教えてもらえなかったし、どういう人かもいってもらえなかったし、でもあのとき、何か大事な話をしていることわかったし、それでおばさんのこと、どういう人なのか、知りたくて」

弘海は早口にまくしたてた。

話を聞きながら、千早は考えていた。もしかしたら、この子は、知っているのではないか。

千早は中山良子と弘海の本名も家も知らない。けれども自分のことは、先日、中山良子に教えた。

中山良子がそれを弘海に伝えたとは思えないけれど、もしも弘海が、自分は養子だと、前から感じていたのだとしたら――弘海は千早を実の母だと直観して、母のことが知りたくなり、それで――

妄想だろうか。

弘海の話は、どこかごまかしめいている。本当は、千早の家の住所を、メモか何かを盗み見て知って、駅で待ち伏せていたのではないだろうか。電車の中で偶然見かけたというより、その方がもっともらしい。

「あとをつけたりして、ごめんなさい」

千早は首を横に振った。

「おばさんの家、すぐそこなの」

煙草屋の横の道を指差す。「少しお話をしましょう」

弘海の首がブルッと震えた。「本当にごめんなさい」

「怒ってなんかいないのよ」

「ごめんなさい」

「わたしのこと、知りたかったんでしょう?」

弘海は身体を硬くしている。

「もう帰らないと、早く帰らないと——お母さん、心配してるから」

「家から電話したら?」

「おばさんと」

弘海の語気が急に強まった。

「おばさんと」

今度は弱々しい声。「おばさんと会ってたなんていったら……」

弘海は千早を正面から見つめている。

千早は胸が潰れそうだった。知っているのだ、やはりこの子は、わたしが何者か知っている。

弘海は唇を噛み、千早から目をそらした。

千早は弘海を引き寄せようとした。が、弘海は、腕を強く振って、千早の手をほどき、ぱっと後退した。

「帰ります」

弘海は千早に背を向けて、走り出した。

「待って」

千早は追いかけた。けれども入り組んだ路地で、見失った。

「弘海」

誰の姿も見えない通りに向けて、思わず、そう呼びかけていた。

むろん返事はない。

駅に向かう。

土地鑑のない弘海は、おそらく路地の中を迷っているだろうと思った。先回りできれば、駅舎で会える。

千早は券売機と改札口の見通せる通路に立ち、弘海を待った。

一時間、二時間——結局終電まで待ったけれど、弘海は現われなかった。きっと千早より先に路地を抜けて、駅にたどり着いていたのだろう。

千早は自宅への道を歩き始めた。背筋が伸び、足取りは、しっかりしている。確かな決意が全身に漲《みなぎ》っていた。弘海を救うためなら、わたしはなんでもできる。

数日後、千早が出勤の準備をしている時間に、警察から電話がかかって来た。

「高本彰さんをご存知ですか？」

一瞬躊躇したが、千早は知っていると答えた。

「昨夜、高本さんがお亡くなりになりまして」

千早は絶句した。

「アパートが火事になりましてね。まだ誰からも報告を受けていませんか。あなたがお借りになっているアパートなんですが」

千早は眩暈《めまい》を覚え、床に膝をついた。

「もしもし、聞こえてますか」

か細い声で、「はい」といった。

「ええと、親しいお知り合いですよね」

千早は嗚咽《おえつ》を洩らしていた。高本彰が死んだからではない。これでもう、弘海のために子どもを作ることができなくなったからだ。

「お気の毒です。――できるだけ早く、こちらに来ていただきたいんですが、いろいろお話ししたいことがあるので」

仕事を急に休めないので、終わってから、夜にそちらに出向くといって、電話を切った。

それから数時間、千早は放心状態で、壁に凭《もた》れて座っていた。

電話が鳴っている。

無視しようかと思ったけれど、このままずっと、じっと座り込んでいるわけにもいかない。

受話器を取った。

電話の向こうの声は、中山良子だった。

「高本先生がお亡くなりになったこと、ご存知ですか？」中山良子がいった。

「ええ、さっき。警察から連絡がありました——そちらにも？」

「ニュースで高本彰という名前が出て——先生のお住まいとは別の場所だし、ただの同姓同名かと思ったのだけれど、高本医院に電話したら——先生は昨夜お亡くなりになった、と」

「事実なんですね。——いたずら電話だったかもしれないって、そんなことも、思ったりしたんですけど。——これでもう、おしまいですね」

「警察との電話では、どんなお話を？」

「報告を受けただけです。今夜、出向くことに」

「高本彰との関係──まだいってないんですね」

「え？」

「わたしのことは、まだ──」

「何もいってませんけど」

「絶対にいわないでください。まだ、終わっていないんです。子どもを救う道が、あなたには残されているんです」

「どういうことですか？」

「高本先生は、自分に万一のことがあったときのためにって、精子を冷凍保存してくださっていたんです」

高本彰が、好意や誠意から子作りに協力していたのなら、そういうこともあるかもしれない。けれども彼は、卑劣《ひれつ》な人間だった。高本彰は千早に対して、人工授精ではなく身体を求めていた。

万一に備えて精子を冷凍保存するなど、ありえないことだ。

「本当のことなんです」

中山良子はいった。「それは──実は、こちらから頼んでおいたことなんですけど──それなりのお金をお約束して」

「大金と引き換えなら、精子の冷凍を承知したかもしれないと思ったの」

8

ソファに座った千早は、いくらか前屈みの姿勢で、肘を膝に置いている。

渇いた口を潤すために、作間は紅茶を口に運んだ。すっかり冷え切った紅茶は、ティーバッグを沈めたままにしておいたので、濃厚だった。水分は吸収されたが同時に渋味が広がって、渇きが増した気がする。

「それで、そのあとは？」

「病院で人工授精の処置を受けた」

「どこの病院？」

「聞いてどうするの？」

「中山良子が誰か、関わった医者は知ってるはずだ」

「迎えが来て、目隠しされて連れて行かれたから、どこの病院だかわからない」

千早の目は、その言葉が嘘だと、語っていた。どこの病院か知っているが、いう気はない、ということだろう。

これ以上、その点を訊いても無駄だと思い、作間は、話の先を促した。

「何回か病院に通って、やっと妊娠して——」

千早は妊娠が安定した時期を選んで渡米する。

「骨髄移植は、生まれて来る子どもの身体に傷を付けてしまう行為だから、できれば臍帯《さいたい》血《けつ》移植にしたかったの」

千早の渡米時期直前に、日本で一例目の臍帯血移植が行なわれた。

「患者のためにドナーを生むってだけでも、わたしたちのやっていることは倫理的な問題を孕《はら》んでいるでしょう。だから、どこの病院でもいいってわけにはいかなかった——」

千早は中山良子が手配したアメリカの病院で出産する。その際、医者から、臍《へそ》の緒《お》や胎《たい》盤《ばん》を研究用に提供してもらえないかといわれた。

「イエスというように、中山良子にいわれていたから」

千早は提供に同意する書類を書いた。

「あとのことは、知らないところで起きた。臍帯血移植がうまくいかなかったときは、骨髄移植も考えなくちゃいけなかったんだけど、幸い臍帯血移植で、弘海の命は助かった」

作間は、唇をなめた。「助かったんだな」

千早はうなずいた。「そう聞いたわ」

「聞いただけか？」

「ええ」

「会いに行かなかったのか?」

「どこの誰だか、知らないもの。それは本当。弘海のことは、もう考えないようにしようって、決めたの。弘海とは、二度と関わりを持ってはいけない。わたしには、努がいるから。努だけは、絶対に不幸にしたくないから」

「——いつ、気づいたんだ?」

「何を?」

「君を身ごもらせたのは、高本彰の精子ではなかったってことだよ」

「妊娠するまでは、とにかく祈るばかりだった。早く身ごもりたいって。だけど、妊娠して、落ち着いて考え始めたら、高本彰が精子を冷凍していたなんて、とても信じられないと思い始めたの。中山良子と会ったときに、そのことを口にしたら、彼女はしどろもどろになった。騙《だま》されていたんだ、って、そのときにわかった。でも、じゃあいったい誰の精子だったのか——中山良子は、なぜそれを隠すのか——。確かめてはいない。そうじゃなかったって思いたい。だからずっとね、高本彰が精子を冷凍していたって話を、信じようとしていたわ。だけど、高本彰は一久と血の繋がった兄ではなかったのよね。だったら——たぶん、今、あなたが考えている通りなんでしょう」

弘海が持つHLAハプロタイプを仮にXYとする。

Xは千早が持っているから、XYを持つ子どもを生むためには、Yを持つ父親が必要だった。

Yを持つ人間は、すぐ近くにいた。

弘海だ。

千早が生んだ努は、遺伝的には、一久の孫。千早にとっては、息子であると同時に、孫。千早は、実の息子との間に、子どもを作った。

それが、千早の秘密だったのだ。

カップを持つ手が震えた。作間はカップをテーブルに戻し、椅子に深く座り直した。

「嘉島良介には、そのこと――」

当時恋人だった嘉島良介に、千早はどこまで打ち明けていたのだろう。

「高本彰の子どもを人工授精で生むって、そこまではいったけど、あとのことはいわなかった。高本彰が亡くなったことで、わたしと嘉島の関係がとりざたされて、それで結局、わたしたちの関係が終わったことはいったでしょう」

「ああ」

「別れるときの嘉島の態度に、わたしは本当に嫌気がさしていたから、未練なんてなかったの。だけど向こうは――最近急に復縁を迫って来たわけじゃないの――ずっと前から、しつこくされていたの。復縁は拒《こば》んだけど、話をすることぐらいは、何度かあったわ。彼はもちろん、努が、高本彰が亡くなって十四ヵ月後に生まれたことを知ってる。事情を訊かれて、精子を冷凍保存してあったんだ、って話したわ。嘉島も一応はそれを信じていたんだと思うの。だけど、いろいろ考えるうちには、それが――あなたが今思ってるそれが、答えの一つになり得ることに、思い当たったのね。そうだったんじゃないかって、不意に問われたときに、もちろん否定したけど、動揺を見抜かれた」

嘉島は千早の重大な秘密を握った。

努の出生の秘密――それは、骨髄移植のためのドナーとして生まれて来たという事情だけではなく、彼は、実の母子の間に生まれたという衝撃的な事実もあったのだ。

「嘉島は脅迫に近い形で復縁を迫ったわ。でも、嘉島は、証拠は持っていないし、証拠を探そうとしても、それは簡単なことではないでしょう。だからわたしは、努の父親について嘉島がいうことを、ただの想像だ、って、復縁の要求を突っぱねることができたの。それが――」

嘉島は裕が書いた『クローン人間が生まれた日』という小説を読んで、これを利用できると考えた。

クローンスキャンダルを事実であるかのごとく裕に思わせて、マスコミを動かそうとしたのだ。

時野流行《ときのながれ》から裕に届いたメール――川副純太のクローンスキャンダルに絡めて、千早と努のことにまで言及したあのメールは、千早が前にいったように、やはり嘉島良介が書いたのだろう。

　そのメールを読んで、裕が、千早のことを調べ始めた。取材という名目があれば、様々な人間に突っ込んだ話を訊くことが可能だし、裕の動きを発端《ほったん》に、週刊誌の記者などが興味を示す状況になれば、努の出生にまつわる状況が明らかにされる可能性はある。

　クローンではなくても、週刊誌の記事になりうる事情だ。

「嘉島や裕のこと、君は中山良子に報告したのか？」

「してない。できないもの。彼女と弘海と、わたしは完全に縁を切ったの。それが、努のためだから」

「向こうからは、連絡ができるよな」

「そうね。しようと思えば。でも、なかったわ」

「じゃあそれ以来、まったく連絡を取り合っていないというのか」

「そうよ。今度こそ本当よ。もう隠し事なんて、何もない」

　千早はきっぱりといいきった。

「嘘だ」

「いいえ、もう嘘は終わり、これで全部話したわ」

「僕は中山良子に殺されかかった」

　千早は当惑した顔で首を傾げた。

「今度の事件の犯人は、中山良子なんだ。弘海君の本名は、諸角透だ。その母親が中山良子。君が知らないはずがない。君が話さなければ、中山良子が嘉島さんや裕や僕を襲うはずがないだろう」

「わたしが」千早は言葉を詰まらせた。「わたしが犯人だって、いってるの？」

「そう信じかけたこともある。君が中山良子に指示してるんじゃないかって思いかけたこともある。でも、君が人を殺したりするはずがない。君が共犯だなんて考えられない」

作間は千早の双眸を見つめた。「君は、かばってるんだ。そうだろう？」

努は近親相姦のタブーの子。嘉島は、裕を誘導して調べさせ、その証拠をつかもうとしていた。

努がタブーの子であるという事実は、努をドナーにして生き延びた弘海の家族にとっても、暴かれたくない秘密だ。

千早は、中山良子に警告した。秘密を暴こうとしている人間がいるから、用心するように、と。

しかし中山良子は、用心するより積極的に問題解決を図った。強硬手段で嘉島と裕の口を塞《ふさ》いだのだ。

「中山良子を告発すれば、弘海君が苦しむことになる。それで君は、本当のことがいえないでいる。そうなんだろう？」

強い口調で問いかけた。

じっと作間を見つめていた千早が首を横に振った。

「あなたは何か誤解してる。弘海と中山良子がどこの誰か、わたしは本当に知らないの。許されない子として生まれて来た努のために、わたしはもう、弘海と関わらないことにしたの。それが宿命だと思ったから。わたしには努がいる。弘海とは縁が切れたの。もちろん中山良子とも」

千早は目許を一際引き締めていった。「嘉島が何を考えていたか、中山良子が知るはずない。もちろん裕さんのことだって——その存在も知らないでしょう」

「そんなはずない。犯人は中山良子だ」

「ありえないわ。努と弘海の秘密が暴かれかけたなんて、中山良子には知る手段がないわ。わたしが話さないかぎり——」

千早が立ち上がった。「ちょっとこっちに来て」

応接間を出て、カーテンをくぐった。

書棚やコンピュータなどがあるフローリングの部屋に入る。千早は電話機のボタンを操作した。

「実家から留守番電話の録音を聞いたの。そしたら、これが入ってて、それで慌てて帰って来たの」

留守番電話用のテープが再生された。

「もしもし——ごぶさたしています。中山良子です。わたしのこと、覚えていらっしゃるかしら。突然で驚かれてるでしょうね。どうしてもお目にかかってお話ししたいことができたものだから——急で申し訳ないのですが、明日、お会いできないでしょうか。お時間と場所をＦＡＸしますので、ご検討願えますか。夜にでも、確認の電話を入れます」

コンピュータの合成音が録音時間を告げる。昨日の午後四時十二分だった。

「これでわかるでしょう」千早はいった。「わたしと彼女に、もうずっと音信がなかったこと。嘉島や裕さんのこと、彼女に教えられないってこと、わかるでしょう」

作間は頭が混乱していた。

諸角透の母親が中山良子。中山良子が、今回の事件の犯人。

作間は今の今まで、そう確信していた。しかし、千早と中山良子が連絡を取り合っていなかったとすると、中山良子は、いったいどうして嘉島や裕のことを知ったのか——

作間は電話を見つめていた。たった今聞いた録音は、千早が準備した偽装工作ではないのかと、一瞬そんなことまで思った。が、今のこの場面を千早が前もって予測し得たはずがない。

千早と中山良子の音信は長く途絶えていた。それは事実なのだ。

中山良子は犯人ではなかったのか——

諸角透の母は、中山良子ではないのか――

どこでどう間違ったんだろう。

「出かける予定っていうのは、中山良子に会うためか？」

千早はうなずいた。

「どこで会うんだ」

「それはいえないわ」

「中山良子の用件はなんだ。何を話したいっていうんだ？」

「わからない。場所と時間はFAXで送って来たけど、確認の電話はなかったの。このメッセージきりで、まだ話してない。でも、今度の事件と関係ある話ってことはないわよ。中山良子が嘉島や裕さんのことを知ってるはずがないの」

作間は口許に手をやり、考え込んだ。

「まだ、納得できない？」

口許から手を離して、千早の方を向いた。

「ついていっちゃだめかな」

「それは無理」

「事件と無関係なら、僕が行っても問題ないだろう」

「どんな話かわからないから、そんなこっちの都合で勝手なことできない」

「中山良子の顔をちらっと見るだけでいい」

千早は首を横に振った。


作間は応接間に戻り、ソファに座った。

千早は出かける仕度をしている。

中山良子に会いに行くのに同行したいという申し出は拒否されたが、新宿駅まで送ることは承知してもらった。

振り返って壁の時計を一瞥したあと、テーブルに肘をつき、頭を抱えた。

改めて、中山良子のことを考えてみる。

さっきの留守番電話の内容から、千早と中山良子が連絡を取り合っていなかったことは事実だと思う。千早の言葉を信じていい。しかし、諸角透の母親に殺されかかったこともまた事実だ。そして容貌の相似や、病歴、造血幹細胞移植を受けた時期など偶然とは思えない一致の数々から、諸角透が弘海であることも確実だ。

殺人事件の犯人は中山良子。動機は、移植のドナーとしてタブーの子を作り、利用したという秘密を隠すためだった。作間はまだ、その考えに固執している。しかし、それが成り立つためには、千早と中山良子が最近連絡を取り合ったとしないと、辻褄が合わない。

千早が知らせない限り、中山良子は、嘉島や裕が秘密を脅かす存在だと知るはずがない

——作間はふと顔を上げた。虚空を睨み、頭の片隅に見えた考えを、用心深く掘り起こした。

「そうか」と、思わず声が出た。

千早が知らせたのではない。中山良子は、千早と嘉島の会話を盗聴したのだ。

すべての鍵は、諸角透の東都大学受験にある。

作間は両手で口許を覆い、視線は窓の外の鉢植えに据えた。肘を膝に置いて、考えを整理する。

中山良子は弘海の命が助かったあとは、千早との接触を望まなかったはずだ。彼女は、弘海に実母の存在を知られたくなかったのだから。この先ずっと千早と関わりなく過ごしたかっただろう。

しかし、問題が生じた。弘海は、千早と一久の優秀すぎる頭脳を受け継いでしまっていた。大学受験で東都大学を目指すといい出す。

千早は以前は恵沢《けいたく》大学の助手だったが、その後、東都大学の助教授になっていた。

弘海の志望する大学のことを調べるうちに、中山良子は、川名千早助教授の名前を発見したのだろう。しかし、弘海に対して志望校を変えろとはいえない。中山良子は、弘海にその理由を説明できないからだ。

弘海は東京の予備校にやって来た。次第に千早との距離が狭《せば》まって行く。

千早と弘海が出会ったら、いったいどんなことになるだろう。

中山良子は不安になり、あの盗聴器を仕掛けたのだ。

嘉島のこと、裕のこと――千早が中山良子にいったのではなく、中山良子は、それを盗聴したのだ。

やはり犯人は中山良子――

作間はその考えを伝えようと席を立ち、応接間を出て、千早を探した。カーテンの向こうに、物音を聞いた。着替え中かもしれなかったのだが、それはカーテンを開けたあとで思った。幸い、千早はすでに着替えを終えていた。茶色の細身のパンツ姿で椅子に座り、机に向かっていた。正面にはコンピュータがある。ディスプレイを見ていた千早が、はっと振り向く。

「あ、勝手にごめん。大事なことを」

「あとにして、時間がないから。――車の中で聞くわ」

「――ああ」

新宿駅までというわけにはいかない。目的地まで送るつもりだ。

中山良子が千早に何を話したいのかわからないが、それは事件と関係があるに違いない。

「下に車回して待っててくれる？」

作間はマンションを出ると、時間制の駐車場に駐めておいた車を出し、マンションの前に戻った。

千早が来たのは、それから五分程してからだった。助手席に乗せて、車を発進させる。

最初の十字路で、道を横切る女性を待つために、車を止め、ふと千早を見やった。

千早は虚《うつ》ろなまなざしをグローブボックスの辺りに向けていた。

「さっきの続きだけど」

声が聞こえなかったのか、千早は身じろぎもしない。

「事件のこと、考え直したんだ」

千早は反応しない。

聞こえないような小さな声ではなかった。

作間は千早の肩をゆすった。

千早はゆっくりと、作間の方に顔を向けた。

「諸角という人の家、知ってる？」

千早の質問に戸惑った。

「ねえ、知ってる？」

「渋谷区のマンションならね」

「そこに行って」

「どうしたんだ？　諸角なんて知らないんじゃなかったのか？」

「さっきまでは」

「え？」

「メールが来てたの」

千早は抱えていたバッグから数枚の紙切れを取り出した。文字がプリントアウトされている。

突然、クラクションの音が響いて、作間は肩をすくめた。後ろにトラックが来ている。車を発進させた。

「メールが来たって、誰から？」

作間は千早の手許をちらと覗いた。

千早は作間から表の文字を隠した。

「もう一度、ちゃんと読みたいの。読んだら、話すから。だからとにかく、諸角という人の家に向かって」

「いるかどうかわからないよ」

「いいから。お願い」

千早は、二十分以上ずっと文字に視線を落としたままだが、おそらくもうとっくに読み終わっているだろう。

誰からのメールなのか、どういう内容なのか、作間は早く聞きたかった。

けれども千早が醸《かも》す雰囲気は、あまりに重苦しく、声をかけるきっかけが見つけられない。

車内は沈黙が続いた。

作間がやっと口を開いたのは、諸角親子のマンションが近づいたときだった。馴染《なじ》みの焼鳥店の前を通過した。

「そこ曲がってすぐだ」

千早が顔を上げた。

角を右に折れると、車が渋滞していた。スピードが落ちる。歩道にも、やけに人が多い気がする。

マンションの敷地の前まで行くと、人だかりができていた。

「このマンションなんだけど」

テレビ局の名前が書いてあるワゴンが、道にはみだして止まっている。路上にパトカーが停まっていて、その脇で警官が叫んでいた。

「そこ下がって。その車、どきなさい」

作間は千早を見た。

千早の顔は蒼白で、唇が震えていた。

「このまま行って」千早はいった。

「何があったのか――知っているのか？」

「行って」

マンションの前を離れ、渋滞からも逃れたところで、作間は車を路肩に寄せて停めた。

千早は左手で口許を覆い、右手では重ねた紙切れを強く握っている。

「何があったんだ？」

千早は黙ったままうつむいた。

作間は千早の手の中にある紙を奪い取ってメールを読みたいという衝動を堪《こら》え、辛抱《しんぼう》強く待った。

ようやく千早が身じろぎして、作間の方に紙切れを差し出した。

作間は印刷したメールを読む。

送信者の名前は、片仮名で、ヒロミ。

9

川名千早様

ヒロミは、あなたのすぐ傍《そば》までやって来ました。

そのことを知ってもらいたくて、今、あなたの研究室のコンピュータに侵入して、このメールを送信しました。

僕はヒロミです。そして本当の名前は、諸角透といいます。この名前の方は、あなたはご存知ないかもしれません。だけど、あなたは僕のことを知っています。五年前に、あなたは僕を見ています。

あのとき僕は、小学六年生でした。そういったら、思い出してくださることでしょう。二度目に会ったとき、あなたは、走り去った僕を追いかけて、ヒロミと呼びましたよね。

ヒロミ。どんな字を書くんですか。ずっと考えていました。あの日から、ずっと。

生まれた日の記憶なんて、誰だってそんなもの、持ち合わせていませんよね。僕も例外ではなく、もっとも古い記憶は、三歳の終わり頃、父と母と一緒に海辺で遊んだときのものです。それ以前の記憶は、ありません。だけど、アルバムには〇歳のときからの写真もあるから、自分が新潟生まれで、両親が諸角勝哉《かつや》と諸角初美《はつみ》だということを疑うことなんて、ありませんでした。

あなたと出会ったとき、僕はまだ彼らを実の両親だと思っていました。

慢性骨髄性白血病という病気がわかったのは、小学校六年生の二学期でしたけれど、それもあのときの僕は、まだ知らされていませんでした。この病気は、白血病の中では、高齢者に多いもので、子どもが罹《かか》るのはめったにないことだそうです。治るのが難しい病気で、インターフェロンという薬が効く人もいるそうですが、僕には効果がありませんでした。骨髄移植以外、治療の道はないと、医者から宣告を受けていたそうです。しかし僕はそんなことは、まるで知りませんでした。移植が受けられなければ、数年以内にはほぼ確実に死が訪れてしまう。病名を知って僕が医学書を読んだりするのが心配だったからでしょう、違う病名を教えられていました。

五年前の二月。小学校の授業はまだ続いていたのですが、卒業のための出席日数はもう十分足りているからと、僕は東京の病院で治療を受けるために学校を休んで上京しました。そのときに、自分が思っているよりも、ずっと大変な病気なのだとはわかりましたけれど、長く生きられない病気だなんて、考えもしませんでした。

諸角の家の事を、少し書いておきます。僕の父、諸角勝哉は、もともと病弱な人で、僕が七歳の時に亡くなりました。とても優しい人でしたけれど、労働に耐えられるような肉体の持ち主ではありませんでしたから、存命中も働かずに家で療養していました。けれども、父の父、僕にとっての祖父はホテルやマンションを経営する資産家で、僕たちに十分な経済的援助をしてくれていますから、父の存命中も、それ以後も、僕は経済的な不自由を感じたことは一度もありません。

人並み以上の贅沢《ぜいたく》な暮らしをさせてもらっています。

経済面だけでなく愛情も満たされていたと、そのこともいっておきます。

五年前の二月の話に戻ります。

初めての東京。最初は高層ビル群を眺めるだけでも心が躍《おど》りました。病気の治療のための上京なのに、どこか観光旅行めいていて、新宿、渋谷、秋葉原《あきはばら》、毎日新しい街に触れ、刺激を受けました。しかし、その先に待っていたのは、もっとずっと刺激的な出来事でした。

安田奈央《やすだなお》という女性に初めて会ったのは、上京した初日でした。母の友人の娘さんだと紹介されました。東京の女子大の二年生。綺麗な人でした。

その日彼女は、夕食を一緒にしたあと帰ったのですが、二日後、また訪ねて来ました。母が留守の時でしたけれど、待たせてもらっていいかといわれて、部屋に上げました。

彼女に誘惑されたのは、そのときでした。

もちろんセックスのことは知っていました。興味もありました。だけど、キスをしたのも、女の人の裸を見たのも、肌に触れたのも、セックスどころか射精自体、あのときが初めてでした。

僕はその日から、彼女の虜《とりこ》になりました。

彼女の住まいは、僕が住んでいるマンションから歩いて行ける場所でした。母は、家庭教師として雇《やと》うといい出しましたが、家に来られては、母の目があるから、何もできません。勉強を教えてもらうという口実で、僕は彼女の部屋を度々《たびたび》訪れました。時間を決めてまで教えてもらうことではないからなどと、今思うと変な言い訳でしたが、母は納得して、以後も彼女の部屋を訪れ続けました。

小学校六年生のくせに、僕は気持ちの上では、安田奈央の恋人気取りでした。

彼女がアパートの前で男と話していたのを見た時、彼女が客がいるから今は来ないでと電話でいった時、僕は嫉妬《しっと》で頭がおかしくなりそうなぐらいでした。

僕は子どもの頃から、コンピュータと電気関係の機械工作が趣味でした。東京に来て、最初何より楽しみだったのが、秋葉原に行くことでした。僕は三度目に秋葉原を訪れた時、盗聴器を買いました。母が一緒でしたが、盗聴器だけでなく、ほかのものも色々と買い物をしたし、店も、盗聴器を盗聴器といって売っているわけではありませんでした。コンピュータや機械工作を、母は自分には理解できないからでしょうか、とても高尚な趣味のように思っていましたから、盗聴器や受信機を含む高価な買い物にも、何も詮索《せんさく》せずに、にこにこと笑いながらお金を払ってくれました。

僕は早速《さっそく》、その盗聴器を、安田奈央の部屋と電話に取りつけました。まもなく安田奈央に男から電話が入り、僕はそれを聞きました。今夜こっちに来いという呼び出しの電話です。親しい間柄だということは、話しぶりからわかります。

僕は奈央の後をつけました。

あるアパートの一室に、安田奈央が自分で鍵を開けて入ります。まもなくやって来たのは、太り気味の中年男でした。奈央が招き入れます。嫉妬の炎が燃え上がり、息が苦しくなりました。もしも僕が喧嘩《けんか》に自信があったら、部屋に殴り込んだかもしれない。僕は拳《こぶし》を固め、唇を噛み締めて、物陰からアパートを見ていました。そして、驚くべき光景に出会ったんです。

僕の母、諸角初美がやって来て、アパートの部屋に入って行ったんです。

いったい何事なのか、訳がわかりませんでした。

安田奈央と男は恋人同士ではなくて、ただの知り合いだったのか。母もまた、知り合いなのか。

中で何が起きているのか、知りたくてたまりませんでした。

最初に母が帰り、奈央と男が残って、やがて電気が消えました。二人が何をしているのか、想像はつきます。でも、そのときには嫉妬よりも、母を含めた三人の関係が気になってしかたがありませんでした。

その後奈央の部屋に行ったとき、僕は奈央の隙《すき》を見て、棚の引き出しからキーホルダーを盗みました。コンビニで買い物をして来るといって出て、合鍵を作りました。キーホルダーには鍵が三つありましたけど、一つは、どう見てもロッカーの鍵か何かです。残りの二つが、自宅とあのアパートの鍵だろうと思い、とりあえず二つとも合鍵を作って、キーホルダーを元の場所に戻しました。その日の内に、僕はあのアパートに行きました。雨戸に石を投げ、中に誰もいないことを確認してから、部屋に入り、奈央の部屋から外して持って来た盗聴器を仕掛けました。

そして、僕が何を知ることになったのか。

誰が何を話し、どういう順番で事情が明らかになったのか、記憶は定かではありません。盗聴だけではなく、部屋を物色したりして知ったこともありますし、当時の知識ではなく、その後知ったこととごっちゃになっているかもしれませんが、とりあえず思いつくまま、書いてみます。

僕は、骨髄移植をしないと命が助からないと医者から宣告されている。

骨髄移植のためにはドナーが必要だけれど、僕には見つかっていない。

諸角勝哉と初美は本当の両親ではない。

本当の母親は、川名千早という人。父親は、高本一久。その高本一久は、すでに死んでいる。

中年男は、高本彰。彼は一久の兄。

高本彰と川名千早の間に子どもができれば、その子は、僕の骨髄移植のドナーになれる確率が高い。

川名千早は、そのために高本彰との間に子どもを作ろうとしている。

川名千早と高本彰は、気持ちの上で愛し合っているわけではない。

高本彰は、安田奈央とも関係を持っているし、それ以外にも金で買った女をアパートに連れ込んでいる。

あなたの後をつけたあの日、僕はあなたを、電車の中で偶然見かけたわけではありません。あのアパートから、尾行していました。

あのとき僕は、あなたが、僕の本当の母親だということを知っていました。あなたが、僕のために何をしようとしていたかも知っていました。あの日、高本彰があなたにしたことも知っています。

高本彰の卑劣さに強い憤《いきどお》りを感じました。あなたが、かわいそうでした。

あなたがあんなことをするのは、僕のせいでした。責任を感じました。けれども僕は、あなたにかつて捨てられたのだという思いもあり、気持ちは複雑でした。ただ、高本彰に対する憎悪の気持ちだけは、日毎《ひごと》、確かなものになり、あの夜、高本彰が火事で死んだ夜、僕は彼を殺すつもりでした。

あの夜、母が高本彰を訪ねていました。

僕は二人の会話を盗聴していました、高本彰は、母にまで手を出そうとしました。それは母が許しませんでしたが、僕は高本彰は獣《けだもの》だと思った。高本彰には生きる価値がないと思った。あなたに高本彰の子どもを生ませたくないと思った。彼の血を引く子どもに血を分けてもらってまで生きていたくないと思った。

あの火事がなければ、僕は彼を殺していました。いいえ、実質僕は、彼を殺したんです。煙が見えたとき、消防車を呼ばなかった。炎が見えたとき、僕は走って逃げた。僕が殺したも同然です。もちろん、そのことで後悔しているわけではありません。

数日後、僕らは東京を離れました。

僕は自分が何を知っているか、母には何もいいませんでした。覚悟を決めて、黙って死の訪れを待ちました。しかし、それから一年程過ぎて、母が病気の治療のために、アメリカに行くといい出しました。そのときには、治療というのは骨髄移植というものであること、そしてそれがどんな治療であるかということも、母は僕に教えてくれました。僕は、簡単にはドナーが見つからないんじゃないかと、思わずそう訊いていました。でも、そのときは中学の二年生ですから、その程度の知識があるのは、不自然ではなかったからでしょう。母は不審には思わなかったようです。アメリカの骨髄バンクで幸運にもドナーが見つかった、というのが、母の返事でした。

僕はアメリカで移植を受けることができました。

そしてこうやって今も、生き続けています。奇跡的な幸運だったのだと、神に感謝しました。そして何よりも、母に感謝しました。僕を救ってくれたのは、母、諸角初美の献身的な支えだったと思っていました。僕はあなたのことは二度と考えないようにしようと思いました。母は二人いらない。僕の母は、諸角初美だけです。

安田奈央と偶然の再会を果たしたのは去年でした。彼女とは、東京を離れてからは一度も会う機会がありませんでした。電話をしたことはあるのですが、通じなくなっていて、母にそれとなく居所を聞いたのですが知らないという返事でした。友人の娘だといっていたので、その友人の連絡先は、とまで訊いてみましたが、なんでそんなことを知りたがるのかと不審な顔をされて、それ以上訊けませんでした。

再会は、模擬試験を受けに上京したときのことでした。代々木《よよぎ》の駅でばったり会ったのです。再会を祝っておごってあげると、彼女は僕をレストランに誘いました。正直僕は、そのあとホテルにでも行けるんじゃないかなんて考えていました。

だけど、そんな思いが吹き飛ぶようなことを、僕は彼女から聞きました。

安田奈央というのは、彼女の本名ではなく、彼女は、母の友人の娘でもありませんでした。女子大生というのも嘘。彼女は、母に雇われていたのだといいました。僕を誘惑したのは母に頼まれたからだというのです。

僕を誘惑する理由として、母はこんなことをいったそうです。

透は病気の治療のために、これから放射線や強い薬を使うことになる。そのために生殖機能に後遺症が残る可能性がある。将来、健康な子どもを作るために、今、精子を採取して保存しておきたいのだけれど、担当の医者は、そこまですることはない、仮にそうなっても運命と諦めろという。だが、それは他人事だからいえるのだ。母親の自分は、心配だ。といって本人にそれをいえば、恥ずかしがって承知しないだろう。そこでこれを使って精液を採取してほしいと、母から避妊具を渡されたそうです。特別な避妊具、といっても、僕が覚えている限りでは、使ったのは、ただのコンドームでした。安田奈央が母に聞いたところでは、市販されているコンドームには、精子を殺す薬が塗《ぬ》られているそうで、母が渡したものは、そういう薬が使われていないものだったそうです。

安田奈央は、僕との行為が終わると、コンドームを素早く、外にいた誰かに渡して、それが病院に運ばれたのだといいます。

安田奈央は、あのときは金につられて何も考えずにやったのだけれど、あれって本当のことだったの、と無邪気な笑顔で訊きました。

本当にその通りだったのか、それとも、母が安田奈央に嘘をいったのか、あるいは安田奈央が僕をからかったのか、僕には判断ができませんでした。事実はどうなのか、母に訊く勇気はありませんでした。

そのことは、頭の隅にとどまったまま、今年、安田奈央に続いて、あなたと再会しました。といっても、顔を合わせたわけではありません。東都大学志望の気持ちを固めて色々な資料を見るうちに、あなたの名前と顔写真を見たんです。

生物学科助教授川名千早。僕を生んだ人。

一度は、記憶から遠ざけようとした顔でしたが、こうやって運命のような再会を果たすと、あなたのことが知りたくてたまらない気持ちになりました。

あなたの声が聞きたくて、電話番号を調べてかけたことがあります。

でも何も話せなかった。

その後僕は、機会があって、あなたの研究室を訪れることになった。

東都大学の理学部生物学科で、高校生向けに研究室の公開が行なわれたときです。あなたの元を、一人で訪れる勇気はなかったし、あなたと対面する決意も固まっていませんでした。だから、大勢の高校生の中に紛《まぎ》れて、あなたの顔を見ようと思ったのです。

五年前と今とでは、僕の顔はすっかり変わっています。成長もしたし、病気が治って健康的な肌色になった。眼鏡もかけています。すぐにわかるとは思いません。それでも、東都大学に足を踏み入れたときは、心臓が破裂しそうでした。

しかしその日、あなたは実験室で行なわれた研究室の説明会に現われませんでした。残念に思う気持ちとほっとした気持ちと、僕は複雑な思いのまま実験室を離れて建物の中を見て回っているうちに、あなたの名札が下がった部屋を見つけました。

再び心臓が高鳴るのを感じながら、僕はドアをノックしていました。

返事があったら、何をいうつもりだったのでしょう。自分でもよくわかりません。あなたが顔を覗かせるのを待って、それから、部屋を間違えたとかいって、逃げ出すつもりだったんでしょうか。あのとき何を考えていたか、本当に思い出せないんです。

そのあとやったことも、どうしてあいうことをしたのか、説明するのは難しいです。ほとんど無意識の行動だった気がします。僕はドアを開け、中に声をかけました。誰もいない。それがわかると、部屋に入り、僕はコンセントに盗聴器を差し込んでいました。部屋を出てすぐ、女の人が入れ違いに部屋に入って行ったので、間一髪でしたが、見つからずにすみました。

盗聴器を仕掛けることができたのは偶然でも、そんなものを持っていたのですから、最初から何か企みがあったと思われても仕方ないですね。チャンスがあったらそうすることは漠然と考えていました。あなたの声が聞きたかった。ただそれだけです。本当にそれだけのつもりでした。

ところが僕は、大変な事を聞いてしまったのです。

あなたと嘉島良介という男の会話です。

僕は驚きました。僕を救ったのは、あなたが生んだ子どもだったのですね。

そしてその子の父親は、僕。

あまりのことに、僕は母を問い詰めずにはいられませんでした。

僕が何も知らないものと思っていた母は、激しく動揺しながらも、事実を否定し続けました。だから僕は言いました。高本彰が火事で死んだ夜、お母さんがあのアパートにいたことも知っていると。

母は、ほかに仕方がなかったのだと泣きながら、何があったのかを口にしました。

高本彰は、僕の実父、高本一久と血の繋がった兄ではなかった。高本彰のHLA型は、僕とはまったく違っています。それは検査でもわかっていました。彼とあなたの間に子どもを作っても、その子が僕のドナーになれることはありえません。確率は、ゼロでした。

高本彰と母には、それがわかっていました。

あなたを計画に誘い入れたときから、彼らは、あなたに僕の子どもを生ませるつもりだったのです。あなたと僕が血が繋がった親子と知りながらです。なんという人達でしょう。

高本彰の精子を人工授精するといいながら、実は僕の精子を人工授精する。高本彰が、あなたと関係を持つことは、まったく意味のないことでした。もしもあなたが彼の子どもを妊娠したりしたら、それこそ困ったことですから、母はそんなことはやめてくれと、抵抗したそうですが、高本彰は、自分はパイプカットをしているし、万に一つも息子の精子を使ったと悟《さと》られないために、こうする方がいいのだと主張したそうです。高本彰は、あなたを屈伏させて、そしていずれ恩着せがましく、人工授精してやろうといい出すつもりだったのです。

実の親子の間の子どもを作る、おぞましい計画。それを世間にも、あなたにも知られたくない母は、高本彰に逆らえなかった。しかし、遂には我慢も限界に達し、せっかく僕の命が助かっても、これでは高本彰に一生付き纏《まと》われると思い、それであの夜、母は、不注意による失火に見せかけて火事を起こしたのだといいました。

母が高本彰を殺したことを、僕は責める気はありません。母がやらなければ、僕がやっていた。

けれども、僕を救うためとはいえ、あなたと僕の子どもを作ったこと、それだけは許せません。

母の罪です。そしてもちろん、それをさせたのは僕です。あなたの罪は、僕には判断がつかない。いつ知ったんですか？　妊娠する前？　妊娠してから？　生まれてから？　それとも、今も、疑ってるだけで事実は知らないのですか？

あなただけの問題なら、僕はあなたを問い質《ただ》すことを考えたかもしれない。けれど、まったく罪がない犠牲者が一人いた。

努君というあなたの子どもです。彼は同時に、僕の子どもでもある。そしてその事実が公《おおやけ》になったなら、一番苦しむのは、努君です。

母は言いました。努君の幸せを思うなら、決して川名千早に近づいてはいけないと。

もちろん、そうするつもりでした。東都大学受験一本などと友人にも宣言していましたが、僕はそれはもう諦めました。大学は地元に通うことになるでしょう。秋にまた東京に来る予定でしたが、この夏が、最後の東京。そう決めて、東京での最後の夏を、努君のために使うことにしました。

努君の秘密を守るため、努君の幸せを守るために、僕は嘉島良介を殺しました。

岩上裕も殺しました。

それで終わりのつもりでしたが、続けていた研究室の盗聴で、サクマがあなたに話しているのを聞きました。川副純太が犯人かもしれない。川副は行方不明。

僕自身は、そう簡単に容疑者として名前が浮上することはありません。でもあなたは、アリバイがあっても、いろいろ疑われる立場ですよね。それで僕は、川副純太の存在を利用しようと思いつきました。

J・Kは僕です。努君の身に何かが起きる心配はありません。安心してください。

あれで、犯人は川副純太だと思わせようとしたんです。

でもそれは、欲張りすぎだったようです。あの手紙を書く前に僕は、川副のことなどをもっとよく知っておこうと、盗聴器を仕掛けるためにサクマの家を探っていたんです。そのときに、サクマに見つかってしまいました。サクマとは前に顔を合わせたことがありました。サクマは僕を覚えていたようです。

岩上詩織のストーカーということでごまかしましたが、大変な誤算です。

僕はもう二度と東京に来る気はなかったし、あなたに近づくつもりもなかった。今度の事件では容疑者として名前があがることもないと思っていました。しかし状況が変わってしまいました。このあと下手なことをすれば、容疑者として名前があがってしまうでしょう。それに事件解決が長引けば、サクマや岩上詩織が僕にまで疑惑の目を向けることがあるかもしれない。

僕は決意しました。

これ以上殺人を犯すことは、もう無理でしょう。いいえ、殺すだけならできます。だけど僕は捕まるわけにはいかないのです。動機だけは、知られるわけにはいかない。

それで僕は、こんなストーリーを考えました。

僕は岩上詩織に対するストーカー行為をとがめられ、それが母にも知られてしまったために自殺するというものです。それなら、嘉島と岩上裕の事件と僕の死が結び付けて考えられることはないでしょう。

母に殺人のことと自殺する決意を打ち明けました。母には口裏を合わせてもらわなくてはならないからです。母は驚き、もちろん自殺を止めようとしましたが、僕の決意は揺るぎませんでした。

僕が今日まで生きて来れたのは、努君のおかげです。努君にもらった命なんです。神に背《そむ》いて、今日まで生き延びて来たんです。罪は僕にある。罰を受けるのは、僕であるべきです。

努君の幸せを守るためなら死ぬのは恐くありません。

しかし母は、僕の自殺を止めようと、僕の犯行を隠蔽《いんぺい》するために、サクマを殺しに行きました。

ところが、それは失敗に終わりました。

僕と母が一緒の所を、前にサクマに見られています。

サクマは母のことも覚えているかもしれません。

だとしたら、事態は最悪です。

これでは、僕が自殺しただけでは終わりません。母が警察の取り調べを受けることになるのです。

僕は、ともかく努君の秘密を守るためには、どうすればいいかだけを考えていました。

母は母で、僕を救うためにはどうしたらいいか考えている。

二人共、ずっと黙り込んだまま長い時間が過ぎました。

そして母がいい出したことは、あなたに助けを求めようということでした。あなたならなんとかしてくれるのではないかと。母が襲う前、あなたとサクマは親しく話し込んでいたのですよね。それであなたの力を借りれば、まだなんとかなると母はいいました。

だけど、僕はそれだけはさせるわけにはいきませんでした。あなたのためではなく、努君のために、あなたには今度のことを何も知ってもらいたくなかった。

僕と母は口論になり、僕は母をなじりました。そもそもは母が犯した罪なのです。母は、僕を助けるために仕方なかったといいます。しかし僕は、母の行為が果たして本当に愛情だけからだったのか、疑っていました。

僕の祖父は資産家です。父は死んでいるので、祖父がなくなったときには、僕が相続人です。母には相続の権利がありません。それに今受けている経済的援助自体、僕が死んだらなくなってしまうでしょう。それで母は、なんとしても僕を生かしておきたかったのかもしれない。

母にその思いをぶつけると、母は放心したようになりました。あまりにもひどい疑いに、ショックを受けたのかもしれなかったのに、僕はそう考えず、図星だったから母はショックを受けたのだと感じました。

感情が高ぶり、自暴自棄《じぼうじき》な思いと重なって、僕は母の胸を刃物で刺していました。その一瞬はためらいもありませんでした。けれどもその後、倒れ込んだ母の言葉を聞いて、後悔しました。

母は、僕に部屋を出ろといいました。

胸を刺したのは、自分で、これは自殺なのだと。

サクマが犯人はわたしと証言するだろう。犯行はすべて、わたしがやった。

あなたは何もしていない。

続けて母がいった告白に、僕は衝撃を受けました。

努君は、僕の子どもではなかったんです。僕の実父高本一久と高本彰は血が繫がっていなかった。けれども、高本一久には血の繫がった親戚がいました。彼らの中に、僕とHLA型の半分が共通している男を見つけられれば、あなたと彼の子どもは、二十五パーセントの確率で僕と同じHLA型になるのです。高本彰は、そういう親戚は見つからなかったといっていたのですが、それは嘘でした。適当なHLA型の親戚がいたのに隠していたのです。僕とあなたの間に子どもを作ることで、その秘密を手に、あなたと僕の母とをずっと脅し続けるつもりでいたのです。

母は、その親戚のことを知って、高本彰を殺しました。

あなたが生んだ子どもは、タブーの子どもではありませんでした。

母は、その親戚と交渉して、精子をもらったのです。

しかし母は、そのことをあなたに教えなかった。あなたが、子どもの父親は誰だか、誤解するかもしれないことは承知の上で。

そして母は僕にも、本当のことをいわなかった。いや、はっきり嘘をいったんです。子どもの父親は僕だと。

僕とあなたを永遠に引き離しておきたかったからです。

親子の関係を、誰にも邪魔されたくなかったからです。

すべては僕に対する愛情からだったと、母は最期にいいました。

そうだったと信じてあげようと思います。だけど、母がそんな嘘をついていなければ、今度の事件は起こらずにすんだのです。母のせいで、僕はしなくてもいい殺人をしてしまいました。母の死は、自業自得です。とはいえ、母を殺したことも含めて、やってしまったことは今更《いまさら》取り返しがつきません。

今、時計を見たら、もう正午近い時間になっていました。今日、マンションにはハウスクリーニングの業者が入ることになっているので、そろそろ母の死体が発見される頃でしょう。

母は、すべて自分がやったことになるはずだからといいましたが、そんなふうに事が運ぶなんて、思っていません。母は早く出て行って、どこかでアリバイを作れといいましたが、まだ僕が家にいるうちに、インターフォンが鳴りました。何度も何度も、執拗《しつよう》に。もう警察が来たのか、そんな錯覚に陥って、僕はただ夢中で、逃げ出そうと、ベランダ伝いに下に降り、物陰に身を隠しながら、駐車場に行きました。そのときに僕は、マンションの玄関にサクマが立っているのを見ました。警察ではなかったのですね。

僕は車でサクマをはねようとしました。

結局それは失敗したのですけれど、失敗してよかったと、冷静になったときに思いました。

サクマを殺す理由は、もうなくなっているんですよね。

嘉島良介も、岩上裕も、殺す必要はなかった。

僕はまったく意味のない殺人をしてしまったのですね。

守るべき秘密も人も、まったく存在していなかったのです。

しかし時間は巻き戻せません。

やってしまったことの罪を償《つぐな》うしかありません。

最後に、もう一度、あなたにいっておきます。

川名努君の父親は諸角透ではありません。彼の父親は殺人犯ではないのです。

そして僕は、諸角初美の子どもで、あなたの子どもではない。

命を救ってもらっておいてなんですが、あなたは僕を捨てたんです。あなたを母親だなんて認めない。以後も、間違っても勝手な母親面はやめてください。それだけお願いするために、このメールを書きました。

10

ヒロミからのメールを読み終えると、作間はカーラジオのスイッチを入れた。流れていたのは交通情報だったが、チャンネルを替えようとしたところで、ちょうどニュースになった。

車内の空気が緊迫する。助手席の千早は、腕を前に組んだ姿勢で、身体を硬くした。たった今通り過ぎて来たあのマンションで何が起こったのか——

警察と共に、マスコミの姿もあったから、この時間のニュースで報道があるかもしれない。

作間は息を殺して耳を傾けた。

強盗事件と食中毒のニュース——いずれも渋谷区ではなかった。

あのマンションで何があったのかは、わからないまま、歌番組が始まる。

千早が長い息を吐き出して、いった。

「箱根《はこね》に、送ってくれる？」

「箱根？」

千早がバッグから出したのは、ＦＡＸ用紙だった。

コンビニエンスストアのＦＡＸサービスを利用したもので、送信者は中山良子。今日の待ち合わせの時間と場所が指定してあった。

作間は粘った唾を呑み込んだ。

「待ってると思うのか？」

ヒロミはメールで、母親を殺したと告白している。今聞いたニュースでは報道がなかったが、まず間違いなく告白は事実だろう。

中山良子は死んだ。ヒロミに殺されたのだ。

「このメール、信じてないのか？」

虚空を見つめていた千早の視線が、作間の方を向いた。

「お願い、ともかく箱根に」

「信じたくないのはわかるけど——警察に行くべきだよ。それが、弘海君のためでもあると思うんだ。弘海君、自殺するかもしれないよ」

青褪《あおざ》めていた千早の顔から、また一段と血の気が引いて行く。

「辛いのはわかるけど、真実から目をそらしても始まらない。今はまず、あのマンションで何があったのか確かめて——警察に弘海君を探してもらうべきだ」

「弘海が――弘海が箱根に行ってるの」

作間は手にしていたメールに視線を落とす。どこかにそう書いてあったろうか。ざっと見返すが、そんなことは書いてない。千早の手許に目をやった。千早はFAX用紙を握り締めている。

「一緒に待ってるって書いてあるのか?」

千早は首を横に振った。

「わかるの。見えるのよ。弘海が待っているのが――連れて行ってくれないなら、いいわ。降りる」

「待てよ」

ドアを開けかけた千早の腕を押さえた。

「落ち着くんだ」

千早の身体の震えが伝わって来る。

「早く弘海のところに行かなくちゃいけないの。弘海が待ってるの」

「それはわかった。信じるよ。母親の勘を信じる。でもね――箱根まで行ってる間に、彼が早まったことをしたら――取り返しがつかないだろう」

メールからは、ヒロミの自殺の意志が濃厚に感じられる。千早もそれがわかっているはずだ。

「手後れにならないうちに」

千早は強く首を振った。

「警察が行ったりしたら、逆に、追い詰めてしまうわ」

千早は首を振りながらいった。「真実から目をそむけようなんて思ってない。逃がそうなんて思ってるわけでもない。ただ、今はただ、会いたいの」


道の左側の木立の向こうに、洋風の建物が見えた。一度視界から消えたが、今度は正面に見えて来た。緩い坂を上る。

建物の二階の窓に、明かりが見えた。

作間は千早の方を一瞥した。千早は身を乗り出して、前を見つめている。

建物前で車を停めると同時に、助手席から千早が降りた。正面玄関に繋がるステップを上り、ドアをノックする。作間は車から降りたが、玄関には近づかずに千早の後ろ姿を見守った。諸角透が出て来た場合、最初に目に入るのは、千早一人の方がいいだろうと思ったからだ。

ふと、左に目をやったのは、二階のバルコニーを屋根にしたスペースに車を見つけたからだ。見覚えのある車だった。諸角透は、間違いなく中にいる。

「川名です。開けてちょうだい」

千早はノックを続けながら、その言葉を繰り返した。

「いるんでしょう。開けて」

今度はその言葉を繰り返す。

作間は運転席に戻り、車を動かした。

千早が驚いた様子で振り向き、当惑した顔で車の方を見やっている。作間の意図がわからなかったからだろう。

作間は車をバルコニーの近くに停めて降りると、ボンネットから車の屋根へと上った。バルコニーの床が胸の辺りの高さになる。窓際に寄せた丸いテーブルと折りたたんだ椅子、重ねて置いてある植木鉢が見えた。

作間は格子になった手摺《てすり》をつかみ、よじ登った。

手摺を乗り越え、バルコニーに降り立つと大きなガラス戸に向かう。青を基調にした柄物のカーテンが引かれているが、中に明かりが点いていることはわかる。

「諸角君」と呼びかけながらガラス戸をノックした。

中で何が起きているのか、嫌な予感を覚えながら、呼吸を整えたとき、作間はクレセント錠が開いていることに気づいた。

窓を開け、カーテンを掻《か》き分ける。

諸角透がベッドに仰向《あおむ》けに寝ていた。上半身裸でショートパンツ姿。胸に電気コードと繫がった金属片がガムテープで貼り付けられている。背中からもコードが延びていた。

作間は一瞬呆然と立ち尽くしていたが、我に返ると部屋に飛び込み、諸角透の胸から金属片を剝《は》がした。それから息と脈を確かめているとき、背後の物音に驚いて振り向いた。

千早が手摺を越えてバルコニーに降りた音だった。千早は着地したときにバランスを崩したまま、よろめくような足取りで部屋に入って来た。真っ青な顔で作間を見ている。

「大丈夫。間に合ったよ」

千早が作間の傍らに膝をつき、諸角透の頰《ほお》に手を触れた。

「救急車を呼んで」

諸角透の温《ぬく》もりが、千早をいくらか落ち着かせたのだろう。冷静な言い方だった。

作間は服のポケットを探ったが、携帯電話はなかった。車の中の鞄に入れたままだ。

この部屋に電話はないのか、視線を巡らすと、衣装簞笥の横にブランデーとグラスの並んだ棚があり、その上に、コードレスフォンの子機が載っていた。

作間はベッドを回り込んで棚に近づいて、コードレスフォンに手を伸ばした。そのとき、ドンという音と共に衣装簞笥の扉が開いて、男が飛び出して来た。

まったく予期せぬ出来事に、作間は腰を抜かしかけた。よろけて後退し、壁に手をついて身体を支えながら、男の姿を眺める。

簞笥から飛び出し、素早くコードレスフォンを手にした男は、作間の方に顔を向けて立っている。

いったいなぜ、君が——そんな言葉が頭に浮かんだが、あまりのことに呆気《あっけ》に取られ、声が出ない。

「救急車なんて呼ばれたら、困るんですよ」

その声は、落ち着き払っているように聞こえた。が、続いたのは、長い吐息だった。彼の口が尖り、肩が僅かに上下している。いくらか感情の昂ぶりがあるようだ。

作間も男に合わせるように深い呼吸を繰り返す。今になって動悸がし始めた。

「なんで」

作間はやっとそれだけいった。頭の中には疑問が渦をなしているが、言葉になって出て行かない。

「袴田君?」千早はいった。

袴田の顔は、作間の方を向いている。千早が見ているのは、彼の横顔だ。しかしもちろん、千早は彼が袴田であることを疑っているはずがない。あまりに意外な人物の出現に驚き、そんな疑問形の言葉が口をついたのだろう。袴田と透の繋がりを、千早はおそらく、まったく知らない。二人の間に接点すら見出すことができないはずだ。

その点作間は、二人が無関係でないことを知っている。予備校の講師と生徒。詩織をめぐる三角関係。——しかし作間にしても、ここで袴田に出くわすとは想像もしていなかった。どういう状況なのか、まるでわからない。

袴田が焦点の定まらない視線を虚空に投げ、右手で口許を押さえた。やけに白っぽい手だ――作間は一瞬そう思ったが、よく見ると手袋をしていた。

作間はベッドの上の透を一瞥した。透は自殺しようとしていた。たった今までそう信じ込んでいたのだが、もしかしたら違うのか――作間は、袴田の右手を凝視する。

袴田は作間の視線に気づいたのだろう。右手を下げ、まなざしを作間の顔に向けた。暗く澱んだまなざしだった。昨夜作間の前で取り乱し、泣きそうな表情を見せたときの気弱そうなまなざしと同じ人間のものとは思えない。

「どういうことなんだ、これは」

「それはこっちも訊きたいですね。メールには、どこに行くかまでは書いてなかったでしょう」

袴田は千早の方を向いてそういった。

千早はベッドの傍らに跪《ひざまず》いた姿勢で、袴田を見上げている。

「あなたが――あれを書いたの？」

さっき袴田の名前を呼んだときには、ただ戸惑っている様子で、口調はどこか間延びしていたが、今はしっかりした喋り方だった。

「ええ。諸角のパソコンを覗いたら、いろいろ面白いことが書いてあったんでね。これは利用できると思って」

袴田は薄笑いを浮かべた。「諸角が犯人だって、信じたでしょう?」

千早はうなずかずに袴田の顔を凝視している。

「犯人は——あなたなの?」

「そういうことになりますね」袴田はあっさりといった。

「いったいどういうことなんだ。説明してくれ」

「その前に救急車を呼んで」千早がいった。

「必要ありませんよ。睡眠薬を飲ませてますけどね、どこで手に入れたか問題になったら困りますからね。母親が持っていたのを飲ませただけです。死ぬような量じゃありません。感電自殺に見せかけるつもりでしたから。変圧器やタイマーやらは、諸角の持ち物で間に合ったんで——これなら疑われないでしょう」

袴田は平然とした面持《おもも》ちだった。

「簡単にいうんだな」作間はいった。

「へ?」

「人を殺そうとしておいて、よくそんな平然と」

「もう何人もやってますからね」

作間は唾を呑み込んだ。

「それに」袴田は作間に向かって口を尖らせて息を吐き出した。「平然とはしてませんよ。震えてる。もっとも、殺しにびびったんじゃないですけどね。こんなに早く誰か来るなんて思ってなかったし、バルコニーから逃げようとしたら、あなたがやって来るし――さすがに心臓がバクバク鳴りましたよ」

「なぜ――こんなことを?」千早がいった。

袴田は、千早の方に向き直った。

「あなたのためですよ」袴田はいった。「あなたを苦しめる人間が許せなかったんだ」

作間は立っている位置をずらし、袴田の顔を斜め前から見た。千早に向いたままなざしは、強烈な光を湛《たた》えている。

「僕はあなたを好きになってしまったんだ。だけど、こんなガキが相手にされるはずないって、それはわかっていたから、結局僕がやったことは、ストーカーまがいのことだけでした。こっそりつけまわしたり、盗聴したり――だけど僕は真剣にあなたを愛してる」

「君は、詩織の恋人じゃなかったのか?」

袴田は作間の方に視線を巡らせた。

「川名先生を慕《した》っていた詩織が、急に川名先生を避け出したでしょう。川名先生は、そのことをすごく気にしてる様子だった。何があったんだろうってね。詩織とは、研究室で顔を合わせて、話したことはありましたからね。近づいて、事情を訊き出そうとしたんですよ」

「君はそのためだけに、詩織と付き合ったのか」

「本当に深い関係になったのは、川名先生を困らせてる本の作者が詩織の兄だって知ったからですね。嘉島を殺すことは、最初から決めてましたけど、作家まで殺すべきかどうかは、迷っていたんですよ。僕は最初、嘉島と作家はぐるなんじゃないかと思っていたんです。そうなら、殺すしかない。だけどそうでなければ殺すことはないでしょう。小説のファンだっていって、詩織にお兄さんを紹介してもらったんですよ。部屋にも行ったことがあって、そのときに盗聴器を仕掛けておいた」

袴田の言葉が途切れた。

「それで」作間はいった。「裕は、嘉島とぐるだったというのか？」

「違ったみたいですけどね。だけどあの人はあの人で、川名先生を追い詰めようとし始めた。子どもはクローンなんじゃないか、ってね。告発するメールが届いてるって、川名先生を脅した。どんなメールなのか読んでみたかったっていうのもあるけど、あの人も、川名先生を困らせる人間だってことは、それで確かになったから——」

「殺したのか」

「ええ」

作間の肌が粟立《あわだ》った。

「この子のことは、なぜ？」千早がいった。

「川名先生は気づいてなかったかもしれないけど、そいつはずっと先生をつけまわしていたんですよ。最初僕と同類かと思いましたけどね」

袴田は千早に向かっていった。「盗聴器は、研究室で見つかったものだけじゃない。詩織にプレゼントしたアクセサリーとかね。作間さんの部屋にもあるかもしれないな。僕はずいぶんいろんな話を聞いてますよ。あなたに隠し子がいることは知っていた。だから、諸角透が何者か、ピンと来ましたよ。興味を持って、予備校での個別指導以外に家庭教師をやってやろうって、そういって近づいたんです。母親が乗って来ました。予備校には知られたら困るからって、内密な付き合いが始まった。それでね、さっきいったでしょう――あなたに送ったメールの元になった文書を透のパソコンを覗いて発見したんですよ。透の母親が、あなたを苦しめてる一番の張本人だってことは、わかりましたよ。それに透自身もね。元々は透を助けるために、あなたは地獄の苦しみに落ちた。だから二人とも始末して、ついでに嘉島良介と岩上裕の殺人の罪も押し付けてやろうと思ったんだ」

「努の父親のこと――」千早がいった。「メールはどこからが創作なの？」

「嘉島とあなたの会話を聞いたのは、透じゃなくて僕です。そのあとの出来事が、僕の創作ってことになりますね。透は、努君のことを知らない。ドナーは、アメリカの骨髄バンクで偶然見つかったものと思ってる」

「じゃあ努の父親は――」千早は袴田の顔を凝視している。

作間は息苦しくなっていた。

ヒロミからのメールを読んで、作間は、殺人事件の犯人は千早が生んだ子ども、諸角透だと信じていた。それはとても辛いことだったが、唯一の救いが、努は禁忌《きんき》の子ではなかったという事実がわかったことだった。

今、諸角透は殺人犯ではなかったとわかった。

しかし、努は禁忌の子ではない、というメールの記述は、袴田の創作だったのだ。

努はやはり、禁忌の子だったのか――

「メールの通り、透じゃありませんよ」

袴田はきっぱりといった。

「どうしてあなたにそれがわかるの?」

作間も同じことを訊きたかった。

「メールの内容はもちろん僕の創作だけど、事実と思わせるつもりで書いたんですから、そのぐらい調べてますよ」

「調べるって?」千早が首を傾げた。

「あなたの血液型は、別に秘密ではないでしょう。あなたから直接聞いてはいないけど、研究室の人との雑談の中で血液型の話題が出たことがある。だから僕は、あなたの血液型を知ってます。A型ですよね」

千早はうなずいた。

「透はね、昔はA型、今は、B型なんですよ。こういうのって、人を驚かせることができるから、つい自慢っぽくいってしまうでしょう」

造血幹細胞移植は患者とドナーの白血球型が一致していないと行なえないが、赤血球の型は違っていてもかまわない。

移植の際、患者の造血幹細胞は破壊され、ドナーのものと交換される。造血幹細胞は血液を造る元になる細胞だから、移植後、患者の血液型は、ドナーと同じものに変わってしまう。

「透のドナーは、B型だったってことです。あなたがAで透もA。あなたと透の子どもなら、B型にはなりませんよ」

作間はほっとした思いから、深い溜息を吐いた。

努は禁忌の子どもではなかったのだ。

作間は千早の方に視線を動かした。

千早は、硬い表情で、袴田の顔を凝視している。

「これが送られて来たの」

千早が上着のポケットに手を入れて、FAX用紙を取り出した。中山良子が千早に送って来たＦＡＸだ。千早は用紙を丸めて、袴田に放った。受け留めた袴田は、それを開いた。

「どういうことかしら」千早はいった。「あなたの今の話では説明がつかない」

「透は、川名先生の周囲をうろついていたんですよ。母親はそれに気がついて、心配したんでしょう」

「メールに」

千早は作間に向けて顎をしゃくった。「この人を諸角初美が襲ったってあるわね」

「僕は作間さんとも、諸角初美とも、身近に接することができたんですよ。車でも部屋でも持ち物でも、盗聴器を忍ばせることができるじゃないですか」

「襲ったのは、なぜ？」

「え？」

「諸角初美は、なぜ作間英俊を襲ったの？」

「作間さんは、透を追っていた。母親は、どういうつもりか、どこの何者か、つけているうちに、あなたと話してるところを見たわけでしょう。意図はわからなくても、危険な存在だと思ったんでしょうね」

「納得できる話ではないわ」

「彼女の気持ちは、彼女に訊くしかないですね」

「本当のことを話して」

「嘘なんていってませんよ。なんで今更、嘘なんていいますか」

袴田が不意に動いた。ベッドに近づいて、諸角透の身体を挟んで千早と向き合う位置にしゃがむ。

「嘘なんて話すぐらいなら、黙ってますよ」

そういった袴田は、右手を諸角透の喉に突きつけた。その手には、刃先を下に、鋏《はさみ》が握られていた。

作間は虚《きょ》を衝《つ》かれて、何もできずに立ち尽くしていた。

「僕は透を連れて、ここを出て行く」

「逃げられると思っているのか？」作間がいった。

「あなたたちさえ黙っていてくれればね」

「本気でいっているのか」

「透を人質にしている間は、黙っていてくれるでしょう」

袴田は鼻を鳴らした。「もちろん、ずっと人質にしてるわけにはいかないけど、とにかく少しね、これからどうしたらいいか、考える時間がほしいんですよ。完全犯罪のつもりだったのが、最後躓《つまず》いた。失敗じゃない。躓きですよ。何かまだ打開策があるはずだ」

袴田は千早を見やって、いった。「さあ、離れて。二人でここを出て行ってください。

警察に電話するとか、考えないでくださいね。透の命と引き換えに何を要求したらいいのか、僕はこれから考える。だから、あなた方が変なことさえしなければ、透は助かる。それは約束します」

作間は一歩前に出たが、袴田の酷薄なまなざしに出会い、押し返されたように半歩戻った。

「僕を自棄《やけ》にさせないでくださいよ」

袴田は千早の方に顔を戻した。「親子の対面で離れがたいのはわかりますが、生きてる息子とまた会いたいと思うなら、今はここを出て行ってください」

千早が首を横に振った。

「この子を殺させるわけにはいかないの」

「殺しませんよ。そういってるでしょう」

「いいえ。あなたはこの子を殺すわ」

「自棄になったらね」

「違う。そうしないと、秘密が守れないからよ」

袴田の肩が、ぎくりと動いた。

「この子は、何も知らないんでしょう」千早がいった。「わたしのことなんて知らない。たぶん、自分が養子だってことも知らない。違う?」

作間は、千早が何をいい出したのか、まったくわからなかった。

「――いつ、わかったんですか？」

袴田が苦しそうな声でいった。

「この子を見たときから、どこか変だと思っていたわ」

千早は諸角透の頰を撫でた。「この子、一久に似てるし、わたしの子どもの頃にも似てる。この子が、わたしが生んだ弘海だってことは、間違いない。でも、五年前に会った弘海は、この子じゃない気がしたの――でもそんなはずない。弘海が二人いるはずないし――そう思って戸惑っているところに、あなたが現われた。――今まで気づかなかったのが、不思議だわ。顔は変えたんでしょうけど」

「なんの話をしてるんだ」

作間は訊いたが、千早も袴田も答えない。

「目許と鼻を少しいじりました」袴田は千早に向かっていった。「でもそれ以上に変わったのは、むしろ体型や、肌の色艶《いろつや》や目付きでしょう。あのとき僕は、まるで病人でしたからね。覚醒剤にはまっていたんです」

二人が何を話しているのか呑み込めず、当惑していた作間に向かって、千早がようやくいった。

「五年前、中山良子が連れていた弘海は、この人、袴田君なの」

作間は目を丸くして袴田を眺める。

「あなたの元の顔は、目が一久そっくりだった。あなたは一久と血が繋がっているわね」

袴田はうなずいて、いった。「沢松美奈代って、知ってますか？」

「一久と一緒に交通事故で亡くなった人ね」

「その人が僕の母親です。僕も、捨てられたんですよ。高本一久が高校生のときに彼女を妊娠させた。彼女は結婚を迫ったけど、若すぎることを理由に、一久は逃げたんですね。親が産婦人科の医者だったから、彼女を説《と》き伏せて、子どもは養子に出させたんですよ。あなたの弘海と、同じようにね。僕の方が先なわけだけど」

思いもよらない話に、作間はただ黙って耳を傾けるしかなかった。

袴田は天井を見上げてから、千早に視線を戻した。

「僕の養い親は、子どもがほしくてもらったんじゃなくて、沢松家に恩があって、押し付けられたんです。幼い頃は、そうひどくいじめられたってわけじゃない。兄貴たちと、なんか差別されてるとは、感じてましたけどね。いじめがひどくなったのは、小学校の高学年になってからかな。養子だって教えられたのもその頃で、理由は、僕が勉強ができすぎたってことですよ。二人いた兄もね、そこそこ勉強ができて、親の自慢でしたからね。僕が彼らよりずっと頭がいいってことが、面白くなかったんでしょう」

袴田は鼻を鳴らした。「中学生のときには、勉強する環境じゃなくなって、成績は急降下、悪い友達と付き合うようになった。もっとも、それはそれでよかったと思ってますけどね。僕の仲間を見て、兄たちは僕をいじめなくなった。——まあ、ただ家に帰らなくなっただけだって言い方もできますけど」

袴田は左手に持っていたコードレスフォンとFAX用紙をベッドの上に置くと、額に垂れた髪を掻き上げてから、話を続けた。

「高本彰が来たのは、中学三年の終わり頃でした。実の父親の代理で来たっていってね。父親は、事情があって子どもを養子に出すことに反対できなかったけど、今になって引き取りたがってるってね。だけど、僕が今のような荒れた生活をしているようでは、難しいとか——あとで考えると、ずいぶんいいかげんな内容だったんですけどね。父親のことより、荒《すさ》んだ生活から、抜け出したかったから、僕は高本彰にいわれるまま、新しい生活を始めたんです。メールの中に、安田奈央って人間が出て来るでしょう」

袴田が返事を待つように、間をおいた。

千早がうなずく。

「それが、僕なんですよ。もちろん、弘海との間に起きた出来事については嘘ですけどね」

袴田は続けて語った。

高本彰の指示で、仲間と離れ、新しい土地に住むことになった。

「アパートでの一人暮らし。僕はまだ、とても大人には見えない身体付きだったから、それじゃあ周囲の人間が不審に思う。だから女装して、小柄な女性だと思わせろって――あとでわかったことだけど、実は別の事情があったんですね」

高本彰は、諸角初美や袴田、千早との関わりを家族に知られないようにしていた。そこで袴田の住まいは、諸角初美に用意させた。

「だけど高本彰は、僕のことを、諸角初美にはまだ知られたくなかった」

高本彰は、透の命を救うために協力する、その報酬の一部として、愛人の女性に部屋を一つ借りてやってほしいと、諸角初美に頼んだ。

「諸角初美は、自分が借りた部屋には、高本の愛人の女子大生が住んでると、思い込んでたわけです。でもね、諸角初美は、僕の存在は、あなたに会う前から知っていたんですよ。透には異母兄がいること、しかもその人間のHLAハプロタイプの一つが、透と一致していること。――僕は、実の親との間で念のため親子鑑定をしておかなくてはいけないからと、高本彰に血液を採られていたんです。僕とあなたの間に子どもを作れば二十五パーセントの確率で、透のドナーが生まれる。諸角初美は、それを知ってました。ただ、その異母兄がどこにいるか、高本彰は教えなかったんですね。それで諸角初美は、高本彰のいいなりになるしかなかった。なんとかあなたを高本彰に従わせようと、同情を誘った。だけどあなたは、高本彰の要求を一度撥ね付けましたよね。あなたは話を疑った。信じさせるためには、透に会わせるしかない。諸角初美は、ほかに手がなければそうしたでしょう。養子だという秘密は守りたくても、それよりまず、透の命ですから。だけど、それじゃあ高本彰の方は困るわけです」

諸角初美と千早が隠し事なく話し合える関係になったら、二人は表立った行動として高本彰の卑劣さを非難することもできるのだ。少なくとも、今までは一方的に優位だった高本彰の立場が逆転可能なものになってしまう。

「それで彼は、僕を透の身代わりにすることを思いついたんですよ。諸角初美にとっても、身代わりですむのなら、もちろんその方がよかった。彼女が何より恐れていたのは、子どもをあなたに取られるんじゃないかってことだった。白血病の子どものために、彼女は何もしてやることができないのに、血の繋がったあなたには、彼を救う術《すべ》がある。血の繋がった親子の絆《きずな》の深さを、思い知らされる出来事だったんですね。子どもがあなたに会ったら、それだけで、子どもがあなたを母親と知ってしまうのじゃないかと恐れていた。それにもちろん、あなたが、子どもを一目見ただけで納得するとは、限らないわけですからね」

一度食事ぐらいは一緒にしたい。二人きりで話をしたい。すべては名乗りを上げてからのことにしたい。千早の要求をどこで留めることができるか。妊娠から出産まで、千早の立場は次第に強くなるのだ。

「諸角初美が、本物の透をあなたに会わせたくなかった気持ちはわかるでしょう」

袴田は目許に手をやり、目尻を下に引いた。

「僕の目は、父親にそっくりだった。しかも年齢の割に小柄で、病人みたいに痩せ細っていた。僕は中山良子の子どもになりすますように、高本彰からいわれた。そのとき聞かされた事情には、いろいろ嘘が混じっていたんですけどね。正直僕には、どうでもよかったんですよ。ともかく彼のいう通りにしていれば、大金がもらえるってことだけは理解できたから。僕は中山良子のところに行き——あなたに出会った」

袴田は千早を凝視している。「運命の一瞬でした。あれですべてが決まった。あなたは僕を母親の目で見た。最愛の人を見つめるまなざしで、僕を見た。生まれてから一度も、僕はそんなまなざしに出会ったことがなかった。そのときから、僕はあなたが忘れられなくなった」

袴田は、高本彰と中山良子の会話を盗聴して、事情の一端を知った。

「あの会話だけじゃあ、なんだかわからなかったんですけどね。中山良子——いや、そのときはすでに諸角と名前がわかっていたけど、僕は彼女を問い質した。あとで嘘が一つでも明らかになったら、僕は消えてしまうからってね」

袴田は諸角透の喉元から、鋏を少し遠ざけた。

「話を聞いて、僕は高本彰を殺すと決めた」

袴田の呼吸が荒くなっている。肩が上下に動いていた。

「僕が容疑者になるとしたら、諸角初美が喋った場合だけですよね。彼女が喋るはずはない。僕が協力しなければ、透は死ぬんですからね。だけど、透が助かったあとか、透が死んでしまったとき、彼女は僕を裏切るかもしれない。だから、彼女との共犯関係が明らかになるように、合鍵を作らせたりしましたけどね。高本彰を殺したのは、僕ですよ。僕自身の手でやることに意義があったんだ」

袴田は合鍵で忍び込み、部屋に盗聴器を仕掛けた。寝込みを襲うために、部屋の様子を探るためだった。

「いろいろ、僕の決意をいっそう強くさせるようなことが聞こえて来た」

袴田は口許を引き締めた。「火を点けることは、最初から決めてました。あの部屋ごと燃やし尽くしてしまいたかったから。だけど、確実に殺すために、その前に、刺し殺すつもりでいたんですけどね。忍び込んでみたら、相当深い眠りだってわかったから、事故に見えれば、その方がいいだろうって——」

袴田は口許に笑みを浮かべたが、それはすぐに消えた。

「僕はあなたのために、高本彰を殺した。そして——僕とあなたの間には、子どもが生まれた」

作間は千早の方に視線を動かした。

千早は無表情に袴田の顔を見ている。

努の父親は袴田だった。それがわかった今、千早はどんな気持ちなのか。表情からは、どんな感情も読み取れなかった。

「僕は、そのときからずっと、あなたと努を見ていた。あなたと努は、僕の大切な家族だから」

袴田は盗聴して、千早に復縁を迫る嘉島の話を聞いた。脅しの材料は、努の出生の秘密。努は実の母子の間に生まれたのではないか――嘉島はそれを世間にばらすという。

「あなたも、そう信じていたんですよね。精子提供者は、弘海だと思っていた」

「その可能性があると、思ってたわ」

「僕の名前は絶対に明かさないように、それは諸角初美にいってましたけど、異母兄が見つかったんだ、って、それまで隠せとはいってません。それで不思議に思って、彼女に質したんです」

諸角初美は、千早が勝手に誤解しているだけだと答えた。

それなら誤解をとくようにと、袴田はいった。しかし諸角初美は拒んだ。彼女は、千早と透が出会うことを恐れていたからだ。透はおそらく東都大学の理学部に合格する。五年前に千早と会った弘海は、透ではなく袴田だが、実の親子の血が呼び合うことを、諸角初美は恐れた。

「あなたは透を見て、一目で我が子と知るかもしれない」

そうなったとき、千早が禁忌の子を生んだと誤解していたら、透に近づくことより遠ざかることを選ぶはずだ。

袴田が作間の方に顔を向けた。「僕と透が予備校で出会ったのは、もちろん偶然じゃない。僕は、母親に頼まれて、透の東都大学志望を変更させようと思っていたんですよ。講師として相談に乗るふりをしてね。だけど、どうやったらそんなことができるのか、結局いい方法は思いつかなかった」

袴田は深く息をして、千早の方に顔を戻した。「努の父親は弘海ではないって、諸角初美からあなたにそういわせたかったけど、できなかった。彼女に対して、強くは出られない。五年前のことが明らかになって困るのは、僕も同じですからね。努の父親が、かつて放火して人を殺したんだってことは、万に一つも、世間には知られてはいけないことなんです。でも、なんとかあなたの苦しみを取り除いてあげたかった。あなたが罪の意識に苦しみ、やがて秘密を守るために嘉島に屈するのを、黙って見ていることはできない。僕は僕たち家族の未来のために、障害を排除する計画を立てた」

袴田は左手で自分の頬を軽く叩きながら、その計画を語った。「努の誕生の経緯を巡ってマスコミが動く騒ぎになりかけているから、嘉島と作家を殺すほかないって、諸角初美と、ここでそんな相談を巡らせたのは、一月《ひとつき》ぐらい前のことでした。僕は、もちろんそのときから、諸角初美と透も殺すつもりだった」

袴田が作間の方を見やった。「透が詩織を好きになったり——意外な出来事もありましたけど、それはうまく利用できた。諸角初美があなたを殺そうとしたのも、アクシデントでした。あなたが危険な存在だってことを教えただけで、殺せなんていわなかったんですけどね——まあでもそれも、結局僕に都合のいい展開になった」

昨日、作間と会ったとき、諸角透の連絡先を訊かれた袴田は、電話番号のメモを取りに行くふりをして、諸角初美に電話した。

作間が諸角透の連絡先を知りたがっていることを告げ、自分を襲ったのは誰か、作間はもうわかっているのだと、諸角初美にいった。渋谷のマンションも、新潟の実家も、予備校の職員を一人なんとかできればすぐにわかってしまう。

袴田は、箱根の貸し別荘に行って話し合おうと誘った。

「これを最後に電話に出ないようにって指示して——そのためには、とりあえずすぐに透を部屋から追い出す必要がありますよね」

袴田は作間を見て、いった。「透が電話に出たら困りますから」

母親は透に、今日からしばらく箱根に行くこと、そこでは袴田伸治が付きっ切りで勉強を教えてくれることを告げた。

「早速今後のスケジュールを相談したいからって、僕の家に来させたんですよ。そこで睡眠薬入りのジュースを飲ませた。透はぐっすり眠っていましたよ。起こしたときには、恥ずかしがってた。うたた寝したつもりが、何時間も眠っていたと知ってね」

そのときすでに、袴田は諸角初美を殺していた。

母親は用事をすませてから別荘に行くことになったので、二人で先に行くことになったと袴田は透にいった。

「移動に使うのは、透の家の車ですしね。何も疑ってる様子はありませんでしたよ」

袴田は透の顔の方に首を動かした。「こいつは、事件のことを何も知らない。母親が殺されたことも、まだ知りませんよ。もちろん、あなたのことも知らない」

袴田は顔を千早の方に戻し、左手でＦＡＸ用紙を持ち、目の前に持って来た。

「まさかあなたをここに呼んでいたなんてね——そうしようって話は、彼女の口から出たんですよ。あなたなら、なんとかしてくれるに違いないってね。だけど僕は、そんなことをしたら、透を道連れに死んでやると宣言した。それで——諦めたと思ってたんですけどね」

袴田は肩を上下させて深い呼吸をした。

「この貸し別荘は、嘉島たちをどうするか、って、その相談をするために借りたものだから、諸角初美は、偽名で契約してるんです。だから、警察だって、すぐにここを探し当てることはないはずだったんです。こんなものがあるとは思わないから」

袴田は、FAX用紙を眺め、恨《うら》めし気に首を振った。

「もっと早く逃げ出すこともできたのに、自分がここにいた痕跡を完全に消そうって、せっせと掃除をしていた」

袴田は喉を鳴らして笑った。

長い笑いのあと、袴田は真剣な顔で千早に向かっていった。

「あなたは、どんな気持ちでここに来たんですか？ 自分が生んだ子どもが殺人犯だったと信じて、それでどんな気持ちで、会いに来たんですか？」

千早は袴田の顔を見据えたまま、黙っている。

「あなたは何をいうつもりだったんですか？」

「——謝《あやま》っていたと思うわ。すべての原因は、わたしがこの子を捨てたせいだもの」

袴田が鼻を鳴らした。

「僕にも謝ってほしいな。あなたが悪いんだ。あなたは弘海を愛しすぎた。僕はあなたを、透から奪いたかったんですよ。あのときのまなざしは、透のものじゃない。僕のものだった」

部屋の中に、重苦しい沈黙が横たわった。

突風が吹き寄せ、窓ガラスがカタカタと音を立てた。

袴田が口を開く。

「僕は努を、殺人犯の子どもにはしたくない。それは、あなたも同じ気持ちですよね」

千早はうなずかずに袴田の顔を見ている。

「僕は警察に捕まってもいい。もうあなたに会えなくても我慢する。だけど努だけは、不幸にしたくないんだ。努の父親が殺人犯だってことを——僕はあなたにも知られたくなかった」

透の喉に鋏を突きつけた袴田の脅しに従って、作間と千早がここを立ち去っていたら、袴田は、透を殺すつもりだったのだろう。あのときはまだ、袴田は、五年前の弘海が誰だったのか、千早にばれていないと思っていた。

そこで、自分が犯人と認めつつも、努のこととはまったく関係ない事件だと、千早にまでも信じさせようとした。しかし、透が生きている限り、それは無理だ。送信者名がヒロミとなっているあのメールがただの創作ではありえないことは、千早が知っている。すべて事実ではないとしても、千早の前に弘海として現われた人間しか知りえないことが書いてある。透がその弘海でないとしたら——袴田が弘海だったのだという結論にたどりつくのは難しくない。

袴田は、鋏を持った右手を身体の横に垂らした。

「もう透には何もしません。だけど努を殺人犯の息子にだけは、しないでほしいんです。僕は何も望まない。あなたが弘海に無償の愛を捧《ささ》げたように、僕も、努のためなら、すべてを投げ出せるんです」

袴田は天井に向かって長い息を吐いた。

「何が起きたのか、これから僕の話す通りにしてください」

袴田は作間に向かっていった。「ヒロミからのメールのことは、忘れてください。元の文書が、ノートパソコンに入ってますけど、それは処分すればいい。岩上裕の部屋から持ち出したパソコンなんですよ。透の犯行を裏付ける証拠として残すつもりだったけど、持ち去れば、それで大丈夫ですよね。それにあのメール、透のアドレスは通さずに送ってる。透のアドレスで送る方が自然だったんですけどね。透は、子どもの頃からコンピュータに馴染んでるから、パスワードの管理が厳重で盗めなかったんですよ」

袴田は千早に向かっていった。「それでしかたなく、あなたのアドレスを、パスワードを盗んで使った。今になるとそれが幸いだ。あなたが処分すれば、あのメールの存在はなかったことにできる」

袴田は、作間の方に視線を向けた。「それから、諸角初美があなたを襲ったことも忘れてください。そうすれば、犯人の袴田伸治は、川名千早に片思いの異常者だったってことですべて説明がつくはずです」

袴田が腰を上げた。「それから、御子柴さんのことも、もう心配いりませんよ。彼はもう、この件に立ち入らないはずです。クローン人間なんていう夢物語ではなく、もっと現実的な手段があることを、教えてやりましたからね」

　作間は、額の皺を深くした。

　袴田がうなずいてからいった。「匿名の手紙を出したんです。娘さんを救う方法があるってね。たぶん御子柴さんは、差出人はあなたか川名先生だと思ってるでしょう」

「娘との間に近親相姦の子を作れと書いたのか」

「ええ」

「それがどれだけ彼女を苦悩させたか」

　作間は千早を一瞥してから袴田に視線を戻した。「君はそれがわかってるはずだ。だからこそ、彼女の苦悩を取り除いてやろうとしたんだろう」

「川名先生は騙されていたから、理不尽な苦悩だと思っただけですよ。誰の脅迫にも屈する理由はないってことを教えてあげたかった。親子の間に子どもを作ることは、僕は大してタブーと感じませんよ。受け止め方は、人それぞれでしょう。御子柴さんがそれをどう考えるか——どんな決断をするにしろ、知らないでいるよりはましだと思いますよ。知らずに見殺しにして、あとで知ったら、どんなに後悔するでしょうね。方法があると知っていて、それでもあえてタブーとして退けて黙って死を受け入れるのなら、それはそれで立派な行為だし、悔いも残らないでしょう」

　袴田はきっぱりそういうと、息の塊を一つ吐いた。「これでもう、事件をどう収束させるか、わかりましたよね」

袴田が作間に突進した。その手には、鋏があった。作間は袴田の腕を払うように手を動かし、身体を右にずらした。上着が僅《わず》かに切り裂かれている。

袴田は勢い余ったのか、壁にぶつかり、そのまま身体を壁沿いに回転させて作間から遠ざかり、ガラス戸の近くまで行って、そこで体勢を立て直した。

作間は身構えたが、格闘には自信がない。しかも相手は刃物を持ち、こちらは素手だ。

「透を殺そうとしていたところに不意の訪問者。犯人は、刃物を振り回して、慌てて逃げ出す」袴田は落ち着いた声でいった。「あなたたちの訪問の理由は、なんとでもいえるでしょう」

袴田の双眸は、作間に向いている。彼のまなざしに、殺意は微塵《みじん》もないことに気がついた。

「諸角透のストーカー行為を、母親とあなたがここで話し合うことになっていた。だけどあなたは、相手が女性だから、男一人で来るのはまずいと思って、川名千早を誘って来た。それでいいでしょう」

袴田はバルコニーに飛び出し、手摺を乗り越えた。

続いたドスンという音の響きから、作間は一瞬、よからぬ想像をした。千早も同じだったのか、二人してバルコニーに出て、手摺越しに見下ろす。しかし、そこには、袴田の姿はなかった。

まもなくバルコニーの真下から、エンジンの音が響いて来た。

メタリックグリーンのセダンが、作間の車が停まっているのとは逆方向から姿を現わし、バルコニーと作間の車を回り込むように走り去った。

次第に遠ざかるエンジンの音を聞きながら、作間はしばし放心状態だった。

風になびく千早の髪が、視界の片隅に映った。

千早は手摺に凭れ、額に手をやった姿勢で固まっていた。千早が身じろぎしたのは、室内から物音がしたときだった。ベッドが軋《きし》んだ音だ。

千早が室内に飛び込んだ。作間も後を追う。

ベッドの上で、諸角透が上半身を起こしていた。千早がベッドの傍らに膝をついて、諸角透の顔を覗く。

諸角透は、頭を何度か振ったあと、半分瞼《まぶた》が塞《ふさ》がった状態の双眸で千早を見やり、寝ぼけた口調でいった。

「おばさん、誰？」

11

残暑がようやく終わり、夜になると冷たささえ感じる風が吹いていた。外では、コオロギが鳴いている。

作間は椅子を網戸の方に向けて座り、事件の結末に思いを巡らせていた。

袴田伸治は、湖のほとりで、車の中にガスを引きこんで自殺しているところを発見された。車の中には、裕の部屋から持ち出されたノートパソコンがあった。ハードディスクに、袴田が書いた遺書が保存されていた。

袴田は、作間と千早に語った筋書きを遺書として認《したた》めていた。

――川名千早に一目ぼれしたが、相手は助教授で自分は学生。相手になどされるはずはない。それはわかっていたから告白できなかったが、思いが募《つの》り、尾行や盗聴を行なっていた。

嘉島良介や岩上裕が彼女を困らせていることを知って、彼らを殺した。嘉島良介の殺害に関しては、容疑者にもならないと思ったが、岩上裕に関しては、交際のある詩織の兄なので、一応アリバイ工作をしておいた。しかし、犯行現場近くで、予備校で教えている生徒とその母親に、挨拶《あいさつ》されてしまった。彼らは、被害者と面識がなく、殺人事件のことで捜査されることはありえないから、その対面が問題になることはないと思っていたのだが、非常事態が起きた。諸角透が岩上詩織に対してストーカーめいた行為を仕掛け、両者に接触が生まれた。

厄介《やっかい》なことになる前にと、諸角親子を殺すことにしたのだが、いっそ殺人事件を諸角透の犯行に見せかけられないかと考えた。

透は、詩織の兄の岩上裕にストーカー行為を見咎《みとが》められ、厳しく注意されたことを根に持ち、殺した。その際、自分のことが何か書いてあるのではないかと思い、ノートパソコンやフロッピーを持ち出した。

その後も透はストーカー行為を続け、今度は母に見つかって注意され、逆上して殺してしまい、絶望して自殺する。

そんな筋書きを偽装するため、家庭教師をしてやるといって親子に近づいた。母親を殺して、あとは透を自殺に見せかけて殺すだけだったのだが、作間たちが来たために失敗した——

袴田の定期入れには、千早を隠し撮りした写真があったという。

公園で写したとおぼしきもので、端が乱暴に破られていたらしい。

そこには、努が写っていたはずだ。

必要だったのは、千早の写真だけで、努の写真はいらなかった——袴田はそう思わせるために、死ぬ前にひきちぎったのだろう。

袴田が犯人だった——詩織は最初、話を信じなかった。作間に、本当のことを教えてと、取り縋《すが》って訊いた。

けれども作間は真相を語らなかった。真相は、詩織にとって、なんの救いにもならないものだからだ。

詩織は以来、口をきいてくれない。

諸角透は、祖父母の家に行ったという話を聞いた。もちろん、諸角の祖父母であって、川名の祖父母ではない。千早は母として名乗りをあげることはなかった。諸角透は、今も、諸角初美を実の母と信じているはずだ。

電話が鳴った。

作間は振り向いて、コードレスフォンを手にした。

電話をかけて来たのは、御子柴雄広だった。

「詩織さん、どうされてますか。詩織さんが気の毒で、これじゃあ事件解決でほっとしたともいえませんね」

「ええ」

「それにしても、いろいろお騒がせしました。クローン人間を作る秘密組織だなんて、馬鹿な妄想をさんざんいって、お恥ずかしい限りです。クローンなんて妄想とは縁を切って

――家内の妹を探します。明日、ニューヨークに発つ予定です」

御子柴はおそらく嘘をいっている。亡くなった妻の妹など存在しない。御子柴は娘との間に子どもをもうけようとしているのだと思う。

それは、タブーだ。しかし、口を挟むことではないだろうと、作間は思った。ただ、それを他人事《ひとごと》ではなく、自らの問題として考えることは必要かもしれない。御子柴の今の立場は特殊な事情によるものだが、いつ自分も同じような立場になるかわからないのだ。様々な局面で、人としてのモラルを問われる。しかしモラル自体が今、激しく揺さぶられている。

大切な人の命を救うため――果たしてどこまでが、許される行為なのだろうか。

電話を切ると、そんなことを思いつつ、作間は窓を閉め、カーテンを引いた。

風呂から上がって来た千早が、頭を拭《ふ》きながら椅子に座った。

〈作者注〉
単行本刊行（二〇〇〇年四月）から十年以上経ての文庫化ということで、特に医学関係の記述について誤解が生じないよう、加筆修正の際作中年代を明記しました。また、参考文献のリストは単行本に掲載したものをそのまま転記しました。

〈主要参考文献〉
『わが子はクローン』（デイビッド・M・ロービック）近藤茂寛訳　創芸出版　一九九九年三月
『日経サイエンス』一九九九年七月号
「臓器づくりの決め手――胚性幹細胞」（R・A・ペダーセン）中西真人訳
『日経サイエンス』一九九九年三月号
「医療を変えるクローン技術」（I・ウィルムート）角田幸雄訳
『化学』一九九七年八月号
「特集　クローン動物の衝撃」化学同人
『クローン羊ドリー』（ジーナ・コラータ）中俣真知子訳　アスキー出版局　一九九八年三月

『医科遺伝学』改訂第二版　松田一郎監修　南江堂　一九九九年四月
『造血細胞移植マニュアル』名古屋ＢＭＴグループ　日本医学館　一九九八年十二月
『内科』一九九九年九月号
「特集　進みゆく白血病の診療」南江堂

解説　北川ミステリの真骨頂

書評家　大矢《おおや》博子《ひろこ》

ようやくの文庫化である。

北川歩実の第七長編である本書『影の肖像』の単行本が祥伝社から出たのが、二〇〇〇年の春。それからもう十一年が経とうかという今になって、ようやく、ほんとうにようやく、文庫としてお届けできることとなった。

なぜ十年以上も文庫に入らなかったのか、正直なところ不思議でならない。なぜなら本書は、数ある著作の中で最も北川歩実ビギナーに適した作品だと思うからだ。

いや、ビギナーだけではない。一、二冊読んではみたものの、理系の話はちょっと苦手で……という人がもしいらっしゃったら、ぜひ本書を試してみて戴きたい。もちろん北川ファンについては言うまでもない。

北川歩実は『僕を殺した女』（新潮文庫）でデビューした後、記憶や人格、知能の改変といったサイエンティフィックなモチーフを扱ってきた。特に『猿の証言』（新潮文庫）

や『金のゆりかご』（集英社文庫）では、動物やヒトの知能に外的な操作を加えるという脳科学が物語の核を為す。加えて、幾重にもどんでん返しを入れるという作風のミステリであるため、当初、北川歩実は「高度で複雑なサイエンス・ミステリの書き手」という印象を持たれることが多かった。

それは決して間違いではない。というか、かなりのセンで正しいのだが、〝サイエンス〟という部分が前面に出過ぎたため、もうひとつの魅力──〝サスペンス〟を強調する機会が相対的に減ってしまった観は否《いな》めない。これは残念なことだった。

しかし、そこで『影の肖像』が登場する。本書にもこれまで同様のサイエンス──医学テクノロジーが登場する。しかし本書の最大の特徴はサイエンスではなく、人の情がからむサスペンス部分にある、ということを伝えておかねばならない。

主人公・作間英俊《さくまひでとし》は出版社の編集者。東都大学理学部助教授の川名千早《かわなちはや》と親交があり、今は彼女の本の出版を担当している。ある日、千早と不倫の関係にあった大学教授・嘉島《かしま》が殺された。はからずも千早のアリバイを証明することになった作間だが、心中穏やかではない。過去にも二人、千早の交際相手が不審な死を遂げていたからだ。

一方、作間の甥で小説家の裕《ゆたか》が、被害者である嘉島教授との間にトラブルを抱えていたことがわかる。裕の書いた小説『クローン人間が生まれた日』に対し、嘉島教授が自分をモデルにしているとクレームをつけていたのだ。嘉島教授は過去にクローン技術がらみで起きたある出来事に関わっており、裕がその話をもとに創作したのは事実なのだが——というのが本書の発端である。

物語は教授殺害事件を発端に二転三転、いや、六転七転の展開を見せるが、そこに大きく関わってくるのが裕の小説の題材になったクローン技術だ。そしてもうひとつ、裕の婚約者・御子柴《みこしば》貴美恵《きみえ》が慢性の白血病に冒されているということが重要になってくる。

そう書けば、クローンと白血病を関連づけて話の行方を想像する読者も多いだろう。「解説でそこまでネタばらししちゃっていいの？」と思われるかもしれない。けれど、本書に限っては、いいのだ。むしろ物語はそこから始まると言っていい。それを書かなければ本書の魅力を伝えることは不可能なので、書いてしまう。

第一章の終盤という早い段階で、貴美恵の父が作間に言う。娘のクローンを作りたい、と。クローンなら骨髄移植に必要なHLA（白血球の型）は百パーセント一致する、娘の命を助けたい、つてがあるなら教えて欲しい、と。技術的にも論理的にも不可能だと作間は諭《さと》すが、御子柴はある事実をもとに「クローンは可能なはずだ」と譲らない。

一九九六年にクローン羊のドリーが生まれてから、クローンを作ることは理論的には可能になったとする技術的側面と、命の問題は神の領域であり人間の思惑で操作していいものではないという倫理的側面のぶつかり合いは、あらゆる場で議論されてきた。多くのフィクションでもこの問題は扱われ、広く一般にも浸透していると言えるだろう。

クローンとか生物化学とか医学とかというレベルで話すと固く思われるかもしれないが、それはイコール「病に冒された家族を助ける方法があるが、倫理的な問題がある。そのとき自分はどうするか」ということだ。

たとえば、臓器移植が必要な家族のために他人を殺し臓器を奪おうとしたなら、それは犯罪であり、赦《ゆる》されることではない。けれどクローンを作るというのはどうか。誰も傷つけずに命を救うことができるじゃないか、それのどこがいけないのか。机上の議論ではなく、実際に死に直面した家族を持つ人からそう言われたら、自分は何と答えるだろうか。何が言えるだろうか。あるいは、自分の家族が病気になり、それを救う手だてがクローン技術にあるとしたら、「作って欲しい」と思わないでいられるだろうか？

ここから話は思わぬ方向に進み、読者を翻弄《ほんろう》し驚かせる展開になるのだが（怒濤《どとう》のどんでん返しをどうか存分に楽しまれたい）、大事なことは、本書は決してＳＦではなく、あくまでも現時点での科学技術の範疇にあるという点だ。現実に則しているからこそ、読者は登場人物の問題をよりリアルに感じることができる。

クローン技術や医学テクノロジーといったサイエンスの要素をたっぷり詰め込みながらも、そこで描かれるのは親子の情である。御子柴父娘の話だけではなく、複数の親子の情が本書では絡み合う。絡み合った情が思わぬ方向へ読者を連れて行く。繰り返される逆転劇、畳み掛けるどんでん返し、そんな込み入った構成の中にあって〈子を思う親の気持ち〉というテーマが揺るがない。どんどん増して行く。

そしてそこにサイエンスという要素が交わることで、本書はサスペンスとして、家族小説として、そして謎解きミステリとして、より説得力を上げているのである。リアルなサイエンスに裏打ちされているからこそ、サスペンスが増す。ただ科学の情報を得るだけなら専門書がいくらでもある。それをミステリというジャンル小説に取り込むことで初めて到達できる場所がある。それこそが北川歩実の真骨頂である。

二〇〇九年、『金のゆりかご』に、単行本発行から十一年、文庫化から八年経って突然火がついた。きっかけは一書店員が〝発掘〟し、宣伝を仕掛けたことだというが、それでも十五万部を超えるヒットとなったのは、幼児教育や人間の価値といった広範囲の読者が感情移入しやすいテーマだったことと無関係ではないと思う。読者がそこにサイエンスだけでない、我がことに置き換えて味わえるサスペンスの面白さを見いだしたからだろう。親子の情も読みどころのひとつだった。

それらの魅力は、すべて本書にも共通している。増している、と言ってもいい。本書が北川歩実ビギナーや科学というジャンルが苦手な読者にお薦めだという理由はそこにある。

いささか遅いブレイクではある。が、しかし、医療技術や科学が高度に発達する一方で、人としてのあり方や考え方までも変わりつつあるような状況に漠然とした不安を感じ始めた今だからこそ、ブレイクしたとも言える。ようやく、北川ミステリの時代が来たのだ。

本書は、月刊『小説ｎｏｎ』（祥伝社発行）に、平成十一年八月号から平成十一年十一月号まで連載され、平成十二年四月、四六判で刊行された作品に、著者が文庫化に際し、加筆・修正したものです。

――編集部

影の肖像

一〇〇字書評

切り取り線

購買動機（新聞、雑誌名を記入するか、あるいは○をつけてください）	
□（　　　　　　　　　　　　　　）の広告を見て	
□（　　　　　　　　　　　　　　）の書評を見て	
□ 知人のすすめで	□ タイトルに惹かれて
□ カバーが良かったから	□ 内容が面白そうだから
□ 好きな作家だから	□ 好きな分野の本だから

・最近、最も感銘を受けた作品名をお書き下さい

・あなたのお好きな作家名をお書き下さい

・その他、ご要望がありましたらお書き下さい

住所	〒				
氏名		職業		年齢	
Eメール	※携帯には配信できません	新刊情報等のメール配信を　希望する・しない			

この本の感想を、編集部までお寄せいただけたらありがたく存じます。今後の企画の参考にさせていただきます。Eメールでも結構です。

いただいた「一〇〇字書評」は、新聞・雑誌等に紹介させていただくことがあります。その場合はお礼として特製図書カードを差し上げます。

前ページの原稿用紙に書評をお書きの上、切り取り、左記までお送り下さい。宛先の住所は不要です。

なお、ご記入いただいたお名前、ご住所等は、書評紹介の事前了解、謝礼のお届けのためだけに利用し、そのほかの目的のために利用することはありません。

〒一〇一 - 八七〇一
祥伝社文庫編集長 加藤 淳
電話 〇三（三二六五）二〇八〇

祥伝社ホームページの「ブックレビュー」からも、書き込めます。
http://www.shodensha.co.jp/bookreview/

上質のエンターテインメントを！　珠玉のエスプリを！

祥伝社文庫は創刊十五周年を迎える二〇〇〇年を機に、ここに新たな宣言をいたします。いつの世にも変わらない価値観、つまり「豊かな心」「深い知恵」「大きな楽しみ」に満ちた作品を厳選し、次代を拓く書下ろし作品を大胆に起用し、読者の皆様の心に響く文庫を目指します。どうぞご意見、ご希望を編集部までお寄せくださるよう、お願いいたします。

二〇〇〇年一月一日　祥伝社文庫編集部

祥伝社文庫

影《かげ》の肖像《しょうぞう》

平成二十三年三月二十日　初版第一刷発行

著者　北川歩実《きたがわあゆみ》

発行者　竹内和芳

発行所　祥伝社

東京都千代田区神田神保町三－六－五
九段尚学ビル　〒一〇一－八七〇一
電話　〇三（三二六五）二〇八一（販売部）
電話　〇三（三二六五）二〇八〇（編集部）
電話　〇三（三二六五）三六二二（業務部）
http://www.shodensha.co.jp/

印刷所　図書印刷

製本所　図書印刷

カバーフォーマットデザイン　芥 陽子

造本には十分注意しておりますが、万一、落丁、乱丁などの不良品がありましたら、「業務部」あてにお送り下さい。送料小社負担にてお取り替えいたします。

　ISBN978-4-396-33652-3 C0193

祥伝社文庫の好評既刊

神崎京介　想《おも》う壺《つぼ》

あなたにもいつかは訪れる、飽くなき性を探求する男と女の情熱と冷静を描く、会心の情愛小説！

神崎京介　秘術《ひじゅつ》

「鏡の中に赤い球体が見えた」不能になった伊原は不思議なマダムから啓示を得て、回復への旅に出る。

勝目　梓　悪の原生林

口封じの強姦と凄絶な連続殺人計画…それが地獄のドラマの幕開けとなった。そして絶体絶命の瞬間が！

勝目　梓　天使の翼《つばさ》が折れるとき

結婚を控えた幸せな男女。だが二人の過去にまつわる忌《い》まわしい因縁の数々が明らかになってしまった。

勝目　梓　禿鷹《はげたか》の凶宴

四億七千万円が眠る金庫室に死体が！金は奪ったものの正体不明の組織につけ狙われる羽目に陥った男。

勝目　梓　骨まで喰らえ

12年前の秘密を種に脅迫してきた誘拐犯。翻弄され続ける男だったが、あるおぞましい策略を思いついて…。

祥伝社文庫の好評既刊

勝目梓
秘色《ひしょく》
初老の小説家「私」が紡ぐ〝愛〟を斬新な構成で描く、あまりにも危険で甘美な、性愛小説の金字塔！

勝目梓
怨讐《おんしゅう》の冬ふたたび
報復は己れの手で！父と妻を謀殺された男は職を捨て、復讐のため自ら立ち上がる。だが恐るべき運命が…。

勝目梓
猟人《りょうじん》の王国
人は欲望のため、どれほど残酷になれるのか？　殺人鬼と強姦魔の二人が出会ったとき…誰が彼らを裁く？

勝目梓
爛《ただ》れ火
「こんなかたちで『喪失』と折り合いをつける男もいるのだ」文芸評論家野崎六助氏。

勝目梓
モザイク
恋人のAV出演を知った男の地獄の苦悩。自暴自棄になった男が踏み込んだ未知の〝性体験〟とは？

勝目梓
みだらな素描
妻と妻の友人の三人で過ごす休暇。異様な嫉妬、あからさまな誘惑。果たして三人の行方は⁉